걷다 느끼다 쓰다

전문성과 대중성을 겸비한 글쓰기 수업

걷다 느끼다 쓰다

이해사 지음

모아북스
MOABOOKS

이 책은 다음 세 사람을 위해 썼다.

고리타분한 일상에서 질려가는 A씨

고만고만한 아이디어로 항상 인생 역전을 꿈꾸는 B군

지금도 내 옆에서 일하는 동료 K

'난 안 된다' 라는 생각은 인생의 재앙을 부르는 문이다.

'된다' 라고 발상을 전환하면 인생이 달라진다!

- 이해사

**인간의 기대 수명은 기하급수적으로 늘어나지만
일할 수 있는 시간은 기하급수적으로 줄고 있다**

범람하는 책 쓰기나 글 쓰기 책 속에 내가 쓴 책 한 권을 더한들 무슨 의미가 있겠느냐마는 그럼에도 불구하고 이 책을 쓴 이유가 있다. 제목에서 알 수 있다시피 나는 사업을 하거나 정상적인 직장생활을 하는 일반인이 보다 쉽게 책 쓰기에 접근할 수 있는 방법을 오랜 기간 연구해왔다. 그 결과물이 바로 이 책이다.

시간이 없는 일반인이 책을 쓰려면 어떻게 해야 할까? 남보다 좀 더 부지런해야 한다. 시간을 쪼개서 책을 써야 하기 때문이다. 그래서 사회생활을 하는 일반인처럼 시간 없는 사람들이 한정된 시간을 이용해서 책을 쓸 수 있는 방법이 없을까 고민하다가 좋은 방법을 찾아냈다.

그 방법은 바로 '뽀모도로 책 쓰기' 다.

'뽀모도로 시간관리법'은 그동안 다양한 분야에서 적용되어 실제로 효과가 검증되었다. 원리는 아주 간단하다. 25분 동안 책을 쓰고 5분 쉰다. 그리고 다시 25분 쓰면 하루 분량 완성이다.

하루에 딱 한 시간만 있으면 된다.

이런 식으로 책을 쓰다보면 한 달에 책 한 권을 쓸 수 있다. 이 책도 철저하게 '뽀모도로 책 쓰기' 방식을 통해 썼다. 몸소 실험해본 결과 효과가 아주 탁월하다.

앞으로 뽀모도로 책 쓰기를 통해 어떻게 책을 쓸 수 있는 지 직접 증명해보일 것이다. 시중에 발간된 책 쓰기 책들은 대상 독자가 모호한 경우가 많다. 사업이건 직장이건 정상적으로 영위하는 우리 일반인이 어떻게 시간을 쪼개 책을 써서 작가의 세계로 진입할 수 있는지 방법론을 제시할 것이다. 이 책이 우리 현대인에게 아주 효율적인 책 쓰기 방법론을 제시해줄 것으로 믿는다.

현대인은 무척 바쁘다. 주중에는 새벽부터 밤늦게까지 일하고 주말에는 배터리가 방전된 휴대폰처럼 방 한 켠에 늘어져 있다. 이런 분들에게 책 쓰기를 하라는 것은 너무 가혹하다. 재충전을 해 다시 일해야 하는 분들에게 시간을 쪼개 책을 쓰라고 말하는 것은 인간적으로 참 못할 짓이다. 그럼에도 불구하고 나는 책 쓰기를 해야 한다고 주장할 것이다.

왜냐고?

평균 수명이 기하급수적으로 늘어나 이제 우리는 100세 시대를 살아가고 있다. 100세 시대에 직장생활 수명은 평균 수명이 늘어난 만큼 늘어나지는 않을 것이다. 결국 준비되지 않은 노후는 재앙이다. 인구의 반이 노인인 세상이 조만간 온다. 여기서 살아남기 위해서는 남과 다른 능력이 필요하다.

나는 능력을 책 쓰기로 추천하고 싶다. 책 쓰기는 밑천도 들지 않고 글자만 안다면 누구나 할 수 있다. 물론 이 책을 읽고 바로 책 한 권을 뚝딱 만들어내지는 못 할 것이다. 하지만 꾸준히 준비하고 노력하면 누구나 책 한 권은 쓸 수 있다.

나도 책 쓰기를 결심하고 첫 책을 내는 데 딱 2년 걸렸다. 학원을 다니거나 전문가에게 코치를 받지도 않았다. 다만 책 쓰기에 대한 뜨거운 열정을 유지하며 책 쓰기 관련 책을 나름(?) 연구한 끝에 성취해낸 결과다. 책은 아무나 내는 것은 아니지만 반면 누구나 낼 수 있기도 하다. 어느 수준까지만 올려놓으면 누구나 책 쓰기가 수월해진다. 또한 한 권을 내기가 힘들지 일단 한 권을 내 놓으면 두 번째 책부터는 비교적 쉽게 책을 낼 수 있다.

주변에 한 분야에 정통한 사람들을 보면 나는 항상 이런 말을 한다.

그것을 책으로 한번 써보시죠? 꽤 괜찮을 것 같습니다.

그러면 답변은 항상 같다.

에이~ 내가 책을 어떻게 써요?

역시나 예상했던 답변이 나온다. 왜 이런 현상이 벌어질까? 사람들은 책을 쓰려면 특별한 재능이 필요하고 책을 쓰는 사람은 특별한 사람이라고 생각한다. 하지만 그렇지 않다. 누구나 책을 쓸 수 있다. 시중에 출간된 책들을 보라. 평범한 사람도 책을 쓴다. 막연하게만 생각했던 사람들이 인식의 전환을 통해 작가의 길로 속속 진입하고 있다.

나는 글을 쓰면 벌어지는 인생의 변화를 거창하게 이야기하지는 않을 것이다. 다만 이 말만은 해야 겠다. 책 한 권 쓰면 확실히 달라진다.

사람은 나이가 먹으면서 점점 발전해간다. 하지만 그것도 어느 정도까지다. 어느 수준까지 오르면 더 이상 발전하지 못하고 정체된다. 이 시점에서 글을 써야 한다. 글을 쓰면 나 자신도 생각하지 못했던 수준으로 인간 업그레이드된다. 그래서 글 쓰기가 중요하다. 책을 팔고 유명해지고 강연을 하는 일은 오히려 부차적이다. 책 쓰기를 통해 한 번 더 고민하고 스스로를 성찰하고 자기 생각을 표현하는 법을 깨닫게 되면서 글 쓰기 전에 보지 못했던 수많은 변화를 직접 보게 될 것이다. 그리고 변화된 자신의 모습을 보면서 흐뭇해할 것이다.

《쓰기의 감각》을 쓴 앤 라모트는 글 쓰기를 '자기만 흐리멍덩하고 좁은 내면 속에 갇혀 있다가 어느 날 갑자기 바깥 세상의 빛 속에 서게 되었을 때의 기분'이라고 표현한다. 자신을 가두지 말고 책 쓰기를 통해 새로운 세상을 향해 우뚝 서야 한다.

이제 '책을 어떻게 쓰냐?' 하는 고정관념은 던져버리고 글 쓰기에 대한 거부감을 긍정의 에너지로 리셋하자. 그리고 직장인으로서 더 발전하고 나아진 자신을 만들기 위해 글 쓰기의 바다에 흠뻑 빠져보자. 처음에는 서툴러도 하다보면 늘게 되어 있다. '호랑이는 죽어서 가죽을 남기고 사람은 이름을 남긴다'는 말도 있지 않은가? 죽기 전에 자기 이름으로 된 책 한 권만 내보자. 그 과정에서 때로는 고통스럽고 때로는 짜증이 날 것이다. 때로는 고독감을 느끼고 포기하고 싶을 때도 있을 것이다. 하지만 책 한 권 출간하는 순간 느끼는 감정은 세상 어느 것보다 달콤하다. 한 권의 책이 당신의 인생을 바꾸고 나아가 두 번째, 세 번째 책까지 출간하게 될 것이다. 그 과정에서 당신은 작가가 될 것이다.

이 책은 이렇게 썼습니다

전업 작가로서는 삶을 영위할 수 없습니다. 따라서, 주업을 하면서 부업으로 책을 쓰는 작가가 되어야 합니다.

쓰기라는 아름다운 행위를 이 책에서 설명했습니다. 이미 시중에는 글 쓰기 책이 너무 많습니다. 저는 사업을 하거나 직장을 다니며 열심히 일하는 현대인의 공허한 마음을 채워줄 수 있는 가장 본질적으로 순수한 행동이 '쓰기' 라고 생각합니다.

마치 기자가 교육소위 '사스마와리' 를 통해 민간인에서 기자로 바뀌듯이, 일반인이 훈련소를 통해 군인으로 바뀌듯이 여러분도 이 책을 통해 직장인에서 작가 직장인으로 변화되길 바랍니다.

제1부인 '왜 우리는 책을 써야 할까?' 에서는 현대인이 글을 쓰고 달라지는 변화에 대해 이야기했습니다.

실제 글을 쓰고 나서 저에 대한 평가는 완전히 달라졌습니다. 이러한 놀라운 변화를 독자가 이해하기 쉽도록 친근한 실제 사례를 들어 이야기했습니다. 또한, 글 쓰기를 통해 일어나는 내적인 변화를 이야기했습니다. 글 쓰기는 강연을 부르고 부수입이 생기는 등 외연적 변화도 있지만 자신의 내면에서 일어나는 놀라운 변화는 그에 비할 바가 아닙니다. 이러한 글 쓰기를 통해 나타나는 놀라운 변화를 이야기하며 우리가 왜 글을 써야 하는지 자세히 설명했습니다.

제2부는 뽀모도로 글 쓰기입니다.

본래 뽀모도로는 시간관리법입니다. 인간이 최대로 집중할 수 있는 시간을 짧게 설정하고 중간에 잠깐 쉬면서 계속 집중할 수 있는 방법입니다. 저는 인간이 최대로 집중할 수 있는 시간은 15~25분 가량이라고 생각합니다. 이 시간 동안 집중해서 책을 쓰고 잠깐 쉰 뒤 다시 책을 쓰는 방법이 책 쓰기의 최적의 방법이라고 생각합니다.

현대인은 시간이 충분하지 않습니다. 회사 일에 치이고 집에 와서는 가정을 돌봐야 합니다. 이런 바쁜 삶을 살면서 없는 시간을 내 책 쓰기를 한다는 것은 마치 슈퍼맨이나 원더우먼이 되려는 것과 다를 바 없습니다. 그래도 우리는 써야 합니다. 그래야 달라진 미래를 살 수 있습니다. 그러려면 시간을 입체적으로 활용해야 합니다. 현대인의 책 쓰기 시간 활용법, 그건 바로 뽀모도로 책 쓰기입니다.

제3부는 '베스트셀러의 조건을 파악하라' 입니다.

가볍게 시작하면 쓰기 자체는 그다지 어렵지 않습니다. 하지만 쓰기에서 머무르면 발전이 더딥니다. 이왕 쓰는 거 조금 수고스럽더라도 타인이 읽을 수 있는 글을 쓰고 책으로 출간해야 합니다. 쓰기만 하고 책으로 출간하지 않는 것과, 글을 써서 출간하는 것은 하늘과 땅 차이입니다. 따라서 글 쓰기가 아닌 책 쓰기를 해야 합니다.

자신이 쓴 글이 책이 되려면 책으로 출간할 수 있게끔 글을 써야 합니다. 즉 처음부터 책 출간을 염두에 두고 글 쓰기를 해야 합니다. 그래야 출판사에서도 받아주고 책으로도 출간할 수 있습니다. 열심히 썼음에도 책으로 출간할 수 없고 설사 책으로 출간한다고 하더라도 아무도 관심을 가지지 않는다면 얼마나 억울하겠습니까? 따라서 3부에서는 독자들이 읽을 만한 책을 쓰는 방법을 이야기했습니다.

베스트셀러의 조건을 바로 그것입니다. 이 조건을 지킨다고 모두 베스트셀러가 되지는 않을 것입니다. 하지만 베스트셀러는 여기서 설명한 조건을 모두 갖추고 있습니다. 이왕이면 팔리는 책을 써야 하지 않을까요?

제4부에서는 책 쓰기의 구체적인 방법론을 이야기했습니다.

누구나 책 쓰기에 대한 투지를 보이다가도 막상 책 쓰기를 하라고 하면 쉽게 시작하지 못합니다. 왜그럴까요? 책 쓰기에 대한 방향성이 없어서입니다. 따라서 쓰기 전에 어떻게 진행할 것인지를 미리 준비를 해야 합니다. 저도 책 쓰기 방법론을 찾기 위해 시중에 나온 책은 대부분 읽어보았습니다. 여기서 나온 결론 중 제가 납득할 만한 핵심사항을 여기에 담았습니다. '무엇을 쓸 것인가?' 부터 도서 마케팅에 이르기까지 책 쓰기 및 책 발간의 순서대로 자세히 설명했습니다. 여기에 좌충우돌 시행착오를 거친 제 이야기까지 진솔하게 담았습니다.

제5부에서는 책 쓰기 비법 15가지 단계를 구체적으로 설명하여 책 쓰기의 달인으로 가기 위한 노하우와 팁을 제시했습니다.
작가가 되기 위해서는 외연적인 변화도 중요하지만 가장 중요한 것은 마인드 자체를 작가 마인드로 바꾸는 것입니다. 일단 작가라는 자기 체면을 걸고 어떻게 책을 쓰면 좋은 책이 나오는지에 대한 제 노하우를 설명했습니다.

제6부에서는 책 쓰기의 기본이 되는 글 쓰기를 이야기했습니다.
영혼을 울리는 글은 어떻게 쓰는 것인지 궁금해하는 사람이 의외로 많습니다. 어떻게 보면 결심만 하고 실천에 옮기지 못하는 사람의 가장 큰 문제는 실행력에 있습니다. 실행력을 높이기 위해서는 무조건 써야 합니다. 쓰다보면 글 실력도 늘고, 쓸 내용도 자연스레 머릿속에 정리가 됩니다. 해본 사람은 알지만 안 해본 사람은 결코 모르는 사실입니다. 의외로 정답은 단순합니다. 기본을 지키지 않아서 못 하는 것이 참 많습니다. 이런 점에 주안점을 두어 작가로서 쓰기에 대한 마음가짐을 어떻게 가져가야 하는지 강조했습니다.

우리는 도대체 왜 쓰는 걸까요? 책 쓰기, 안 해도 먹고사는 데 아무 지장이 없습니다. 주변에 책 쓴 사람이 얼마나 되겠습니까? 책 안 쓰고 심지어 1년에 책 한 권 안 읽는 사람도 잘 살아갑니다. 여기서 질문을 던지고 싶습니다. 현실에 안주할 것이냐? 세상을 다르게 바라볼 것이냐? 인생을 평범하고 무난하게 살 것이냐? 내 인생을 개척하고 하루하루 발전하는 삶을 살 것이냐?

저는 책 쓰기를 통해 완전히 변화된 삶을 살고 있습니다. 불평불만만 가득했던 삶에서 세상을 깊이 바라보는 눈과 시야를 가지게 되었습니다. 이런 힘으로 매사를 긍정적으로 바라보고 입체적으로 생각하는 자세를 통해 타인을 배려하고 이 땅의 풀 한 포기까지 사랑하는 마음을 가지게 되었습니다.

책은 저 스스로 변화하는 데 훌륭한 도구가 되었습니다. 생각하고 생각하는 것을 표현하는 자세를 가지면 세상을 되돌아보고 보이지 않는 곳까지 바라보는 심미안을 가지게 됩니다. 이게 책 쓰기의 힘이자 제가 여러분에게 꼭 가져보라는 책 쓰기의 힘입니다.

사회 생활을 15년 하며 가지게 되었던 인간의 근원적 존재 이유와 업무에 대한 가치, 인간에 대한 회의가 한꺼번에 몰려들어 지치고 힘들었을 때, 기적같이 책 쓰기를 만났습니다. 어찌보면 운명같은 만남이었습니다. 저는 책 쓰기를 통해 완전히 거듭났고 지금도 계속 변화하고 있습니다. 저 혼자 이런 기분을 느끼기보다는 이런 소중한 경험을 여러분과 공유하고 싶습니다. 우리 모두 저마다가 가지고 있는 목표인 삶의 행복을 위해서라도 책 쓰기는 반드시 필요합니다.

　먼 훗날 우리가 언젠가는 맞이하게 될 영원한 안식 앞에서, 이 세상에 자신의 혼과 열정을 바친 책 몇 권은 놓고 가야 하지 않겠습니까? 여러분도 이 멋진 가치 창출에 동참하시기를 간절히 염원합니다.

　책 쓰기는 자신을 사랑하는 가장 좋은 방법입니다.
　책 쓰기는 사랑입니다.

이해사

차 례

들어가며　　이 책은 이렇게 썼습니다 ―05

1 부

왜 책을 써야 할까?

01　책을 쓰자 나를 다시 보기 시작했다! ―24

02　책 쓰기 정년은 직장 정년의 3배다! ―28

03　100권 읽기 vs 한 권 쓰기 ―32

04　학벌, 자격증, 투자금이 필요 없는 최고의 사업 ―37

05　지금의 현실에서 탈출하는 유일한 방법 ―40

06　책 쓰기는 문맹이 아니면 누구나 할 수 있다! ―46

07　그것은 비겁한 변명입니다! ―51

08　책 쓰기와 강연은 한 몸이다! ―56

09　손가락이 10개인 이유는? ―63

10　지금 사는 삶의 질이 달라진다! ―69

11　학위보다 책 한 권이 100배 낫다 ―75

12　짭짤한 부수입이 생긴다 ―81

2부

책을 쓰려면 '뽀모도로' 시간관리법을 활용하라!

01 　뽀모도로 시간관리법 시간은 누구에게나 공평하다 —87

02 　뽀모도로는 책 쓰기와 최고의 조합! —92

03 　뽀모도로 실천법 : 하루 25분씩 2번 쓰자 —97

04 　뽀모도로 전제 : 컨베이어 벨트식 책 쓰기 —102

05 　직장인에게 효과 만점 = 뽀모도로 책 쓰기 —107

06 　뽀모도로 책 쓰기에 대한 편견 —112

07 　하루 글쓰기 25분이라는 시간 —116

3부

베스트셀러의 조건을 파악하라

01 　내 책을 출간해줄 출판사가 있을까? —122

02 　베스트셀러는 어떻게 탄생하는가? —128

03 　베스트셀러의 제1조건: 책 제목 —136

04 　베스트셀러의 제2조건: 디자인 —144

05 　베스트셀러의 제3조건: 표지 카피 —148

06 　베스트셀러는 타이밍과의 싸움이다! —153

07 　잘 썼다고 다 베스트셀러가 될까? —158

08 　틈새시장을 공략하라! —164

4부

책 쓰기, 과연 어떻게 할까?

01   무엇을 쓸 것인가? —170

02   '이거다' 싶은 책 콘셉트 잡기! —177

03   타겟 독자 정하기 —182

04   시장조사 및 경쟁도서 정하기 —187

05   책 뼈대 세우기 : 목차 작성 —193

06   출간기획서는 꼭 필요할까? —200

07   샘플원고 작성 —205

08   초고 작성 —210

09   출판사를 섭외하는 방법 —215

10   퇴고 및 교정, 교열, 편집과 윤문 —223

11   편집 및 디자인 —231

12   인쇄 제본 출판 및 유통 —235

13   도서홍보 및 마케팅 —238

5부

책 쓰기 비법 15가지 단계

01   일단 작가라는 자기체면을 걸자 —244

02   수장선고水長船高 - 내공이 쌓이면 유리하다 —249

03   작가의 공간 —254

04   책 한 권 쓰는 데 시간이 얼마나 걸릴까? —260

05   내일 지구가 멸망해도 오늘 쓴다! —265

06   책은 인용이 80%다! —270

07   편집과 창작의 차이 —274

08   한 권만 출간하면 두 번째부터는 쉽다! —278

09   질보다는 양이 우선이다! —281

10   글쓰기 모드로 재빠르게 돌입하기 : 0초 책 쓰기 —287

11   문장력을 키우는 최적의 길, 베껴쓰기 —291

12   하루에 두 꼭지만 써라 —296

13   메모는 책 쓰기의 원천이다! —300

14   하찮아 보이는 것에서도 배울 것이 있나니 —306

15   독자는 인내심이 없습니다 —309

6 부

쓰기가 어렵다구요?

01   기획하고 목차 잡으면 거의 끝이다! —315

02   닥치고 쓰자! —320

03   글은 쉽게 써라! —325

04   짧고 간결한 문장으로 써라! —328

05   솔직하게 써라! —334

06 　내 마음을 울리는 스토리텔링 —337

07 　한 꼭지에 하나만 전달하라! —341

08 　잘 읽히는 글의 특징 —345

09 　명문장은 단순미에서 나온다! —349

10 　글쓰기가 잘 안 될 때! —353

11 　쓰는 순간마다 행복해야 한다! —357

맺음말 —362

책 쓰기는 그 자체로 너무 많은 것을 일깨워준다.

그리고 더욱더 책 쓰기를 하고 싶어 안달이 나게끔 한다.

- 이해사

1부

왜 책을 써야 할까?

- 책을 써야 하는 이유 -

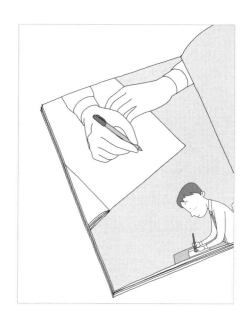

01
책을 쓰자
나를 다시 보기 시작했다!

　　　나는 주위 사람들에게 책 쓰기를 항상 권한다. 특히 한 분야에 남다른 식견이 있는 사람이면 더욱 권했다. 질문 뒤의 답변은 항상 정해져 있다. 예측을 벗어나지 않는다.

에이~ 내가 책을 어떻게 써요?

백이면 백 모두 그랬다. 사람들은 특출한 사람만 책을 쓰는 것으로 생각한다. 이것은 명백한 착각이며 자기의심이다. 누구나 책을 쓸 수 있다. 하지만 대부분 시도조차 하지 않는다. 본인의 내면에 잠재된 글쓰기 자질을 스스로 평가절하해 버린다. 난 이게 너무 답답했다. 그래서 사람들에게 책 쓰기가 인생에서 어떤 가치가 있고 인생을 어떻게 변화시킬 수 있는지 설명하려고 한다.

사실 책 한 권 쓴다고 해서 그 사람 인생이 달라지지는 않는다. 하지만 분명히 변화는 있다. 책을 쓰면 수많은 변화가 일어난다. 책 쓰기를 통해 이런 변화를 느껴 본 사람은 책 쓰기의 위력을 인정한다. 시도조차 하지 않은 사람은 죽을 때까지 모른다. 이게 현실이다.

나는 책을 쓰면서 분명히 달라졌다. 내가 책을 쓰기로 결심한 것은 도서관에서 우연히 책 쓰기 관련 책을 읽고 난 후다. 당시 직장생활 매너리즘에 빠져 있던 나는 돌파구가 필요했다. 무엇이든 해결책을 찾아 답답한 터널을 벗어나고 싶었다. 그래서 생각해 낸 것이 수험 생활이다. 공인노무사와 같은 자격 시험을 준비하려고 했다. 하지만 이 또한 직장생활을 하면서 준비하기가 만만치 않았다. 기출 문제를 분석해보고 공부량을 체크한 결과 인풋 대비 아웃풋으로 보아경제학적 개념에서! 결코 바람직하지 않다는 것을 깨달았다. 그러는 도중에 보게 된 것이 바로 책 쓰기와 관련한 책이었다.

《김병완의 책 쓰기 혁명》 나는 이분의 강연도 들은 바 없고, 이분과 아무런 관계가 없음을 밝힌다!을 읽고 정신적 충격을 받았다. 그분 말씀

중 가장 인상 깊었던 것이 바로 이 말이다.

전문가가 책을 쓰는 것이 아니다.
책을 쓰면 전문가가 되는 것이다.

성공한 사람이 책을 쓰는 것이 아니다.
책을 쓰면 성공한 사람이 되는 것이다.

똑똑한 사람이 책을 쓰는 것이 아니다.
책을 쓰면 똑똑한 사람이 되는 것이다.

이 말을 처음 보았을 때 느꼈던 충격은 아직도 잊을 수가 없다. '생각을 조금만 비틀어도 진리가 보이는구나'라는 생각을 했다. 그래서 나도 작가가 되기로 결심했다. 내가 비록 처자식이 있어서 회사를 과감하게 때려치우고 글만 쓰는 '전업 작가'가 될 수는 없었다. 가족을 부양해야 했기 때문이다. 그래서 직장을 다니면서 책을 쓰는 작가가 되기로 했다.

주업이 아니라 철저히 부업으로 책을 쓰리라 결심했다. 그리고 1년 뒤에 나는 내 이름으로 된 책을 출간했다. 그해에 무려 3권의 책이 나왔다. 실로 놀라운 발전이다.

회사 다니면서 책을 쓴다는 이야기는 비밀로 했으나 이런저런 이유(?)로 들통이 났다. 책이 나오자 사람들은 나에게 다들 이런 말을 했다.

농담인줄 알았더니 진짜 썼네?

어떻게 책 쓸 생각을 한 거야?

직접 쓴 거 맞아?

얼마 주고 책을 낸 거야?

나도 쓰고 싶은데 어떻게 하면 돼?

나를 대하는 주위 사람들의 태도도 달라졌다. 이건 회사뿐만 아니다. 지인들, 가족들 모두 비명을 질렀다조금 과장을 하자면!. 아니 우리 남편이 책을 썼다니? 우리 아들이 책을 썼다니? 이런 말을 들으며 나름 얼마나 흐뭇했는지 모른다. 이렇듯 책 한 권이 가지는 위용은 실로 대단하다.

그리고 주변 사람들이 나를 다시 보기 시작했다.

02
책 쓰기 정년은
직장 정년의 3배다!

요즘 직장 정년을 일본처럼 70세까지 늘린다는 이야기가 뉴스를 통해 나오고 있다. 하지만 이 말을 있는 그대로 믿을 사람은 없을 것이다. 정년이 보장되는 일부 회사를 제외하고는!

평균 수명이 비약적으로 늘어나 요즘 '100세 시대'란 말이 자연스럽다. 실제로 100살 넘은 노인 분들이 해가 다르게 늘고 있다. 과학기술의 발달과 선진 의료체계, 웰빙 생활을 통해 평균 수명은 매년 놀라운 속도로 증가하고 있다.

'준비되지 않은 노후는 고령 사회의 재앙'이란 말이 있다. 인생은 크게 성장기, 직장기, 은퇴기로 나눌 수 있다. 성장기는 태어나서 자라며 교육을 받는 기간이다. 직장기는 성장기가 끝나고 사회 구성원으로 일을 하며 노동의 대가를 받는 기간이다. 보통

30~40년 정도 된다. 그리고 은퇴기는 직장기 후에 죽기 전까지의 시간이다. 문제는 직장기는 잘 늘어나지 않는 반면 은퇴기는 엄청나게 늘어나고 있다는 사실이다. 노후 준비가 안 된 사람들은 은퇴기 삶이 말 그대로 재앙 수준이다. 따라서 노후까지 먹고 살 수 있는 '무엇인가'를 직장기 때 찾아야 한다.

나는 이 '무엇인가'를 책 쓰기로 정했다. 여러분도 이 책을 다 읽으면 책 쓰기로 정할 것이다. 왜냐고? 가장 힘도 덜 들고 가장 강력한 효과가 있어서다.

직장인으로서 작가가 된다면 은퇴 후 삶도 작가로 계속 살 수 있다. 시간도 자유롭고 내 노력에 의해 돈도 벌 수 있다. 책을 쓰면 수입원은 인세뿐만이 아니다. 책을 기반으로 다른 먹거리를 찾을 수 있다. 가령 강연도 할 수 있다. 문화센터에서 먹히는 책을 쓰면 전국 문화센터를 순회하며 강연을 할 수 있다. 전국 여행은 덤이다. 책 쓰기는 정년이 없다. 죽을 때까지 쓸 수 있다. 예전에 정비석 작가의 《소설 김삿갓》을 읽다가 서문에서 매우 흥미로운 내용을 보았다. 대략 이런 내용이다.

이 책이 내 마지막 책이 될 것 같다. 나는 늙어 더 이상의 기력이 없다. 이제 펜을 접고 은퇴한다.

정비석 작가는 이 책을 쓰고 1년 후에 돌아가셨다. 죽기 전까지 책 쓰기를 몸소 실천하신 것이다. 이렇듯 책 쓰기는 정년이 없다. 죽기 전까지 할 수 있다. 말 그대로 정년이 없는 최고의 노후 대비 수단인 셈이다.

그렇다고 책 쓰기를 은퇴 후에 하면 절대 안 된다. 30살부터 직장생활을 한다고 계산하면 직장생활은 30년 정도 가능하다. 하지만 책 쓰기는 20살 때부터 100살 때까지 가능하다.

고등학교 졸업할 정도의 나이가 되면 책 쓰기를 할 충분한 준비가 되어 있다고 본다. 100살까지 쓴다면 무려 80년을 쓸 수가 있다. 직장정년의 3배 가까이 되는 것이다. 그래서 책 쓰기 정년은 직장 정년의 3배이다.

따라서 사회생활을 하면서 꾸준히 책을 쓰자. 그리고 은퇴할 때까지 최대한 많은 책을 쓰자. 어차피 초반에는 질보다 양이다. 질은 쓰면서 높아진다. 그래서 최대한 많이 쓰는 것이 좋다. 글이란 쓰면 늘게 마련이다. 처음부터 잘 쓰는 사람은 어디에도 없다.

책을 쓰면 저작물로서 '저작권법'에 의해 보호받는다. 저작권은 작가 사후 70년까지 유효하다. 말 그대로 잘 쓴 책 한 권이 손자 세대까지 먹여살릴 수 있다. 잘 쓴 책 하나가 3대를 간다.

휴 그랜트 주연의 〈어바웃 어 보이〉란 영화가 있다. 이 영화에서 휴 그랜트는 한량에 바람둥이다. 그는 일하지 않고 펑펑 놀고 먹으면서도 풍족하게 산다. 왜냐? 아버지가 〈크리스마스 캐롤〉을 작곡했는데 이 노래가 대박을 치고 꾸준히 팔려 나가기 때문이다책으로 치자면 스테디셀러인 셈이다!.

이처럼 잘 쓴 책 하나는 후손까지 먹여 살린다. 후손에게 조상으로 사랑받고 싶다면 책을 써라! 그게 살길이다.

03
100권 읽기 vs
한 권 쓰기

영화평론가 이동진 작가가 《이동진 독서법》에서 한 이야기다. 강연을 시작하면서 청중에게 물어봤다.

지금 가방에 책을 가지고 있는 분은 손들어 보세요!

뒷이야기는 하지 않아도 잘 알 것이다. 요즘 현대인은 책을 읽지 않는다. 지하철이나 버스를 타보면 다들 스마트폰을 보거나 졸고 있다. 불과 10년 전만 해도 신문을 보거나 책을 읽는 사람이 꽤 됐다. 하지만 이제는 아무도 신문을 보거나 책을 읽지 않는다. 스마트폰만 쳐다본다.

가끔 주위 사람들이 스마트폰에 집중하고 있으면 '도대체 무엇을 하고 있을까?' 하는 호기심이 생겨서 한 번 쳐다본다. 그러면 대부분 게임을 하고 있다. 사는 것이 힘들어서 게임으로 스트레스를 푼다고 좋게 생각할 수도 있다. 하지만 현대인의 스마트폰 중독은 심각한 수준이다. 무언가를 보기 위해서 스마트 폰을 꺼내드는 것이 아니라 스마트폰을 가지고 있으니 습관적으로 열어보게 된다. 그리고 메일, 메시지, SNS, 뉴스, 게임 등에 자신도 모르게 빠져든다.

누구나 스마트폰을 집에 놓고 출근한 경험이 한두 번씩은 있을 것이다. 이때 기분이 어떤가? 왠지 불안하고 답답하지 않은가? 나도 최근에 그런 경험을 했다. 과거처럼 스마트폰이 없던 시절에는 휴대폰으로 꼭 필요한 통화나 문자 정도만 활용했다. 그 전 시절에는 삐삐를 썼고 그 이전에는 공중전화를 참 많이 이용했다. 쿨이란 가수의 〈애상〉과 015B의 〈텅빈 거리에서〉이란 노래를 보면 이런 가사가 나온다.

삐삐 쳐도 아무 소식 없는 너
싫으면 그냥 싫다고 솔직하게 말해줘

난 수화기를 들고 너를 사랑해

눈물을 흘리며 말해도 아무도 대답하지 않고
야윈 두 손에 외로운 동전 두 개뿐

1990년대 이후에 출생한 사람들은 아마 삐삐를 말로만 들어봤을 것이다. 〈텅빈 거리에서〉 가사 속 동전 2개는 당시 공중전화의 기본료가 20원이어서 나온 것이다.

그 시절의 아날로그 감성으로 돌아갈 수 없겠지만솔직히 그 시절이 그립다! 아무튼 스마트폰 중독은 생각보다 매우 심각하다. 그 결과, 책을 읽는 사람도 없으며 책을 사는 사람은 더욱 없다책을 쓰려는 사람만 늘고 있다!. 그래서 지하철에서 간혹 책 읽는 분들을 보면 매우 존경스럽다. 그래서 무슨 책을 읽나 유심히 쳐다본다. 그만큼 책 읽는 사람이 희귀하다. 따라서 나는 이런 주장을 하고 싶다.

최소한 책 쓰기를 하려는 사람은 책을 좀 사라!
그리고 책을 항상 가지고 다녀라!
제발 스마트폰 좀 그만 보고!

요즘 필요한 책을 신간으로 사지 않고 중고서점에서 반값으로 구매하는 경우가 많다. 또한 종이책 대신 전자책을 선호하는 사람들도 많다. 여기에 도서관에서 필요한 책을 빌려 읽지, 절대로 사지 않는다. 도서관에 없는 책은 '희망도서 비치신청' 을 하는 경우가 많다. 그래서 작년에 100만 부가 넘게 팔린 책을 보고 '참 다행이다' 란 생각도 했다출판업도 부익부 빈익빈이다!.

   그럼 책 100권을 읽는 것과 한 권을 쓰는 것 중 어느 것이 더 효과적일까? 정답은 예상하다시피 한 권 쓰는 것이 100권 읽는 것보다 1,000배는 낫다. 왜 그럴까? 책 한 권을 쓰기 위해서는 100권 이상을 읽어야 하기 때문이다. 그것도 아주 능동적이면서 철저하게 분석적으로!

   책을 쓰기 위해서는 관련 분야의 책을 아주(!) 많이 읽어야 한다. 왜 그래야 할까? 우리 이런 상상을 해보자. 가령 '특허' 에 대한 글을 쓴다고 치자. 하얀 도화지 위에 껌벅이는 모니터 커서로 특허에 관해 과연 몇 장이나 쓸 수 있을까?아마 몇 장 못 쓰고 두 손 들 것이다. 머릿속에 생각은 많아도 막상 쓰려고 하면 잘 써지지 않는다. 따라서 여러 책을 참고로 해야 한다. 보통 책 한 권 쓰는 데 30권 정도 그 분야의 책을 참고한다. 어떤 책은 아주 도움이 될 것이고 어떤 책은 전혀 도움이 되지 않을 수도 있다.

   이렇게 모은 책의 내용과 장단점을 분석하여 내가 쓰고자 하는 책의 뼈대와 재료로 삼는다. 가령 목차를 차용하여 내 책의 목차를 잡고 인용할 문장을 발라낸다. 마치 소 한 마리 잡으면 뼈에서 살을 발골 하듯이!

이런 방식으로 책을 쓰면 된다. 책 내용 중 본인의 순수한 생각은 20% 내외이다. 나머지 80%는 모두 남의 이야기다. 남의 이야기를 적당히 가공해 '내 것화' 시켜야 한다. 이렇게 하지 않으면 절대로 책을 쓸 수 없다. '해아래 새것이 없다' 는 말처럼 기존에 이미 있던 것을 활용하는 방식이다. 학자들이 논문을 쓸 때도 똑같은 방식을 취한다. 논문을 보면 인용이 상당히 많다. 출처만 정확히 밝힌다면 전혀 문제될 것이 없다. 오히려 권장해야 한다.

따라서 타인의 글을 인용할 때 출처만 정확히 밝히고 내용 자체를 왜곡하지 않는다면 타인의 생각을 내 생각으로 재구성하는 작업은 아주 중요하고 필요한 일이다. 100권을 읽는 것도 중요하지만 더 중요한 것은 1권을 쓰는 것이다. 1권을 쓰기 위해 그만큼 책을 읽어야 하니까. 그것도 철하게 분석적으로! 책을 읽는 질이 완전히 달라진다. 이래서 책을 써야 한다! 책을 쓰면 그 분야의 전문가가 된다. 엄청난 고민의 결과물이 바로 책이니까.

04

학벌, 자격증,
투자금이 필요 없는 최고의 사업

책 쓰기는 1인 기업을 가능하게 한다. 밑천이 전혀 들지 않기 때문이다. 필요한 것은 노트북과, 글을 쓰겠다는 굳은 의지다. 여기에 글을 쓰는 장소가 확보되면 더욱 좋다. 확보되지 않아도 상관없다. 커피숍이나 도서관에서 써도 된다. 그야말로 김선달이 대동강 물 팔아먹는 정도의 매력이 있는 직종이다.

책 쓰기는 학벌이 필요 없다. 위대한 작가 중에는 소위 명문대 출신이 별로 없다. 내 기억에는 《무소의 뿔처럼 혼자서 가라》의 공지영 작가 정도인 것 같다. 그만큼 공부 잘하는 모범생은 글을 잘 못 쓴다. 학벌이 별로 좋지 않다고? 그럼 글 쓸 소질이 아주 다분하다는 이야기다. 우리가 아는 스타 작가들은 죄다 명문대 출신이 아니다. 그러므로 명문대 출신이 아니라는 사실을 자랑스럽게 생각하자. 내가 명문대 출신이 아니라서 위대한 작가가 될 확률이 아주 높다고 말이다(명문대 출신이면 죄송하다!).

잘 쓴 책 한 권은 자격증보다 훨씬 큰 위력을 발휘한다. 왜일까? 바로 희소성 때문이다. 가장 대표적인 전문 자격증이라는 변호사를 예로 들어보자. 지금 변호사 수는 로스쿨이 생긴 이후 매년 엄청나게 쏟아지고 있다. 다른 자격증은 안 그럴까? 마찬가지다. 변리사, 세무사, 노무사, 관세사, 법무사, 감정평가사 등 이루 말할 수 없이 많은 자격증 소지자들이 우리나라에 존재한다. 소위 자격증 인플레로 인해 경쟁이 날로 치열해지고 있다. 요즘에는 무엇이든지 직접 하는 시대이므로 이들의 몸값은 해가 갈수록 떨어지고 있다. 하지만 책은 전혀 그렇지 않다. 오히려 그 반대다. 잘 쓴 책 한권은 자격증 이상의 힘을 발휘한다. 책을 쓴 사람을 우리는 흔히 '작가'라고 부른다. 변호사, 변리사처럼 전문 분야의 장인 정도로 쳐준다. 따라서 작가가 되는 것은 자격증 이상으로 힘을 발휘한다. 게다가 전문 자격증 소지자가 책을 쓰면 그 효과는 당연히 배가 된다.

책 쓰기의 투자금은 노트북 한 대 살 돈이면 충분하다. 노트북도 비싼 것이 필요 없다. 작가는 대개 한글 프로그램에 글을 쓰므로 비싼 노트북은 필요없다. 최근에는 노트북이 얇고 가벼워져

들고 다니기도 편하다. 가방에 넣고 다니며 언제 어디서든 시간이 나면 쓰면 된다. 나는 노트북을 차에 싣고 다니며 언제 어디서든 책을 쓸 수 있게 항상 준비한다. 지방 출장을 갈 때도 글을 쓸 수 있도록 KTX나 SRT를 이용한다. 선반이 있어서 여기에 노트북을 놓고 책 쓰기를 할 수 있다. 이런 짧은 시간도 소중하게 활용한다. 열차에서 책 쓰기를 하다보면 시간이 놀랍게도 빨리 지나간다. 금세 목적지에 도착한다. 내리기 위해 노트북을 꺼야 하는 시간이 가장 아쉽다.

약속이 있을 때도 시간에 맞춰 가지 않고 항상 한두 시간 먼저 가서 근처 커피숍으로 간다. 커피숍에서 글을 쓰면 놀랍도록 집중이 잘 된다. 한두 시간 시간을 정해놓고 쓰기 때문에 집중력이 매우 높아진다. 그리고 약속시간에 늦을 이유도 없다. 미리 가 있기 때문이다. 난 원래 커피숍을 좋아하지 않았지만 책 쓰기를 시작하면서 커피숍 다니는 것이 일상처럼 되었다. 이것도 직업병이라고, 커피숍만 가면 전원을 연결할 콘센트부터 찾는다. 이렇게 책 쓰기는 학벌, 자격증, 투자금이 필요 없는 최고의 사업이다. 명문대를 졸업하지 않았는가? 그럼 당장 책 쓰기를 시작하라. 전문 자격증이 없는가? 그럼 당장 책 쓰기를 시작하라. 사업 밑천이 없다고? 노트북 한 대 살 돈이면 된다. 당장 책 쓰기를 시작하라!

05

지금의 현실에서
탈출하는 유일한 방법

영화평론가가 본업인 이동진 작가는 《이동진 독서법》에서 책쓰기에 대해 다음과 같이 이야기한다.

한 사람이 책 한 권을 쓴다는 것은, 하나의 세계를 만들어 내는 것이다. 하나의 주제 아래 자신의 지적인 세계를 만들어서 거기에 투사하는 것이다. 아무리 부족하고 어설퍼도 그것에 들어가는 저자의 노력은 대단한 것이다. 우리가 책을 읽는다는 건, 저자가 만들어낸 지적인 세계, 그러니까 한 사람의 세계와 통째로 만나는 것이다.

_ 이동진, 《이동진 독서법》

책을 쓰는 것이 '하나의 세계를 만드는 것'이라는 말에 크게 공감한다. 그럼 지금부터 왜 세계를 만드는 것이 필요한지 나의 사례를 들어보겠다.

나는 2009년에 사기업에서 공공기관으로 이직하여 이제껏 공공기관에서 일하고 있다. 직장으로서 안정적이고 보수 수준도 대기업 부럽지 않으며 업무 강도도 약하다는 주위의 거짓 정보를 믿고 입사한 것이 화근이었다.

나는 공공기관에서 철저하게 적응하지 못했다. 내가 공공기관에 적합한 인간형이 아니었기 때문이다.

내가 공공기관에 적응하지 못한 결정적 이유는 공공기관의 단점과도 일치한다.

첫째, 단순하고 반복적인 업무다. 업무가 주간, 월간, 분기, 반기, 연간으로 다람쥐 쳇바퀴 돌아가듯 한다. 몇 년 하다보면 업무가 다 거기서 거기다.

둘째, 급여 수준이 생각보다 높지 않다. 공공기관도 워낙 종류가 많아 천차만별이겠지만 역시 급여는 절대 높지 않다. 공공기관 다니면서 부자 되기는 낙타가 바늘귀에 들어가는 것보다 더 어렵다!

셋째, 올라갈 곳이 없다. 내가 다니는 곳도 부장급까지 올라가면 더 이상 올라갈 곳이 없다. 즉, 진급이나 승진에 대한 목표가 명확하지 않다.

마지막으로 공공기관은 좀 보수적이다. 아무래도 기업처럼 시장 논리로만 운영하지 않아서인지 효율성보다는 합목적성, 절차적 타당성을 더 중요시한다.

위의 이유들로 인해 나는 공공기관에 적응하지 못했다. 지금이야 나이가 어느 정도 차서 그럭저럭 생활하고 있지만, 아직도 적응이 안 된다!

내가 직장생활을 하며 슬럼프가 찾아온 것이 2015년경부터였다. 그 전엔 20, 30대의 열정으로, 또 이직도 많이 한 탓에 적응하고 일하기 바빴다. 업무도 모르니 배우기 바빴다어느 회사건 이직하면 거의 일을 새로 배워야 한다. 슬럼프가 찾아오자 이런 생각이 들었다.

내가 지금 뭘 하고 있는 거지?
이렇게 살다가 흐지부지 가는 걸까?
내가 이것밖에 안 되는 사람인가?

이런 생각이 머릿속에서 한동안 계속 맴돌았다. 그래서 퇴근하고 술로 밤을 지새웠다. 몸무게는 늘어가고 간 수치는 높아지고 피부가 안 좋아지기 시작했다. 폐인까지는 아니었지만 반 폐인 상태로 수 년을 보냈다. 업무에 의욕은 없고, 업무를 이미 파악했으므로 하루에 몇 시간을 내 일처리만 하고 무조건 술을 먹었다[물론 이 전에도 많이 마시긴 했다!].

그러던 중 놀라운 변화가 찾아왔다. 내가 잘 들인 습관 중 하나가 그 당시에도 도서관에서 책을 참 많이 빌려보았다는 사실이다. 빌려서 다 읽지는 않고 필요한 부분만 찾아서 읽고 반납하는 식이었다. 어떤 날은 빌린 책을 하나도 보지 않고 그대로 반납한 적도 있다.

그러던 중 한 권의 책이 내 인생을 바꾸었다. 난 그 책을 읽고 문화적 충격을 받았다. 그 쇼크는 지금도 잊을 수가 없다. 그래서 그 책을 구입하여 이제껏 신주단지 모시듯이 하고 있다. 그 책은 그만큼 파괴력이 있었다. 물론 지금 읽는다면 그 정도의 감동을 느낄 수 없을 것이다. 이제는그 책의 내용을 이미 다 알고 있기 때문이다. 독자들도 내 말을 듣고 그 책을 보면서 '이게 충격 받을 정도인가?' 생각할 수도 있다. 하지만 당시 나에게는 그랬다. 그만큼 나는 절박했다. 탈출구를 찾고 싶었다. 그 책은 하나님이 나에게 주신 큰 선물과도 같았다. 그 책이 바로 《김병완의 책 쓰기 혁명》이다.

나는 《김병완의 책 쓰기 혁명》을 읽으면서 책을 쓰기로 결심했다. 작가가 되기로 했다. 그리고 나에게 최면을 걸었다.

나는 작가다! 모든 언행은 작가처럼!

이렇게 나는 작가가 되었다. 예전에는 무료하고 더디게만 가던 시간이 빨리 가기 시작했다. 자투리 시간이 나면 스마트폰을 보거나 졸기 바빴던 내가 틈만 나면 글을 쓰기 시작했다.

책을 읽을 때도 무덤덤하게 읽던 내가 사냥하듯이 책을 보기 시작했다. 먹잇감을 찾는 초원의 하이에나처럼. 그러면서 내 인생은 180도 바뀌었다. 내가 성공을 해서 돈을 벌거나 유명해졌다는 말은 아니다. 내 삶의 자세가 바뀌었다는 사실! 이게 인생이 바뀌었다는 의미다.

사람이 목표를 상실하면 죽은 사람이다. 글을 쓰고 책을 출간하고 작가가 되고 꾸준히 이 생활을 해나가는 것, 그게 내 목표다.

내 삶에 응축된 에너지를 발산하고 나의 노력으로 사회에 기여

하고 세상을 바꿀 수 있다는 확신, 사람을 변화시키는 밀알, 그에 더해지는 나 자신의 변화, 그리고 이에 따라오는 수많은 행운들.

이게 내 인생의 목표가 되었다. 나는 보는 사람마다 책을 쓰라고 권한다. 스스로 놀라운 변화가 생기기 때문이다. 책 쓰기는 우리가 지금 현실에서 벗어나 새로운 꿈을 꾸게 하는 최고의 힘이다!

06

책 쓰기는 문맹이 아니면
누구나 할 수 있다!

사람들은 책 쓰기에 대한 이상한 편견을 가지고 있다. 책을 쓰려면 대단한 재능이 있어야 한다는 생각이다. 결론부터 말하자면, 책은 누구나 쓸 수 있다. 지금 컴퓨터를 켜고 바로 책 쓰기를 시작한다면 바로 당장은 쓸 수는 없을 것이다. 하지만 조금만 준비하면 가능하다. 나는 공공기관의 현직에 있어서 겸직 금지 조항 때문에 '책 쓰기 사관학교'를 만들 수는 없지만 장기적으로는 주말을 이용해서 강의를 했으면 한다. 나의 책 쓰기 노하우는 좀 특별하기 때문이다.

회사를 차리지는 못해도 특강 정도야 큰 상관이 없을 거라고 본다. 그리고 내 책 쓰기 기술을 나만 알고 사장시키는 것이 이 세상을 위한 도리가 아닌 것 같다. 책에서 글로 표현하지 못하는 여러 내용이나 방식이 있기 때문이기도 하고, 나는 영리적으로 책 쓰기를 강의할 생각도 없다!

　나도 처음 책 쓰기를 결심하고《김병완의 책 쓰기 혁명》다시 말하지만 난 이분과 전혀 관계가 없다!을 비롯한 책 쓰기 관련 책을 여러 권 읽었다. 읽으면서 '책 쓰기는 이런 것이구나' 하는 것을 희미하나마 느낄 수 있었다. 그리고 책을 구하는 대로 '책 분석 작업' 에 들어갔다. 내가 했던 책 분석 작업은 대충 이렇다.

1. 책 제목과 표지카피를 보고 어떤 책인지 예상하기

2. 책의 디자인을 보고 제목과 연관성 생각하기

3. 책 두께를 느끼며 페이지 수 예측하기

4. 책 판형을 보며 무슨 판형인지 맞추기

5. 작가 프로필 읽기

6. 출판사가 어디에 있는지 확인하기

7. 목차를 보며 책 구성 익히기

8. 꼭지 등가장 작은 단위 구성 방식 확인

9. 프롤로그, 에필로그 읽기

10. 앞 부분에서 2~3꼭지 읽어보기

이 정도 하면 '책 분석 작업'이 끝난다. 특히 출판사가 어디 있는지는 꼭 확인한다. 혹시 이 출판사가 나와 같이 일할 일이 생긴다면 잘 알아두어야 하기 때문이다(이것도 내 최면이지 착각이다!).

이렇게 책 분석 작업을 꾸준히 하다보면 책을 보는 눈이 생긴다. 마치 출판 전문가가 된 느낌이다. 그냥 제목 보고 책 골라 읽는 수준이 아니다. 출판기획자가 책을 분석하는 기분으로 책을 본다. 한 권 분석하는 데 20분 정도면 충분하다.

이 작업이 끝나면 굳이 책을 읽지 않아도 내용이 다 예측이 된다. 그리고 가볍게 넘기면서 책을 보다 눈길이 가는 곳은 유심히 읽는다. 이게 내 책 읽기 방식이다. 물론 문학작품은 이렇게 읽을 수 없다. 내가 이야기하는 방식은 문학작품이 아닌 일반 서적(자기계발, 책 쓰기 등)을 의미한다.

여러분도 내가 말한 '책 분석 작업'을 한번 해보시라. 한 달만 하면 도서점장이가 된다. 이 작업이 끝나면 책 쓰기 작업 준비는 90% 이상 되었다. 이제 책을 쓰기만 하면 된다. 책 쓸 결심을 하면 일단 벤치마킹 책을 한 권 정한다. 내가 출간하려는 책과 비슷한 구성을 가진 책이면 된다. 목차도 비슷하게 잡고 책 제목도 가제로 정해놓고 책 쓰기도 46배판으로 도서 크기와 정확히 일치하게 만들어 글을 썼다. 즉, 책의 한 페이지가 내 한글파일 한 페이지가 되게 만들었다. 이렇게 하면 마치 완성본을 쓰는 느낌이 들어 좋았다. 분량 조절하는 데도 A4로 쓰는 것보다 훨씬 더 좋다는 것이 내 지론이다.

내 첫 책은 이런 방식으로 완성했다. 내가 딱히 책 쓰기 강좌도 듣지 않고, 교육도 받지 않은 상황에서 나만의 방식을 나 스스로 터득해서 썼다. 이 점은 나도 스스로 박수를 쳐주고 싶다. 이게 막상 해보면 말처럼 쉽지 않다. 나는 이런 작업을 하며 다음과 같은 생각이 들었다.

내 글쓰기책 쓰기를 떠받치는 무엇인가가 없다.
그래서 불안하다.

하지만 이 방식은 주효했다. 딱히 뛰어난 이력이나 인생의 곡절, 문장력 어느 것 하나 갖춘 게 없는 내가 첫 책을 순식간에 계약했으니 말이다. 따라서 나는 이런 결론을 떠올렸다.

책은 누구나 쓸 수 있다! 책 쓰기 능력은 하늘로부터 주어지는 것이 아니다. 뜨거운 열정과 약간의 요령이 더해지면 가능하다!

이 책을 읽는 독자라면 이미 책 쓰기에 대한 기본 자질이 있다고 본다. 왜냐하면 이런 '책 쓰기' 책을 찾아 읽을 정도면 '열정도 있다'는 것을 의미하기 때문이다. 더 이상 무엇을 망설이는가? 바로 실행에 옮기면 된다. 부족한 것은 조금씩 해결하면 된다. 그 방법은 차차 설명할테니 홀가분하게 따라오시기 바란다!

07

그것은
비겁한 변명입니다!

　　　　정주영 전 현대그룹 명예회장은 나에게 아주 특별한 사람이다. 내가 어릴 적, 집 책장에 그분의 평전이 있었다. 나는 초등학생 시절 그 책을 여러 번 읽었다. 그리고 감동했다. '이런 분도 계시구나. 이래서 이분이 대한민국 최고의 기업을 만들었구나' 하는 생각을 했다. 정주영 회장의 명언 중 가장 기억에 남는 것이 바로 이 말이다.

한번 해 봤어?

책 쓰기도 똑같다. 책을 써보라고 주위 사람들에게 이야기하면 대부분 '에이! 내가 책을 어떻게 써요' 하고 손사래를 친다. 답변은 이미 예상하고 있었지만 '역시 이 분도 의지가 없구나' 하는 생각을 한다. 책 쓰기는 이런 마인드로는 절대 쓸 수 없다. 책 쓰기는 어떻게 보면 비즈니스 모델링Business Modeling과 비슷한 면이 있다. 비즈니스 모델링 기법은 아주 다양하지만 그 중 유명한 기법 중 하나를 지금부터 설명하겠다.

주어 + 서술어
스타벅스는 커피를 판다.

여기서 주어를 바꾸거나 서술어를 바꾸어 생각 자체를 바꾸는 기법이다. 가령 다음과 같다.

주어 바꾸기
나이키는 커피를 판다.
네이버는 커피를 판다.

서술어 바꾸기
스타벅스는 빵을 판다.
스타벅스는 음악을 판다.

내가 전에 이야기한 김병완 작가의 발상법도 이것과 아주 유사하다. 그 방법은 주어와 서술어를 아예 바꿔 버린 형태다.

전문가가 책을 쓰는 것이 아니다.
책을 쓰면 전문가가 되는 것이다.

결국 발상의 전환이 불가능을 가능하게 한다. 브레인스토밍이나 비즈니스 모델링 모두 이런 발상의 전환을 통해 새로운 아이디어를 창출하고 더 나아가 가치 혁신을 이루는 방법이다. 나는 비단 사업뿐만 아니라 우리 개인의 삶이나 책 쓰기에도 이런 방식을 효과적으로 사용할 필요가 있다고 본다.

우리는 책 쓰기에 대한 인식을 혁신적으로 바꿀 필요가 있다. '나는 못 써' 라고 생각하면 그 사람은 영원히 책을 쓸 수 없다. 그런 갇힌 사고를 과감하게 혁파해야 한다. 물론 책을 쓰지 않는다고 성공하지 못하는 삶은 아니다. 하지만 책을 쓰면 더 강력하게 성공할 수 있다. 이 책을 읽을 정도면 이미 책 쓰기를 가슴 속에 담고 있을 테니.

재테크 강좌에서 이런 말을 들은 적이 있다.

1억을 모으기가 힘들지, 일단 1억을 모으면 2억을 모으는 것은 쉽습니다. 3억은 2억을 모을 때 보다 더 쉽고요. 그런 식으로 돈이 돈을 부릅니다.

책 쓰기도 똑같은 원리를 적용할 수 있다. 일단 한 권을 출간하기가 힘들다. 하지만 두 번째 책은 첫 번째보다 훨씬 수월하다. 세 번째, 네 번째도 이런 식으로 책을 쓰는 거다. 제대로 된 방식으로 책 쓰기에 성공한 사람들은 딱 한 권만 쓰고 절필하는 경우는 드물다. 처음에는 이런 생각을 할 것이다.

내 다시는 책을 쓰지 않겠다 너무 고생했어...!

하지만 이런 결심은 결코 오래가지 않는다. 책을 쓰면 놀랍도록 많은 변화가 생기기 때문이다. '작가' 라는 호칭이 붙고 삶에 자신감이 생긴다. 인세가 들어오고 강연도 할 수 있다. 무엇보다 가족이 자랑스러워한다. 이런 '책 쓰기 효용 매트릭스' 에 흠뻑 빠져들어 보자. 그러면 이미 자연스럽게 두 번째 책을 쓰고 싶어질 것이다. 글이란 것이 쓰면 쓸수록 늘게 되어있다. 전 편 보다 더 나은 책을 쓰기 위해 또 다시 노트북을 켤 수밖에 없다.

아직도 책 쓸 용기가 안 생기는가? 아직도 책 쓰기는 당신과 상관없는 일인가? 절대 아니다. 모든 것은 비겁한 변명이다. 발상의 전환을 통해 책 쓰기를 반드시 시작하도록 하자.

특출 난 사람이 책을 쓰는 것이 아니다.
책을 쓰면 특출 난 사람이 된다.

08
책 쓰기와 강연은
한 몸이다!

책 쓰기는 강연을 부른다. 특히 강의를 할 만한 분야의 책을 쓰면 더욱 그렇다. 그래서 강연까지 염두에 두고 있다면 책 주제를 '강연을 할 만한' 것으로 정해야 한다. 가령 '입시' 나 '취업' 에 관한 책을 쓰면 관련 분야에서 강연을 할 수 있다. 최근 유행하는 인문학에 대한 책을 쓰면 '문화센터' 나 '도서관' 같은 곳에서 강연을 할 수 있다. 이런 곳은 한 번 가면 보통 100만원이다. 한 달에 열 군데만 뛰어도 1,000만원이다. 작은 액수가 아니다.

나는 공공기관에 다닌다는 이유로 가끔 평가위원으로 활동을 한다. 한 번 가면 받는 돈이 30만 원가량이다. 많지 않은 돈이지만 한 달에 한 번만 해도 얼추 출퇴근 기름값은 빠진다. 짭잘한 부업인 셈이다.

하지만 책 쓰기를 통해 강연을 하면 이에 비할 바가 아니다. 30만 원 주고 강연을 의뢰하는 경우는 거의 없다. 대부분 100만 원 이상이다. 비영리단체나 사회복지시설과 같은 곳이 아니라면 대부분 100만 원 이상의 비용을 지급한다. 조금 유명해지면 금액은 상상할 수 없이 늘어난다.

최근에 김제동이나 탁현민같은 인사가 강연 시 받는 돈이 공개되었는데 1회당 1,500만 원 상당을 받는다. 엄청난 금액이다. 물론 이분들처럼 받으려면 엄청나게 유명해야 한다. 지명도가 가격 몸값을 결정하기 때문이다.

얼마 전 유성도서관에 책을 빌리러 간 적이 있다. 거기서 우연히 한 포스터를 보았다. 내가 다니는 연구소에서 근무했던 송경화 박사의 강연 포스터였다. 제목이 이랬다.

《불량엄마의 생물학적 잔소리》의 저자 송경화 박사 특별강연!

제목처럼 송경화 박사는 생물학 박사다. 본인의 전공분야를 잘 살려 독특한 콘셉트로 책으로 썼다. 이 책 이후 송경화 박사는 매년 기초과학우리가 소위 '물화생지'라고 부르는!에 대한 책을 쓰고 있다.

《불량엄마의 생물학적 잔소리》는 2016년에 출간되었고, 2017년에는 《불량엄마의 삐딱한 화학세상》, 2018년에는 《불량엄마의 푸른 지구여행》을 출간했다. 1년에 한 권씩 출간하는 것을 볼 때 곧 불량엄마의 '물리' 시리즈가 나올 것임을 예상할 수 있다. 물리 시리즈가 완성이 되면 기초과학의 가장 기본인 '물화생지'가 완성된다. 조만간 기초과학 분야의 그랜드슬램을 달성하는 것이다.

나는 송경화 박사가 책을 쓰면서 한 단계 업그레이드되었다고 확신한다. 책을 쓰며 '물화생지'를 어떻게 이야기로 풀어나갈 것인지 엄청나게 고민했을 것이기 때문이다. 또한 앞으로 작가로서 그녀의 또 다른 책이 기대된다. 이것이 책이 가지는 힘이다. 책은 그만큼 사람을 바꾸고 세상을 바꿀 에너지의 원천이다.

송경화 박사처럼, 책 쓰기를 하면 강연을 할 기회는 얼마든지 있다. 하지만 가만히 있으면 누가 '이런 훌륭한 작가는 우리가 모셔야겠다' 하고 연락을 취해올까?

물론 그럴 수도 있겠지만 특별한 경우를 제외하고는 그럴 일은 없다. 그래서 강연을 하기 위해서는 일종의 미끼(?)가 필요하다. 가령 책에 이메일 주소를 적어놓으면 된다물론 적어놓지 않아도 출판사를 통해 연락하는 사람도 있다!. 저자 프로필 적는 란을 활용하는 것이 좋다. 이런 식으로 말이다.

책 내용 및 강연 문의 : bookwriter777@naver.com
실제 내 이메일이다!

블로그가 있으면 블로그를 활용하는 것도 좋다. 블로그에 저자 프로필과 연락처를 넣어놓으면 아무래도 연락하기 쉽기 때문이다. 최근에는 SNS를 이용한 홍보가 매우 중요하다. 특히 책을 처음 쓰는 작가는 인지도가 없기 때문에 책 한 권 내기가 쉽지 않다. 유명한 작가가 아니면 출판사에서 꺼려하기 때문이다. 마치 '신입'보다 '경력'을 선호한다고 할까? 책 쓰기는 아무래도 써 본 놈이 더 잘 쓰기 때문에 경력자를 아무래도 선호한다.

그럼 신입은 영원히 책을 쓰지 말라는 말인가? 아니다. 그래서 SNS를 해야 한다. 유튜브나 인스타그램, 카페, 브런치, 블로그 등에서 글쓰기를 통해 어느 정도 독자를 미리 확보해놓는 것이 좋다. 일단 독자가 확보되면 책 내기는 더 쉬워진다. 이런 작업은 하루 이틀 만에 이루어지는 것이 아니다. 꾸준히 SNS 관리를 해야 한다. 최소 3년은 계속해야 한다. 작가가 되려면 지금 당장 SNS를 시작하라. 그리고 글을 꾸준히 올려라. 그래야 독자와 소통할 수 있는 공간이 만들어진다. 이러는 와중에 책을 내야 책도 내기 쉽고 낸 책을 팔기도 쉬우며, 책을 가지고 강연하기도 쉽다.

최근에 글 쓰기나 책 쓰기 책 몇 권만 내면 너나없이 '책 쓰기 강연'을 한다. 나도 시중의 책 쓰기 강연에 대해 좀 알아보았다. 금액도 비싸고 속된 말로 '사짜'들이 많다. 이런 강의가 필요한 분들은 강연을 듣겠다면 말리지는 않겠으나, 신중하게 접근할 것을 권해드린다. 굳이 듣겠다면 명로진 작가나 김병완 작가, 이상민 작가처럼 대중에게 널리 알려져 있고 강의 경력도 풍부한 분에게 의탁하는 것이 리스크를 줄이는 길이다.

최근에는 스마트폰의 열풍 때문인지 종이책 읽는 사람이 별로 없다. 따라서 인세를 통해 수익을 내기는 참 어렵다. 초판을 못 파는 책이 전체 출간 도서의 95% 이상이다. 초반 부수인 1,000부를 못 팔고 종치는 경우가 대부분이다. 그래서 강연을 해야 한다. 강연을 하지 않고는 돈을 벌 수가 없다.

또한 강연을 하면 책을 팔 수 있다. 저자 직강이라고 하면 수강생들이 책을 사서 가져오기 때문이다. 여기에 강연이 있을 때마다 책을 가지고 가서 강연 전에 강연장 앞에서 책을 팔아야 한다.

작가도 마케팅을 해야 한다. 강연을 통한 마케팅이 최고의 마케팅이다. 이로 인해서 책 판매부수가 늘어난다.

저자에게는 보통 정가의 70%에 책을 제공하니 일정 수량을 확보해놓고 강연이 있을 때마다 차에 책을 싣고 가 정가에서 10% 할인된 가격에 팔면 20% 남는다. 인세가 보통 10%니 인세보다 남는 장사다. 강연을 통한 책 팔기를 잘 활용할 필요가 있다. 따라서 처음 책이 나오면 유료, 무료 할 것 없이 무차별적으로 강연을 다니는 것이 좋다. 연락이 안 오면 내가 연락을 하면 된다. 문화센터나 복지관, 주민센터, 도서관 등에 책 소개 인포그래픽이나 광고지를 보내 강연에 대해 알려라. 그리고 강연 자료도 1세트 준비해서 꾸준히 업데이트하며 활용하라. 결국 부지런한 작가가 강연도 많이 다닌다.

최근 스타 강사가 된《대통령의 책 쓰기》의 강원국 작가도 처음에는 주민 센터 강연부터 시작했다고 한다. 두 명을 놓고 강의한 적도 있다고 한다. 그의 블로그에 재미있는 글이 있어 여기 옮겨본다. 제목은 '강연 외연 확장' 이다.

처음에는 글쓰기 강의로 시작했다.
지금도 쓰기가 중심에 있다.

쓰기는 읽기, 듣기와 결합해서 공부가 된다.
그래서 공부법 강의도 한다.
공부법 강의를 포장하면 인문학 강의가 된다.

쓰기는 또한 말하기, 듣기와 결합해서 소통이 된다.
그래서 소통법 강의도 한다.
소통법 강의를 포장하면 리더십 강의가 된다.

요즘엔 글쓰기, 공부법, 인문학, 소통법, 리더십 강의를 한다.

　강원국 작가의 위 글은 많은 걸 시사한다. 이 모든 게 책을 쓰면 가능해진다. 반드시 책 쓰기에 성공해 강사로서 이름을 떨치시길 바란다!

09

손가락이
10개인 이유는?

손가락이 10개인 이유가 뭘까? 코 하나, 입 하나, 귀 둘, 눈도 둘, 팔다리도 각각 2개인데 왜 손가락은 10개일까? 함만복 시인은 손가락이 왜 10개인 이유를 이렇게 썼다.

손가락이 10개인 것은
어머니 뱃 속에서 몇 달 은혜를 입나 기억하려는
태아의 노력 때문인지도 모릅니다.

그럼 어머니 은혜를 갚기 위해 노력해야 하지 않겠는가? 나는 그 가장 좋은 방법을 책 쓰기라고 생각한다. 내가 처음 책을 썼을 때 가장 기뻐하셨던 분이 우리 어머니다. 어머니는 겉으로 잘 표현은 안 하시지만 나는 알 수 있다. 그게 부모의 마음이라고. 나도 어머니 뱃속에서 손가락 10개를 통해 10달간 어머니의 사랑을 학습했기 때문이리라.

책을 쓰면 가장 좋아하는 사람이 바로 가족이다. 가족은 내 삶의 원동력이자 삶의 이유이다. 2018년 프로야구 SK와이번스의 우승감독 트레이 힐만 감독은 우승 직후 감독직을 사임하며 미국으로 돌아갔다. 그는 이런 멋진 말을 남겼다.

내 인생에서 가장 중요한 것은

첫째는 신神이고
둘째는 가족이며
셋째가 야구다.

나는 이 말을 접하고 크게 감동했다. 우리가 직업을 가지고 일을 하는 것도 어떻게 보면 행복하게 살기 위해서다. 행복의 근간을 이루는 근본은 가족이다. 가족 안에서 부부가 사랑을 하고 자녀를 출산하고 양육하며 얻는 기쁨은 상상을 초월한다. 특히 임신을 통해 손가락 10개, 10달 동안 태아를 뱃속에 품는 어머니의 모정이야말로 이루 표현할 방법이 없을 정도로 위대한 사랑이다.

내가 오늘 이야기하려고 하는 '손가락이 10개인 이유'는 좀 다르다. 어머니의 사랑도 위대하지만 책 쓰기와 관련해 조금 다른 측면에서 접근하고자 한다. 이것은 일반인이 왜 책을 써야 하는지 내가 주장했던 내용과 일치한다. 일반인, 특히 직장인이 왜 저자로써 '멀티플레이어'가 되어야 하는 것에 대한 이야기다.

직장인으로 '언제까지 살 수 있나' 하는 문제도 중요하지만 '직장생활을 얼마나 성실하게 잘 하느냐'가 더 중요하다. 그렇게 하기 위해서는 반드시 책 쓰기를 생활화 해야 한다. 책 쓰기를 생활화하면 삶을 대하는 태도가 달라진다. 삶의 의욕이 넘친다. 그리고 시간을 함부로 대하지 않는다. 5분이란 시간도 책 쓰기에 매우 소중하다. 책 한 권을 기획하기에 충분하다. 실제 생활을 하다보면 아이디어는 이런 시간에 떠오른다. 샤워하다가, 대변을 보다가, 영화를 보다가 갑자기 아이디어가 떠오른다. 그래서 책 쓰기를 생활화한 사람은 시간관리에 상당히 엄격하다. 한정된 시간 안에서 결과물을 내야 하는 우리는 어쩌면 시간과 싸우고 있는 건지도 모른다.

책 쓰기는 직장생활의 활력소가 된다. 특히 내 업무와 관련한 책을 쓰면 더욱 그렇다. 나도 첫 책은 내 전공 분야에 대한 책이다. '기술사업화', '기술마케팅', '특허'가 내 전공분야다. 이 분야의 책을 쓰면서 관련된 자료를 엄청나게 읽었다. 그것들이 나에게 큰 자산이 되었다. 책 쓰기를 하면 아는 내용을 어떻게 전달할 것인지 수없이 고민한다. 이때 실력이 일취월장한다. 관련 서적을 읽으면서 '이런 내용은 내 책에 반영해야겠다!'는 내용은 모조리 별도로 정리했다. 그리고 중학생도 알아들을 수준으로 쉽게 설명해야 했다.

책을 어렵게 쓰기는 쉽지만 쉽게 쓰기는 아주 어렵다. 내용을 이해하고 재구성하는 것도 어렵지만 단어 사용도 상당히 신중해야 하기 때문이다. 그래서 작가가 되려면 항상 '상대방의 입장'에서 생각할 줄 알아야 한다. 사물을 한 쪽 면만 보지 말고 입체적으로 보는 '본질을 꿰뚫는 통찰력'이 필요하다.

책 쓰기가 가져오는 효용은 투잡을 가능하게 한다. 이런 가정을 해보자. 오늘 이런 통보를 받았다.

내일부터 회사 나오지 마세요!
당신은 우리 회사에 필요 없습니다!

이런 말을 들으면 어떻게 할까? 부당해고 소송이라고 해야 하나? 이런 법적인 문제를 차치하고 이런저런 사유로 직장을 그만두게 된다면 나는 무엇을 해야 하나? 누구나 이런 고민을 해본 적이 있을 게다. 부양가족이 있으면 더 치명적이다. 나 혼자 사는 게 아니기 때문이다. 이래서 책을 써야 한다. 책을 써서 내 몸값을 올려야 한다. 아마 책 쓴 사람을 회사에서 내쫓지는 않을 것이다.안 쓴 사람은 내쫓아도! 그만큼 책은 위력이 있다. 외부적 요인의 변경은 부수적인 것이다. 내적인 변화를 통해 다른 사람으로 거듭나는 것이 책 쓰기의 핵심이다. 스스로 변화하면 본인보다 주위에서 먼저 느낀다.

다이어트와 관련해 이런 광고 카피가 생각난다.

하루 운동을 안 하면 내가 느끼고
이틀 운동을 안 하면 다른 사람이 알아본다.

손가락이 10개인 이유는 죽을 때까지 10개의 직업을 가지란 말이다. 하나의 직업으로 만족하지 말고 현직에 있을 때 책 쓰기를 하란 말이다. 책 쓰기를 하는 순간 나머지 8개의 직업이 생긴다.

작가가 되는 것은 말할 것도 없고, 강연도 할 수 있고 우리가 전혀 생각지 못한 곳에서 연락이 올 수 있다. 《대통령의 글쓰기》를 쓴 강원국 작가는 책 출간 이후 '라디오 시사 프로그램'을 맡아달라는 섭외를 거절했다고 한다. 들어오는 강연의 대부분을 할 수 없을 정도로 강연의뢰가 많다고 한다. 당장 작가가 되자. 그러기 위해 책 쓰기를 시작하자!

10

지금 사는
삶의 질이 달라진다!

우리가 인생을 사는 목적이 무엇일까? 내 아버지는 평생 군인으로 사셨다. 국가를 위해 목숨 바쳐 36년간 군 복무를 하셨다. 군인 아버지를 둔 자식이라면 공통적으로 겪어야 할 짐이 있다. 바로 '이사'다. 나는 군인 아버지를 둔 덕에 참 이사를 많이 다녔다. 초등학교당시는 국민학교였음를 네 군데 다녔고 중학교도 두 군데 다녔다. 고등학교부터는 어머니가 이사를 반대해 아버지만 홀로 근무지를 옮겨 다니셨다. 아버지는 내가 대학생 시절 이런 말씀을 해주신 적이 있다.

사람이라면 인생을 사는 철학이 있어야 한다.
삶의 철학이 있어야 인생의 고난과 시련이 닥칠 때 이겨낼 수 있다.

나는 이 말의 뜻을 그 당시에는 정확히 이해하지 못했다. 하지만 그 말 자체는 기억하고 있었다아버지께서 이런 말을 자주 안 하셨기 때문이다. 그리고 점점 나이를 먹어가면서 그 말이 새롭게 다가왔다. '삶의 철학이 없으면 사는 이유도 모른채 다람쥐 쳇바퀴처럼 살게 되는구나?' 하는 생각을 참 많이 했다.

우리가 인생을 사는 이유도종교적인 측면에서 바라보지는 않을 것이다! 어떻게 보면 행복, 자아 실현, 사회구성원으로서의 역할 수행, 가족, 인간관계 등 여럿을 들 수 있다. 각자 가중치를 어디에 두느냐에 따라 인생도 크게 달라질 것이다. 명예욕이나 성공욕이 있다면 그에 맞는 인생을 살 것이다. 그냥 소소한 행복만 찾겠다면 무리해서 인생에 도전하지 않고 하루하루 평안함을 추구하며 살 것이다. 어느 인생이 더 바람직한지는 따지지 않겠다. 각자 생각하는 바가 다르므로!

삶의 가치를 어디에 두느냐에 따라 사람의 인생은 확연히 달라진다. 내가 책을 쓰라고 주장해도 '책 쓰기를 할 생각이 전혀 없다!' 라고 한다면 그 사람에게는 공허한 메아리일 뿐이다. 실제로 작가로서의 역량을 충분히 가지고 있음에도 '절필' 을 선언하고 책 쓰기나 글쓰기를 하지 않는 사람도 있다. 조용하게 소시민으로 살고자 하는 사람에게는 책 쓰기는 고통일 뿐이다. 이런 분들에게 억지로 책을 쓰라고 말하고 싶지는 않다. 인생은 자기 선택에 의해 흘러가는 것이므로!

요즘 세상 살기가 참 힘들다. 빈부격차는 날로 심해지고 급변하는 사회 정세에 나이 든 사람들은 세상을 따라가지를 못한다. 세상은 점차 사물인터넷 등으로 연결되고 있고 평균 수명은 늘어나 노인 인구 비중이 엄청나게 늘고 있다. 이런 현실 속에서 자아를 잃고 정체성을 확립하지 못하고 주변만 맴도는 사회적 도태자가 점차 늘고 있다.

나도 30대까지는 아무런 생각 없이 살았다. 그냥 회사와 집을 다람쥐 쳇바퀴 돌듯이 했고, 사회에 타협하는 스타일인 나는 그저 위에서 시키면 시키는 대로 살았다. 답답하고 화가 나면 오로지 '술' 로서 모든 역경을 이겨내고자 했다. 이런 답답한 인생에 구세주처럼 나타난 것이 책 쓰기다.

솔직히 나는 아직도 '내가 책을 쓰는 것이 나에게 도움이 되고 사회적으로도 기여하는 바가 있는가?' 하는 의구심을 가질 때가 많다. 그래서 내가 앞에서 언급한 바와 같이 나는 책 쓰기를 통한 '외양적 내지 사회적 변화' 보다 '내적 변화' 를 더 강조한다. 외양적인 변화는 생각보다 크지 않을 수 있다.

하지만 내적인 변화는 그 효과가 엄청나다. 일단 내 삶의 질이 달라진다. 내가 갑자기 부자가 되거나 천재가 된다는 이야기가 아니다. 글 쓰기를 통해 생각을 정리하고 고민하고 글로서 표현하는 행위 자체가 아름답기 때문이다. 이로서 내 삶의 질은 벌써 엄청나게 바뀌었고 지금도 현재 진행형이다.

나는 작가로서 급작스럽게 변화하는 중이다. 2019년 한 해만 해도 3권의 책을 출간하고 이 외에 4권의 책을 썼다이 책도 포함!. 속도가 너무 빨라 나도 '소극적 책 쓰기' 모드로 변경해야 하나 하는 생각이 들 때도 있다. 너무 책 쓰기에 열중하기 때문이다.

일본 출판의 신 나카타니 아키히로는 내가 좋아하는 작가다. 이분은 책을 900권 정도 쓰셨다. 다작 속에 걸작이 나온다고 주장하는 분이다. 이분은 《면접의 달인》이란 책으로 일본에서 무려 500만 부 이상의 판매고를 올렸다. 이분 말씀이 걸작이다.

책을 쓰다보면 그 중 15%가 걸작이 된다.
나도 모든 책을 다 성공시키지는 못 한다.
질이 안 되면 양으로 승부하는 것이 좋다.
양 속에서 질이 나오니까.

우리나라에서도 《20대에 하지 않으면 안 될 50가지》란 책이 출간되어 50만 부가 넘는 판매고를 올렸다. 이분은 내가 멘토로 삼는 분이다. 나카타니 아키히로가 다작을 한다고 책의 질이 떨어지느냐? 절대 그렇지 않다. 책을 쓰면 쓸수록 는다. 그래서 모든 작가가 하는 말이 바로 이것이다.

초창기 때 작품을 보면 부끄러워 얼굴이 화끈 달아오른다.

이 말을 반대로 해석하면, 책 한 권을 읽고 그 책이 뭔가 어설프다고 느껴진다고 그 작가를 욕할 필요가 없다. 그 작가도 책을 써가면서 그렇게 완성체로 바뀌어 가게끔 되어 있다. 베토벤도 교향곡을 200곡 넘게 썼지만 그 중에 우리가 기억하는 곡은 10곡 남짓이다. 나머지는 시장에서 철저히 외면당해 마니아 외에는 알지도 못한다.

책을 써라. 그러면 인생의 질이 달라진다. 책을 쓰면 내 인생을 한 번 다시 돌아보게 되고 많은 사유와 고민을 한다. 그리고 그 해결책과 비전을 제시하게 된다. 책 쓰는 사람 치고 부정적인 사람이 없다. 긍정의 시각에서 독자들이 원하는 희망을 제시해주는 것이 작가의 숙명이자 책무이기 때문이다.

《쓰기의 감각》에서 앤 라모트는 다음과 같이 이야기한다.

글쓰기는 그 자체로 너무나 많은 기쁨과, 너무나 많은 새로운 도전거리를 제공한다. 그것은 일인 동시에 놀이다. 자기만의 책이나 이야기를 쓸 때, 그들의 머리는 아이디어와 통찰력으로 활발하게 돌아가기 시작하고, 전혀 새로운 눈으로 세상을 바라보게 된다.

_ 앤 라모트, 《쓰기의 감각》

작가가 되기 싫은 사람에게 하고 싶은 말이 있다. '책을 많이 읽고 많이 생각하라!' 는 말이다. 책을 읽다보면 '넘쳐흐르는 어떤 기분' 을 느낄 수 있다. 이때 응축된 에너지를 바깥으로 배출하는 아름다운 행위가 바로 책 쓰기다. 우리 모두 마음을 열고 내 삶의 질을 변화시키기 위해 책 쓰기를 시작하자. 시작이 반이라고 했던가? 쓰다보면 달라지는 내 모습을 보게 된다. 그것은 놀라운 체험이다. 나는 그것을 제대로 느끼고 있다. 여러분도 책 쓰기의 바다에 동참할 생각이 아직도 없으신가?

11

학위보다
책 한 권이 100배 낫다

연구소에 근무하면서 나도 석사 학위를 취득했고 지금은 박사 학위를 준비 중이다. 사실 나는 학사 정도면 사회 생활하는데 문제가 없다고 생각했다. 그래서 대학원에 크게 가치를 부여하지 않았다. 하지만 연구소에 입사하고 나서 생각이 완전히 달라졌다. 학위의 필요성을 절감한 것이다. 연구소에는 고학력자들이 상당히 많다. 우리 연구소만 해도 박사가 150명 정도 된다. 다른 직원들도 대부분 석사 과정은 마친다.

내가 처음에 석사 과정에 들어간다고 했을 때 주변의 반응은 싸늘했다. '어차피 정규직이고 학사만 가지고도 충분한데 굳이 석사를 딸 필요가 있느냐' 하는 것이었다. 하지만 나는 생각이 달랐다. 석사를 따고 박사까지 따겠다고 마음먹었다. 학위가 있으면 아무래도 운신의 폭이 넓어질 것이라는 막연한 기대감이 있었다. 결국 자비를 들여 석사를 취득했고 지금도 매우 잘했다고 생각한다. 시간이란 것이 생각 외로 빨라서 학위 과정에 막상 들어가면 금방 졸업한다. 마치 군대와 비슷하다. 입대한 주위 사람들 보면 금방 제대한다. 학위도 마찬가지다나만 빼고. 언제 입학했나 싶은데 어느덧 졸업한다.

내가 자비를 들여 석사 학위를 취득한 이유는 다음과 같다.

1. 박사로 가기 위한 통과의례
2. 특정 분야에 대한 학문적 욕구
3. 세상을 보는 시야를 넓히고픈 욕구
4. 대전 · 충청권 학연 확보인맥 쌓기!
5. 호봉 승급

나는 위 5가지 목표를 다 이루었다. 박사 과정에 진입했고, 특허 분야에 대한 학문적 갈증도 해소했다. 또한 수업을 들으며 시야가 많이 넓어졌다. 이를 통한 내 학문적 역량과 실무 경험을 토대로 첫 책도 출간했다. 아마 대학원을 가지 않았더라면 첫 책을 이 주제로 쓰지 않았을 것이다. 대학원을 다니며 동문을 확보했고 동문 모임은 졸업한 이후에도 계속 이어지고 있다. 또한 석사 학위 취득으로 회사 급여호봉도 상향되었다. 이 정도면 석사학위 취득할 가치가 충분하지 않은가?

학위는 이렇게 잘 준비하고 열심히 하면 꽤 도움이 된다. 따라서 학위는 취득할 수 있을 때 최대한 빨리 취득하는 것이 좋다고 본다. 잘 찾아보면 무료로 학위를 하거나 유학을 갈 수 있는 프로그램도 많다. 이런 프로그램에서 선택받기 위해서는 요구하는 조건이 많다. 자료를 잘 찾아서 미리미리 준비해놔야 한다. 막상 닥쳐서 준비하려고 하면 이미 늦다. 현재 내 상황을 잘 파악하고 상황에서 가능한 최대한의 가치를 찾아라. 그것도 능력이다. 모르는 사람은 영원히 모른다. 부지런한 새가 벌레를 잡아먹기 마련이다.

하지만 더 놀라운 것은 학위보다 더 좋은 것이 있다는 사실이다. 그것은 바로 '책 쓰기'다. 책 쓰기는 학위보다 훨씬 더 위력적이다. 마치 공무원 생활에서 '행정고시'와 같다고 할까? 공무원으로 성공하려면 행정고시에 합격하는 것이 가장 좋다. 행정고시는 주요 고위관료로 올라가기 위한 디딤판이다. 비고시 출신들은 아무래도 고위 관료로 승진하는 데 지장이 많다. 고시 출신보다 몇 배로 더 해도 훨씬 어렵다. 따라서 고위 공직자로 성공하려면 행정고시에 합격해야 한다. 하지만 행정고시보다 더 위력적인 것이 있으니 그것이 바로 책 쓰기다.

작가에게 가장 큰 무기는 책이다. 학벌도 아니고, 고시 합격증도 아니고 석·박사 학위는 더욱 아니다. 학벌로만 성공한다면 서울대 출신들이 전부 성공해야 한다. 고시 시험으로 성공한다면 고시 시험 합격 후 50살 남짓해서 승진하지 못하고 옷을 벗어야하는 수많은 고시 출신들을 어떻게 설명할 것인가? 석사는 길거리에 널렸고, 박사도 그에 못지않게 많다. 따라서 학위, 학벌 가지고 인생에 승부를 보는 시대는 끝났다.

우리가 잘 아는《꿈꾸는 다락방 》의 이지성 작가도 평범한 사람이었다. 사범대학을 졸업하고 초등학교 선생님을 하면서 작가가되기 위해 꾸준히 준비했다. 그리고 그는 스타 작가가 되었다. 그의 첫 책《꿈꾸는 다락방 》은 300만 부가 넘게 팔렸다.《리딩으로리드하라 》역시 그에 못지 않다. 그는 이제 중학교 교과서에 실릴 정도로 대형 작가다. 워낙 유명해서 책을 내기만 하면 20~30만부는 기본으로 팔린다.

《김병완의 책 쓰기 혁명》의 김병완 작가도 마찬가지다. 그는 삼성전자 팀장으로 일하다가 홀연히 사표를 내고 부산에 있는 도서관에 칩거했다. 그리고 3년 간 1만 권의 책을 읽었다. 그리고 현재는 저술가로서 작가로서 1년에 수십 권의 책을 쓰고 있다.

이렇게 평범한 사람들도 부지런히 노력하고 꾸준히 책을 써서 유명 작가의 반열에 오를 수 있다. 누구나 노력하면 책을 쓸 수 있다는 좋은 예다. 여러분도 지금 평범하다면 나중에 비범하게 살 수 있다. 그 방법은 석박사와 같은 학위가 아니다. 이런 학위는 널리고 널렸다. 석박사 과정에 들어가 석박사를 못 따는 사람은 거의 없다. 그래서 학위 보유자는 아주 많다. 발길에 채는 것이 학위 보유자다 표현이 격했다면 학위취득자에게 분들께 죄송하다!.

요즘 학위 따고 노는 사람이 한둘이 아니다. 학위를 받아도 갈 곳이 없어서다. 우리는 어떤 분야에 도전을 할 때 수요와 공급을 잘 따져봐야 한다. 수요도 없는데 공급이 많다고 하면 그곳은 '레드오션'이다. 경쟁이 아주 치열하다는 말이다. 경쟁을 하지 않는 것이 바로 '블루오션'이다.

학위보다 책 한 권이 100배 낫다. 설사 그 책이 학위 이상의 효과를 가져오지 않는다고 해도 말이다. 당장은 효과가 없지만 길게 보면 절대 그렇지 않다. 한 권이 두 권이 되고 두 권이 여러 권이 된다. 그러는 중에 한 권의 히트작이 내 인생을 완전히 달라지게 한다. 그래서 책 쓰기가 중요하다.

책이라는 것은 쓰면 쓸수록 더 좋은 작품이 나온다. 책 한 권 써서 세상을 바꾸겠다고 생각하면 그것은 과욕이다. 첫 술에 배부를 수 있으랴? 쓰다 보면 노력하다 보면 기회는 오게 되어 있다. 그 기회를 이왕이면 확률 높은 기회로 만들어야 하지 않겠는가?

12

짭짤한
부수입이 생긴다

직장인과 작가를 겸업하면 좋은 점이 한두 가지가 아니다. 대부분 직장인은 회사 규정상 겸업이 금지되어 있을 것이다. 겸업을 해도 본인 명의로는 할 수가 없다. 그래서 부모 명의나 배우자 명의로 겸업을 하는 경우가 대부분이다.

하지만 작가는 다르다. 작가는 겸업이 가능하다 작가 자체로서 무슨 사업자 등록을 하는 것이 아니기 때문이다. 만일 자기 책 출간을 위한 1인 출판사를 창업한다면 이야기가 달라지지만, 작가는 회사를 다니면서도 충분히 가능하다.

작가는 투잡으로서 가장 좋다. 원래 겸업을 할 때는 하나는 안정적인 직업을 두고 나머지 하나는 프리랜서 형태로 하는 것이 일반적이다. 그래야 시간을 효율적으로 배분할 수 있다. 나는 겸업의 최고 직업은 작가라고 생각한다. 책 쓰기는 직장을 다니면서도 아주 효율적으로 할 수 있다.

시간이 없다고? 비겁한 변명이다. 내가 제2장에서 설명하는 '뽀모도로 책 쓰기'를 활용하면 직장인도 누구나 책을 쓸 수 있다. 이것은 내가 직접 증명해 보였다. 내 책의 대부분은 뽀모도로 기법을 활용해 썼다. 나도 직장인이고 한정된 시간 안에 책을 써야 한다. 그래서 하루에 두 꼭지씩만 썼다. 이 책도 다소 예외가 있기는 하지만 하루에 두 꼭지씩 쓰는 것을 원칙으로 했다. 내가 주장하는 글쓰기 방식이 통한다는 것을 스스로 증명하고 싶었다.

책 쓰기를 하면 부수입이 생긴다. 직장인으로서 아주 좋다. 나도 첫 계약을 할 때 계약금으로 50만 원을 받았다. 금액은 아주 작지만 '내 책' 계약을 하고 태어나서 처음 계약금으로 받은 돈이니 그 기쁨은 이루 말할 수 없었다. 그리고 첫 인쇄를 보통 2,000부 하는 것을 가정하면 책 값을 권당 15,000원이라고 하고 인세를 10%라고 가정할 때! 300만 원의 인세를 받는다.

처음에 계약금으로 받은 50만원은 선인세다. 따라서 초판 2,000부에 대한 인세 300만 원에서 50만 원을 먼저 받은 것이다. 나는 이런 시스템을 잘 몰라 그냥 계약하면 주는 돈인줄 알았다.

하지만 나중에 계약서를 받고 읽어보니 그게 아니었다. 계약금은 보통 50~100만 원을 주는데, 이게 알고 보면 선인세다. 어떻게 계약하느냐는 당사자의 자유라 반드시 이렇다는 것은 아니다. 하지만 업계 관행상 보통 이런 시스템으로 간다.

책 쓰기를 완료하고 계약만 성공한다면 일단 기본적으로 300만 원이란 돈을 손에 쥐게 된다. 300만 원이 작다면 작은 돈이겠지만 책을 여러 권 출간하면 그렇게 작은 돈도 아니다. 나도 올해 3권의 책을 출간했다. 한 권으로 보면 작은 돈이지만 여러 권 출간하면 결코 작지 않다. 게다가 대부분 초판에서 더 이상 팔리지 않는다! 히트작이라도 내서 한 1만 권 팔게 되면 인세가 무려 1,500만원이다. 10만부 팔면 1억5천만 원이란 거금을 벌게 된다. 책 쓰기는 이렇게 인세로 엄청난 수익을 가져올 수 있다. 평생 딱 한 권만 히트해도 평생 먹고 살 수 있는 돈이 마련된다.

책 쓰기의 수입은 인세에 한정되지 않는다. 책을 쓰면 인세 외의 수입이 더 많다. 원래 배보다 배꼽이 더 큰 법이다. 책을 내면 저자가 되고, 저자가 되면 강연을 할 수 있다. 강연은 한 번 할 때마다 수입이 발생한다. 물론 직장인이라면 강연을 직업적으로 할 수는 없겠지만 한 달에 한두 번씩 강의를 한다고 치자. 월 100만 원 이상은 족히 벌 수 있다. 투잡으로서 멋진 기능을 할 수 있다.

주말에 하는 강의라면 더욱 편할 것이다. 강연과 인세, 이 두 가지만으로도 꽤 괜찮은 부업이다.

우리는 직장인이 책 쓰는 것이 얼마나 효과적이고 우리 인생을 어떻게 바꿀 수 있는지 이제껏 보았다. 2부에서는 직장인이 책을 쓰는 가장 효율적인 방식인 뽀모도로 책 쓰기를 알아볼 것이다. 뽀모도로 책 쓰기 방식은 시간이 없는 직장인을 위해 고안한 방식이다. 원래 없던 것을 만든 것은 아니지만 이를 이용한 같은 방식의 책은 시중에 없으니, 책 쓰기에 효율적으로 이용하시기 바란다.

책을 쓰려면 '뽀모도로' 시간관리법을 활용하라!

- 매일 25분씩 책을 써라 -

전업 작가가 아닌 일반인의 글쓰기는 시간과의 싸움이다!

자투리 시간을 얼마나 효율적으로 활용하는가에 성패가 좌우된다.

- 이해사

01

뽀모도로 시간관리법
시간은 누구에게나 공평하다

부자나 가난뱅이나, 똑똑한 사람이나 아둔한 사람이나 하루는 24시간이고 한 달은 30일이고 1년은 365일이다. 시간마저 공평하지 않다면 참 세상은 불공평할 것이다. "시간을 지배하는 자가 세상을 지배한다"는 말처럼 주어진 시간을 어떻게 활용하느냐가 성공의 열쇠다. 훌륭한 위인들은 저마다 '시간 활용의 극대화'를 잘 이루어냈다. 결국 시간 지배가 세상 지배인 것이다.

지금 이야기하고자 하는 '뽀모도로 기법'도 시간관리법의 일종이다. 제목이 너무 예쁘고 마치 볼로네이즈, 까르보나라처럼 스파게티를 연상시키지만 꽤 심오한 의미를 가진 단어다. 뽀모도로 기법은 1980년대에 이탈리아의 '프란체스코 치릴로'란 사람이 고

안했다. 뽀모도로는 '토마토'를 뜻하는 이탈리아어다. 치릴로가 대학생이었을 때, 어떻게 하면 집중력을 높일 수 있을까를 고민하다가 찾아낸 방식이다. 뽀모도로란 이름이 붙은 이유도 토마토 모양의 주방 타이머를 활용하는 데서 유래했다.

뽀모도로 기법은 이름은 거창하지만 원리는 매우 간단하다.

25분 동안 한 가지 일에 전적으로 집중하고 5분 휴식을 취하는 것이다. 중요한 원칙은 집중시간에는 인터넷 뉴스를 보거나 SNS에 한눈팔지 않고 오직 일에만 집중해야 한다.

25분 집중 ⇨ 5분 휴식 ⇨ 25분 집중 ⇨ 5분 휴식 ⇨ (계속)

뽀모도로 기법은 원리는 단순하지만 믿을 수 없을 정도로 효과적이다. 집중력을 효과적으로 가져오는 가장 혁신적인 방법이다. 25분 동안 집중력 있게 공부하고책 쓰고, 일하고 5분간 휴식심호흡, 스트레칭, 명상, 차 한 잔을 하고 다시 25분간 집중하고 5분 휴식하는 방식을 4사이클 동안 시행한다. 그러면 총 2시간 동안 집중한 것이 된다. 이렇게 4번 집중 후 긴 휴식20분 혹은 30분을 갖는다. 그리고 다시 4사이클을 돌린다. 이런 식으로 하면 시간을 입체적으로 효과적으로 사용할 수 있다. 공부법에 적용하면 아주 좋을 것 같다는 생각이다. 이렇게 4사이클을 돌리면 그날의 일은 끝난다. 같은 일을 다시 돌리면 집중력이 떨어지므로 4사이클이 좋다. 더 해야 한다면 주제를 바꾸던지 과목을 바꾸던지 하는 것이 좋다. 질리기 때문이다.

뽀모도로 기법은 어떤 일에도 적용이 가능하다. 회사 업무뿐만 아니라 수험생 공부, 그리고 책 쓰기에도 아주 좋다. 사람은 50분 일하고 10분 쉬면 금방 지친다. 그리고 현대인은 집중력이 별로 좋지 않다. 50분씩 집중하지 못한다. 나도 최근에는 영화관에 가면 120분짜리 영화에 집중을 하지 못한다. 짧은 형식의 볼 것에 익숙해졌다. 강연도 세바시세상을 바꾸는 시간 15분 강연이 좋다. 15분이란 짧은 시간에 핵심만 들려주니까. 우리 현대인은 긴 것은 집중하지 못한다. 그래서 짧게 여러 호흡으로 가져가는 것이 살 길이다.

사실 뽀모도로 기법은 새롭게 창조된 것이 아니다. 누구나 생각할 수 있는 시간관리법이다. 하지만 그것을 구조화하여 고안해내 멋진 이름을 붙인 것은 참 칭찬할 만한 일이다. 아무 생각 없이 앉아서 공부하는 것보다는 시간관리법의 틀 안에서 움직이는 것이 시간을 더욱 입체적으로 활용하는 길이다.

유튜브에서 '뽀모도로'를 치면 각종 시간활용법과 타이머가 나온다. 동영상 몇 개를 훑어보고 실제 타이머에 맞게 활용하기 바란다. 나는 개인적으로 25분 하고 5분 쉬는 것이 가장 좋다고 보지만 시간을 다르게 활용하는 분도 많다. 가령 15분 하고 5분 쉬는 방식으로 하던가, 학교 수업처럼 50분 하고 10분 쉬는 방식이다. 고시 공부할 때 많이 활용하는 방식이기도 하다.

막상 뽀모도로를 해보면 시간이 바람과 같이 흘러간다고 느낄 것이다. 뽀모도로도 어디까지나 시간을 입체적으로 활용하기 위한 방법이므로 이런 방법론 자체에 매몰될 필요는 없다. 시간은 끌려다니는 것이 아니고 지배하는 것이기 때문이다. 뽀모도로가 절대적이지는 않다. 하지만 잘 활용하면 누구에게도 아주 좋은 시간관리법이다.

뽀모도로는 원래 식당이나 주방에서 쓰는 타이머였다. 타이머를 25분에 맞춰놓고 음식을 끓이거나 튀기다가 시간이 되면 알려주는 장치였다. 하지만 최근에는 이런 뽀모도로 타이머를 직접 사서 뽀모도로를 활용하는 사람은 거의 없다. 스마트폰 어플이 많이 있기 때문이다. 스마트폰 어플 검색 시 '뽀모도로'를 치면 여러 개의 어플이 나온다. 여기서 본인의 스타일에 맞는 어플을 찾아서 활용하면 된다. 인터넷 연결이 된다면 유튜브의 영상 타이머를 활용해도 되고, 이것도 힘들다면 주변의 시계를 활용하는 것이 좋다.

결국 뽀모도로의 핵심은 '집중력'이다. 이렇게 시간을 입체적으로 쪼개서 활용하는 것도 결국 집중하기 위해서다. 집중해야 효과적인 결과가 도출될 수 있기 때문이다. 나는 이 책에서 앞으로 뽀모도로 시간관리법을 어떻게 책 쓰기에 적용해야 하는지 이야기할 것이다. 이 책도 뽀모도로 책 쓰기 방식으로 썼으며 내가 철저히 검증했다. 믿고 따라오시라!

02
뽀모도로는
책 쓰기와 최고의 조합!

　　　　　뽀모도로 시간관리법을 책 쓰기에 적용하면 어떨까? 나는 뽀모도로 시간관리법이 책 쓰기에 가장 좋은 방식이라고 생각한다. 그 이유는 다음과 같다.

　책의 구성 ⇨ 50꼭지 × 4장 = 200장 = 책 한 권

　책에서 가장 작은 단위를 '꼭지'라고 부른다. 출판업계에서 널리 부르는 말이다. 이 꼭지는 최소 단위다. 책의 목차를 분석해보면 보통 4개에서 8개의 대목차가 있고 대목차 밑에 소목차가 있다. 여기서 소목차를 꼭지라고 부른다. 꼭지는 적게는 2장, 많게는 4장 이상이다. 이 책도 꼭지는 대개 4장 정도 분량이다. 이런

꼭지를 50개 정도 쓰면 책이 한 권 완성된다.

책 쓰기를 하다보면 꼭지 하나를 완성하는 데 걸리는 시간이 아주 중요하다. 나는 보통 하루에 2꼭지를 쓴다. 이렇게 2꼭지씩 한 달을 쓰면 60꼭지가 된다. 하루 이틀 쉰다 쳐도 50꼭지가 만들어진다. 즉, 책 한 권 초고를 쓰는 데 한 달 정도 걸리는 셈이다. 매우 빠른 속도라 할 수 있다.

내가 존경하는 출판의 달인 나카타니 아키히로는 3, 4일 만에도 책을 쓴다고 한다. 이분은 현재까지 900권의 책을 썼으며, 죽을 때까지 3,000권을 쓰는 것이 목표라고 한다. 이분처럼 책 쓰기 속도에 비상한 재주를 가진 사람이 아니라면 한 달에 초고 하나 완성하는 것은 그다지 늦은 속도가 아니다. 오히려 매우 빠르다고 할 수 있다. 산술적으로 계산해봐도 한 달에 한 권이면 1년이면 열두 권의 초고를 쓸 수 있다. 여름 휴가 2달 쉰다 쳐도 10권이다. 매우 많은 양임에 틀림없다.

한 꼭지를 쓰기 위해 필요한 시간은 얼마나 될까? 나는 여러 권의 책을 집필하며 시간을 체크해본 적이 있다. 대략 15분에서 25분 정도 걸린다. 집중해서 쓰면 15분 정도 걸리지만 대개 25분 정도 걸리는 것 같다. 여기에 착안했다.

책 쓰기를 할 때 한 꼭지를 쓰는 데 25분이 걸린다면 뽀모도로 기법으로 쓰는 것이 옳다!

우리는 시간이 많지 않다. 직장생활도 하고 사업도 해야 하고 학교도 다녀야 한다. 무척이나 바쁘다. 책 쓸 시간을 확보하기가 결코 쉽지 않다. 이럴 경우 하루에 25분씩 두 번만 시간을 내면 된다. 25분 쓰고 5분 쉬고 25분 쓰면 정확히 한 시간 정도가 필요하다. 하루에 한 시간도 시간을 못 낸다면 그것은 비겁한 변명이다. 아침에 한 시간 먼저 일어나기만 하면 충분한 시간이고 점심시간이나 자투리 시간을 활용해도 충분하다. 회사에서도 쓸 수 있다. 퇴근하고 샤워한 후 정신을 가다듬고 써도 되고 출장 중에 열차 안에서도 쓸 수 있다. 하루에 한 시간 내는 일은 그다지 버거운 시간이 아니다. 내 인생을 바꾸는 데 그 정도 시간투자는 해야 하지 않겠는가?

프리랜서나 전업 작가, 학생이라면 직장인보다 시간이 많을 것이다. 이런 분들은 뽀모도로 책 쓰기로 하루에 4꼭지나 6꼭지를 써도 무방하다. 나도 주말에는 이렇게 쓴다. 주말에는 아무래도 시간이 많으므로 2꼭지 쓰기에는 좀 아깝다. 그리고 소위 '글빨이 붙는 날'이 있다. 이런 날은 조금 더 쓴다. 하지만 그래도 무리하지는 않는다. 너무 많이 쓰면 글의 질이 떨어질 수도 있기 때문이다. 지나침은 모자람만 못 하다는 과유불급이 여기서도 적용된다.

최근에 '하루 만에 책 쓰기'가 유행하고 있다. 나는 하루 만에 과연 책을 쓸 수 있을까 하는 의구심이 들어 관련 자료를 찾아본 적이 있다. 내 뽀모도로 방식에 의하면 하루에 두 꼭지 한 달에 초고 한 권을 완성하는 것도 그리 늦은 속도가 아닌데 '하루 만에 책 쓰기가 될까?' 하는 의구심이 들었다. 그래서 내린 결론은 이렇다.

하루 만에 책 쓰기는 허상이다

하루 만에 100페이지 분량의 전자책이나 어린이 책 정도는 쓸 수 있다. 하지만 하루 만에 200페이지 분량의 제대로 된 책을 쓰기는 아무래도 무리다. 책의 콘셉트를 잡고 목차 뼈대를 세우고 거기에 들어갈 내용의 핵심 내용을 정리하는 정도는 가능할 것이다. 하지만 하루 만에 책 쓰기는 절대 무리라고 말하고 싶다. 이렇게 책을 쓰면 실력도 늘지 않을뿐더러 건강도 해칠 수 있다. 물론 하루 만에 책 쓰기를 하는 분들이 매일 그렇게 쓰지는 않는다. 하지만 책 쓰기는 하루도 쉬지 않고 꾸준히 하는 것이 좋다.

하루 만에 책 쓰기를 하는 사람들 주장을 들어보면 '하루 만에 못 쓰는 사람은 열흘을 주어도, 한 달을 주어도 못쓴다' 고 한다. 이 말에는 공감한다. 인간은 본성적으로 미리미리 하지 않고 전날에 닥쳐서야 초인적인 힘을 발휘할 때가 많기 때문이다. 그러나 책은 고민해서 써야 한다. 책을 쓰는 순간순간 실력이 점차 자라나야 한다. 건강까지 해치면서 무리하게 하루 만에 책 쓰기를 할 것이 아니다.

천천히 하자. 하루에 2꼭지씩 한 달이면 책이 완성된다. 굳이 하루만에 할 필요가 없다. 하루 만에 쓴 책은 퇴고 자체가 초고 쓰기다. 그러므로 뽀모도로 책 쓰기를 생활화하는 것이 가장 효율적이다. 이것은 내가 몸소 체험한 사실이다.

03

뽀모도로 실천법 :
하루 25분씩 2번 쓰자

"하루에 두 번 25분씩 써서 어느 천 년에 책 한 권을 쓰겠는가?" 누가 나한테 한 말이다. 나는 반대로 물어보고 싶다. 당신에게 하루 종일 책 쓰는 시간이 주어진다면전업 작가처럼! 하루 온종일 책 쓰기에 몰입할 수 있겠냐고? 하루 이틀은 할 수 있다. 하지만 며칠 하다보면 지쳐서 못한다.

직장인은 시간이 없어서 책 쓰기가 힘들다.
전업 작가처럼 온전히 하루를 몰입할 수 있는 사람이 책을 쓰는 거다!

이런 생각은 아주 위험하다. 이런 식이라면 세상에 글 쓰는 작가는 죄다 전업 작가여야 한다. 하지만 전업 작가로 밥먹고 살려면 아주 유명해져야 한다. 판매부수가 고정적으로 꾸준히 나와야 한다. 인세만으로는 먹고 살기 힘들다. 강연도 하고 방송출연도 해야 한다. 따라서 책 쓰기는 주업보다는 부업 형태로 해야한다. 고정적인 수입이 있어야 생활도 하면서 책 쓰기를 할 수 있다. 특히 솔로라면 좀 덜하겠지만 부양 가족이라도 있으면 더욱 그러하다.

최근에 '위기론' 하면서 한국경제가 어려워질 것이라는 비관적인 전망이 많다. 이럴 때일수록 다니는 직장은 끝까지 붙어 있어야 한다. 그만두면 말 그대로 지옥이다. 드라마 〈미생〉에서도 비슷한 대사가 있다.

회사가 '전쟁터' 면 밖은 '지옥' 이야.

난 여기에 더해 직장을 다니는 사람이 오히려 더 좋은 책을 쓸 수 있다고 생각한다. 이것은 나만의 착각일 수도 있다. 간혹 사회생활을 안 해보고 전업 작가로 들어서는 사람도 있다. 직장생활을 꼭 해봐야 아느냐고 물어본다면 할 말이 없지만 역시 직접 해본 것과 간접적으로 경험한 것은 완전히 다르다. 따라서 사회생활을 하고 인생의 다양한 측면을 경험해본 사람이 책 쓰기를 하는 것이 더 좋다는 생각이다.

또한 책 쓰기를 통해 직장인으로서 한 단계 업그레이드할 수 있다. 회사에서도 떳떳하게 인정받을 수 있다. 나도 첫 책은 내 업무와 관련된 책이었다. 관련 업무를 담당하면서 대학원 전공까지 맞아떨어져, 짧다면 짧은 기간에 참 많은 것을 흡수했다. 그러던 와중에 책 쓰기를 알게 되었다. 책 쓰기에서 '어떤 내용의 책을 쓸까?' 란 코너를 읽으면서 이런 글을 보았다.

책 쓰기를 어떤 주제로 할 것인가 고민하지 마라.
첫 책은 그냥 내가 제일 잘 아는 분야를 쓰면 된다.
사람은 누구나 자기 분야가 하나씩은 있을 것이 아닌가?

당시 내 전문분야가 '기술사업화' 였기에 나는 그쪽 분야의 책을 쓰기로 결심했다. 그러나 결심만 하고 한 1년을 그대로 보냈다. 다른 일이 많아서 신경 쓰기가 싫었기 때문이다. 그러다가 한두어 달을 열심히 써서 초고를 완성했다. 당시 깨갈은 점은 쓰기로 결심했다면 한 달 안에 결말을 내야 한다는 사실이다. 시간에 너그러워지기 시작하면 초고 작업이 한도 끝도 없이 길어진다. 시험 전날 죽자 사자 하면 초인적인 힘이 나듯이 그런 방법으로 책 쓰기를 해야 한다.

뽀모도로 책 쓰기는 직장인을 위한 특효약이다. 나는 최근에 출간한 책 두 권을 철저하게 이 방식으로 썼다. 이 책도 마찬가지다. 책 판형으로 한글파일을 미리 세팅46배판, 이렇게 해 놓으면 책 실제 페이지랑 내가 쓰는 페이지랑 거의 같다 해 놓고 3,4페이지 정도 쓰면 딱 20~25분 정도 걸린다. 다 쓰고 5분 쉰 후 다음 꼭지를 또 그 정도 시간에 쓰면 하루 분량이 끝난다. 의외로 간단하다. 어렵지 않다.

만약 한 시간을 집중해서 낼 수 없다면 새벽에 25분, 저녁에 25분 쓰는 것도 방법이다. 시간은 내려면 얼마든지 낼 수 있다. 가령 점심 먹고 들어와서 25분간 쓸 수도 있으며 회사에서 저녁에 야근하면서도 쓸 수 있다. 출장 가다 KTX 안에서도 쓸 수 있다.

나는 출장 가는 날도 꾸준히 2꼭지를 쓴다. 열차 안에서도 쓰고 출장 가서도 시간이 남으면 노트북을 열고 쓴다. 대부분의 출장을 혼자가기 때문에 가능하다. 이렇게 자투리 시간을 잘 활용하면 시간은 얼마든지 만들 수 있다. '시간이 없다' 는 말은 다 거짓말이다.

예전에 출장을 가는 중에 열차에서 글을 쓰는 한 여자 분을 보았다. 그분이 누구인지 정확히 모른다. 하지만 노트북에 글을 쓰는얼핏 보니 작가가 맞는 듯하다 모습을 보니 너무 멋져 보였다. 다른 사람들도 나를 그런 눈빛으로 봐 주었으면 좋겠다. 작가는 시공을 초월하여 글쓰는 사람이기에.

부산에서 열차를 타고 대전으로 오는 중에 아주 유명한 분을 만나기도 했다. 대한민국 응급의료 분야 대가이신 이국종 교수님이시다. 이분 옆자리에 앉게 되어 사진도 한 장 같이 찍었다. 이분은 열차가 출발하자 바로 노트북을 꺼내 글을 쓰셨다. 얼마 뒤 책이 출간된 것을 보니 아마 신문 기사나 칼럼, 혹은 책 쓰기를 하셨던 것으로 생각된다. 이렇게 유명한 분도 짬짬이 시간을 내 책 쓰기를 한다.

시간이 없다고? 피곤하다고? 다 비겁한 변명이다. 정말 시간이 안 된다면 하루에 1꼭지라도 써라. 그러면 2달 만에 초고가 나올 수 있다.

04

뽀모도로 전제 :
컨베이어 벨트식 책 쓰기

뽀모도로 책 쓰기는 무조건 한 달에 책 한 권을 탈고하는 것을 목표로 한다. 한 달에 무조건 초고 한 권이 나와야 한다. 1년이면 총 12권을 쓸 수 있다. 초고는 많이 쓸수록 좋다. 초고가 많다는 것은 아이템이 그만큼 많다는 방증이다. 작가로서 아이템이 많은 것은 전쟁터에 나가는 군인이 지닌 무기가 다양하다는 것과 같다. 따라서 책 쓰기 전사가 되기 위해서는 초고를 꾸준히 많이 써야 한다. 1년에 최소 10권은 쓰기 바란다. 하다 보면 12권을 못 쓸 수도 있고, 12권이라는 분량에 너무 집착하지 말라는 뜻에서 10권으로 마지노선을 정해놓았다. 나는 이 철칙을 반드시 지키고 있다.

대한민국 30대 대표작가인 이상민 작가의 《책 쓰기의 정석》을 보면 이런 말을 한다. 책 쓰기에는 몇 달 간의 고민이 있어야 한다. 그래서 1년에 2권에서 4권 정도가 적당한 것 같다. 이보다 더 쓰면 무슨 고민을 하고 책을 쓰겠는가? 자료 수집이나 제대로 되겠는가?아무래도 책의 질이 떨어질 수밖에 없다.

　나는 이 말에 절대 동조한다. 맞는 말이다. 책 한 권을 쓰는데 자료 조사도 필요하고 참고도서도 많이 읽어야 한다. 하지만 나와 다른 점이 있다. 이분은 책 출간을 이렇게 하라는 말이다. 나는 책 출간과 별도로 초고 원고를 한 달에 한 권씩 무조건 쓰라는 주장이다. 출간은 별개다. 초고를 12개 완성한다고 책이 12권 출간하는 것은 절대 아니다. 매달 쓴 초고를 출판사에 투고했다고 치자. 출판사에서 투고한 순서나 계약한 순서대로 책이 나올 것 같은가? 절대 그렇지 않다. 책은 출판사 사정에 따라 전혀 다르게 나올 수도 있다. 그래서 출간과 초고 완성은 전혀 다른 문제라는 것을 말씀드린다.

　책 쓰기는 하면 할수록 실력이 는다. 그래서 초창기에는 한 달에 한 권 초고 쓰기를 매일 해야 한다. 쉬지 말고! 그래야 글쓰기 실력이 늘고 더 좋은 책의 원고를 만들 수 있다. 이 중에서 완성도가 높고 콘셉트가 탁월하며 타이밍이 맞는 원고를 순차적으로 투고해가면 된다.

사실 전업 작가나 시간이 많은 직장인, 프리랜서라면 뽀모도로 책 쓰기가 금방 끝나기 때문에 1시간가량 좀 아쉬울 수 있다. '하루 종일 책을 쓸 수 있는데 하루 한 시간만 쓰고 나머지는 뭐 하라는 말인가요?' 라고 물을 수도 있겠다. 그렇다면 그 시간은 자기계발에 치중하라고 하고 싶다.

우선 책을 많이 읽어라. 책은 읽을수록 자신을 발전시키므로 책을 많이 읽는 것이 무엇보다 중요하다. 특히 '나중에 책을 쓸 때 써먹을 수 있도록' 건질 만한 내용이나 문장을 유심히 보면서 책을 읽도록 하자. 그리고 책의 단점이나 장점을 잘 정리해놓았다가 내 책 쓰기에 반영하자. 그래야 무결점 책이 나올 수 있다.

영화나 다큐멘터리도 많이 보라. 요즘 유튜브에 보면 무료로 볼 수 있는 영화나 다큐멘터리가 아주 많다. 보면 지식 습득에 아주 도움이 된다. 나는 주로 강연을 많이 듣는다. 내가 관심 있는 분야의 강연을 들으며 일단 지적 호기심을 채운다. 게다가 강연자의 스타일을 연구해 내가 강의할 때 적용하기 위해 벤치마킹도 한다. 명로진 작가는 강의 스타일을 공부하려고 〈기독교 방송〉을 자주 본다고 한다. 무교임에도! 목사님들 설교하는 것을 보며 강사로서 배워야 할 것이 무엇인지 잘 알 수 있다고 한다.

내공은 쌓으면 쌓을수록 전문가가 된다. 사회를 보는 시선이 한 단계 올라서고 글쓰기 실력도 확연히 달라진다. 글은 쓰면서 늘지만 거기에 터보 엔진을 장착한 격이다. 그래서 글쓰기가 폭발적으로 성장하는 시기가 바로 이 시기다. 정체기에 있던 글쓰기가 확연히 느는 시기가 바로 자기계발을 동시에 하고 자기계발의 결과가 책 쓰기에 반영되는 시점이라고 할 수 있다. 이 시점이 되면 머릿속의 지식과 글쓰기가 서로 부딪치면서 소위 '맥놀이 현상'이 일어난다.

책 쓰기에 욕심이 생긴다면 '컨베이어식 책 쓰기'를 추천한다. 컨베이어식 책 쓰기는 '동시에 여러 권의 책 작업을 진행하는 형태'의 책 쓰기다. 단, 같은 공정을 여러 권 해서는 안 된다. 즉, 초고쓰기 한 시간을 한다고 치면, 다른 책이미 초고가 완료된 책을 1교에 들어가는 거다. 여기서 1교라 하면 첫 번째 교정 작업을 말한다. 여기서도 성이 안 차면 또 다른 원고의 2교1교가 끝난 원고에 들어간다. 이런 식으로 하루에 몇 권의 책을 동시에 작업하는 형태다. 가령 다음과 같이 생각하면 된다.

하루에 글 쓰는 양
- 초고 : 우리는 언제 다시 만날까?

- 1고 : 나는 너의 펫!
- 2고 : 혼자이니까 괜찮아!
- 기획 : 나는 매일 꿈을 꾼다!

쉽게 말하면 하루 25분씩 두 번 초고 《우리는 언제 다시 만날까?》를 쓰고, 이미 초고를 쓴 《나는 너의 펫!》을 1회 차 퇴고하고, 1회 차 퇴고를 마친 《혼자이니까 괜찮아!》를 2회차 퇴고한다. 여기에 《나는 매일 꿈을 꾼다!》의 콘셉트를 잡고 목차를 잡는 작업, 참고도서 정하기 등을 하는 것이다. 이렇게 여러 작업을 동시에 한다고 하여 '컨베이어 벨트식 책 쓰기' 라고 한다. 이런 방식을 사용하는 대표적인 작가가 출판의 달인 고정욱 작가다. 이 분은 한꺼번에 20여 권의 책을 동시에 작업한다. 물론 이분 전문 분야가 어린이 책이므로 어른 책보다는 상대적으로 좀 많기는 하다.

결론적으로 하루에 두 번 25분 책 쓰기를 매일같이 하라. 그리고 시간이 남으면 자기계발에 투자하라. 아니면 이미 써놓은 초고를 퇴고하는 작업을 하라. 그렇게 하루를 보내면 된다. 주중에 시간이 잘 안 나는 분들은 자기계발은 자투리 시간에 하고 주말에 퇴고 작업을 하는 것이 좋다.

05

직장인에게 효과
만점 = 뽀모도로 책 쓰기

직장인은 참 바쁘다. 회사에서 해야 하는 업무 외에도 챙겨야 할 것이 참 많다. 가정이 있으면 가정도 챙겨야 하고 이외에도 챙겨야 할 일이 참 많다. 그래서 직장인에게 책 쓰기를 하라고 하면 '가뜩이나 다른 일하기도 피곤한데 도대체 책을 어떻게 쓰라는 말입니까?' 하고 다들 대답한다. 이해 못 하는 바는 아니지만 그럼에도 불구하고 책 쓰기는 '직장인의 숙명과 같은 것'이라고 주장하고 싶다.

전업 작가나 프리랜서처럼 시간을 자유롭게 낼 수 없는 직장인의 특성상 직장인의 책 쓰기는 분명히 비非직장인과 달라야 한다. 없는 시간을 쪼개서 책 쓰기를 해야 하기 때문이다. 그래서 '직장인은 도대체 어떻게 책을 써야 할까?' 란 화두를 가지고 많은 시간을 고민했다. 그래서 내린 결론은 바로 이거다.

시간이 없으면 시간을 만들면 된다.

시간이란 모든 사람에게 공평하다. 누구나 하루 24시간, 1년 365일이다. 직장인은 하루 24시간에서 출퇴근 시간과 근무 시간을 빼야 한다. 즉 온전히 가져갈 수 있는 시간은 평일이라면 출근 전과 퇴근 후다. 주말에는 이틀 내내 쓸 수 있다. 거기에 연차를 내거나 공휴일을 활용하면 더 많은 시간을 확보할 수 있다. 작가가 되려면 시간을 입체적으로 활용할 줄 알아야 한다. 시간이 없다는 말은 비겁한 변명이다. 버스나 지하철 안, 화장실, 걷는 시간, 식사 후 남는 시간. 우리가 놓치고 있는 알토란 시간이 참 많다. 이렇듯 자투리 시간을 입체적으로 활용하면 된다.

뽀모도로 책 쓰기는 사실상 직장인을 위한 맞춤형 책 쓰기다. 직장인이라면 누구나 최소 하루에 1시간은 확보할 수 있다. 나는 여기에 주목했다. 하루에 25분씩 두 번 책 쓰기를 하자. 하루에 2꼭지다. 하루에 두 꼭지를 쓰면 한 달이면 60꼭지다. 책 한 권 내기에 차고 넘치는 분량이다. 이렇게 초고를 완성할 수 있다. 1년이면 12권의 책 쓰기를 할 수 있다. 이론적으로는 그렇다.

하지만 책 쓰기를 할 때 책만 쓰지는 않는다. 책을 쓰기 위한 재료를 모아야 한다. 보통 자료 수집은 유사한 다른 책으로 한다. 나도 책 쓰기를 할 때 보통 30권 정도의 책을 본다. 그 정도 보면 그 분야의 전문가라고 할 수 있다. 일반인보다 많이 알면 전문가다. 처음에 개념을 잡을 때는 유튜브나 일반 강의를 듣는다. 이런 강의를 몇 개 듣다 보면 내용이 다 거기서 거기다. 이해력도 상당히 빨라진다. 이런 지식을 기반으로 쌓고 책 쓰기를 해야 한다. 그래서 자료 조사는 자투리 시간에 하는 것이 좋다.

일단 책 쓰기를 주제를 정하면 관련 서적을 찾는다. 관련 서적은 키워드 검색을 통해 찾는 것이 좋다. 가령 내 첫 책인 '기술사업화' 와 관련한 책에서 검색 키워드를 '기술사업화' 만 치면 안 된다. 그러면 관련 도서가 검색이 제대로 되지 않는다. 그래서 '기술사업화' , '기술거래' , '특허' , '영업비밀' , '기술가치평가' , 'IP' , '지적재산권' , '지식재산권' 등 관련된 키워드를 사전에 도출하여 아주 정밀하게 검색해야 한다.

여기서 검색된 책 중에서 '내가 책 쓰기를 할 때 참고로 할 책' 을 꼽는다. 검색한 책이 너무 많다면 그 중에서 선택을 해야 하고, 별로 없다면 관련 책을 전부 구입하자.

'나는 돈이 없어요. 도서관에서 빌릴래요?' 라고 한다면 그건 기본이 안 된 거다. 제발 최소한의 투자는 하기 바란다. 책 한권을 1만2천 원이라고 한다면 30권을 사봐야 36만 원에 불과하다. 책 쓰기를 하면서 이 정도 투자도 하지 않는다는 것은 말도 안 된다. 제조업을 운영하는 사장이 재료비가 아까워 제품을 제대로 만들지 못한다면 그 회사는 망하게 되어 있다. 훌륭한 재료를 가지고 양질의 제품을 만들 생각을 해야 한다.

책 쓰기 강연에 수백만 원씩 투입하는 것은 아까워하지 않고 책 36만 원을 아까워하는 것은 도둑놈 심보다. 작가가 책을 안 사면 도대체 누가 책을 사겠는가? 이게 다 품앗이고 상부상조라고 생각하자. 도서관에서 책을 찾으면 없는 책도 많고, 구매 신청을 해도 몇 달 씩 걸린다. 그럴 바에 책을 사서 보는 것이 시간적으로나 정신적으로 훨씬 이득이다.

책을 구입해서 봐야 하는 결정적 이유는 또 있다. 책을 읽으면서 내 책에 반영시킬 내용을 선별해야 한다. 이때 책 한쪽 귀퉁이를 접거나 펜으로 메모를 해야 한다. 내 책에 인용할 주옥같은 명문장을 발견하면 과감하게 형광펜을 집어들고 가차없이 색칠을 해야 한다. 인상 깊은 내용을 보고 문득 생각이 떠올랐다면 책에

다가 적어야 한다. 내 의견은 내 책에 반영시킬 나만의 아이디어다. 따라서 책을 반드시 사야 한다. 사서 그 책에서 내가 필요로 하는 내용을 선별해내자. 그러기 위해서는 책에 낙서도 하고 포스트잇도 붙이고 해야 한다. 이렇게 모은 내용은 내 책의 중요한 밑거름이 된다.

직장인이라면 이런 작업은 언제 해야 할까? 근무시간에는 하면 안 된다근무시간에는 근무에 충실하자!. 오히려 근무시간에 하고 싶은 마음을 참고 응축시켜서 퇴근 이후나 퇴근 전에 폭발시키자. 그래야 책 쓰기가 수월해진다. 그리고 재미있어진다. 따라서 이런 작업은 책 쓰기 외의 시간에 해야 한다. 가령 출근 전, 퇴근 후나 주말에 하면 된다. 출퇴근 시간을 이용해도 좋다. 자투리 시간에 해도 아주 효과적이다.

뽀모도로 책 쓰기는 임상 실험이 이미 끝난 책 쓰기 방법이다. 한 꼭지4~6페이지, 46배판를 25분에 쓰고 5분 쉬고 다시 한 꼭지를 25분에 쓰는 방식이다. 한 꼭지를 25분에 쓰는 것은 초반에는 조금 버거울 수도 있다. 하지만 반복하다보면 오히려 시간이 남는다.

06
뽀모도로
책 쓰기에 대한 편견

책 쓰기를 하면서 가장 사람들이 착각하는 것이 '내가 과연 책을 쓸 수 있을까' 하는 자기의심이다. 이러한 자기의심이 훌륭한 자질을 갖춘 수많은 사람을 작가의 길에서 멀어지게 한다. 사실 작가란 것이 따로 정해져 있는 것이 아니다.

우리가 잘 아는 조정래, 김훈, 공지영과 같은 유명한 작가가 처음부터 글을 잘 썼을까? 물론 천재적인 자질을 타고 난 작가도 있다. 하지만 대부분은 전혀 그렇지 않다. 그들도 부단한 노력과 열정으로 스타 작가의 반열에 올랐다. 시작은 다들 그렇게 한다.

일전에 충남대학교 교수님이 쓴 글을 읽은 적이 있다. 그분은 400만 부가 넘게 팔린 《태백산맥》을 쓴 조정래 작가를 두고 이렇게 썼다.

'아무래도 조정래 작가가 작가로서의 감을 잃은 것 같다.《정글만리》란 소설에서는 적어도 그렇다'.

나는 이 글을 읽고 적잖이 공감이 가면서도책을 읽은 독자로서! 일정 부분은 틀렸다고 생각한다. 훌륭한 작가가 쓴 글이 매번 훌륭하지 않기 때문이다. 위대한 작가의 글은 모두 훌륭하다는 편견을 버려야 한다. 작가가 글을 쓰면 그 중에서 작품성이 높은 글, 대중적으로 인정받는 글도 있지만 그렇지 않은 글도 분명히 있기 마련이다그렇지 않다면 부담이 돼서 어떻게 매번 글을 쓰겠는가?.

일전에 '베토벤이 교향곡을 500곡 이상 썼는데, 그중 대중에게 사랑받고 유명한 곡은 10곡 정도'라는 글을 읽은 적이 있다. '악성樂聖'이라고 불리는 베토벤도 500곡 중 10곡만 소위 '히트'를 쳤다. 나머지 곡들은 묻히고 말았다.

나는 책도 마찬가지라고 생각한다. 책 쓰기도 결국 많이 쓰다 보면 훌륭한 책이 나오게 되어 있다. 내가 좋아하는 정지용 시인의 시집 중 '향수'와 같이 대중에게 알려진 시는 몇 편 되지 않는다. 천하의 정지용 시인도 유명한 시만 쓰는 것은 아니다.

대한민국에서 책을 가장 많이 썼다는 고정욱 작가는 현재까지 250권의 책을 썼다. 판매 부수도 400만 부가 넘는다고 한다. 고 작가는 죽기 전까지 500권의 책을 쓰는 것이 목표라고 한다. 책이 많이 팔린 비결에 대해 그는 이렇게 설명한다.

많이 써야 많이 얻어걸립니다. 제가 쓴 책 250권 중 15% 정도가 효자였습니다. 책이 나오면 수단과 방법을 가리지 말고 알려야 합니다. 저는 제 차에 제 책광고 포스터를 붙이고 다닙니다.

책 쓰기에서 자기 의심을 떨치려면 무조건 써야 한다. 쓰다 보면 진리를 찾게 되어 있다. 쓰다보면 실력이 늘게 되어 있다. 그래서 많이 써야 한다. 지금 쓰는 글이 쓰레기라고 할지라도 쓰다보면 실력은 쑥쑥 자란다. 그래서 꾸준하게 쓰기가 중요하다. 뽀모도로 책 쓰기를 실천하라. 하루에 25분씩 두 번 무조건 써라. 매일매일 글 쓰기를 하면 어느 순간에 진정한 작가가 될 것이다.

한 꼭지를 25분씩 쓰다 보면 처음에는 시간이 짧다고 느낀다. 그래도 하루에 25분만 쓰자. 단 25분간 온전히 쓰기에 몰두해야 한다. 생각하는 시간을 제외하고 순수하게 쓰는 시간만 25분을 가져가야 한다. 그러면 25분간 온전히 글쓰기에 집중할 수 있다.

25분이 너무 짧다고?

쓰다보면 알게 된다. 결코 짧은 시간이 아니라는 것을.

글쓰기를 할 때 망설이면 안 된다. 그냥 쭉 써 내려가야 한다. 처음에 생각한 것이 맞다. 그것이 무엇인지는 자기가 알 도리는 없지만, 처음 생각난 것을 그대로 밀고나가야 한다. 거기서 멈추고 '혹시 다른 좋은 것이 있지 않을까?' 하는 생각은 당장 버려야 한다. 그래야 쉬지 않고 글을 쓸 수 있다.

오타가 나와도 상관없다. 줄 바꿈을 못 했어도 신경 쓰지 말자. 맞춤법이 헷갈려도 멈추면 안 된다. 그래야 정신의 흐름을 타자로 옮길 수 있다. 손가락보다 생각이 빠르면 빨랐지 느리지 않다. 생각은 휘발성이 있어서 금방 지워져버린다. 지워지기 전에 재빨리 남겨놔야 한다. 그러기 위해서는 쉬지 말고 생각을 있는 그대로 글로써 옮겨야 한다. 그게 바로 책 쓰기의 정수이자 진리다.

07

하루 글쓰기
25분이라는 시간

우리 삶에는 희망이 필요하다. 오늘보다 더 나은 내일을 기대할 수 있는 희망. 그래서 우리는 공부도 하고 운동도 하고 직장 상사에게 잘 보이려 노력하고 일도 열심히 하는 거다. 내일이 없는 삶은 죽은 삶이다. 삶의 보람도 없을뿐더러 타인에게 잘 보이거나 업무를 열심히 할 이유 자체가 없어진다. 그래서 우리는 더 나은 미래를 위한 희망을 가슴에 품고 살아야 한다.

책 쓰기도 그런 희망의 연장선에서 보아야 한다. 우리는 도대체 책 쓰기를 왜 하는 것일까? 유명해지기 위해? 돈을 벌기 위해? 지금의 현실을 탈출하려고? 더 나은 미래를 위해? 죽기 전에 이름 석 자 남기고 싶어서? 뭐든 다 좋다. 책을 쓰는 이유는 사람마다 다 다를 테니. 하지만 '보다 나은 미래' 를 위한다는 공통점은 있을 것이라고 본다. 책 쓰기를 통해 보다 나은 삶을 살려고 하기 때문이다.

직장생활을 하다보면 위기의 순간이 다가온다. 현실에서 벗어나고 싶은 마음이 굴뚝같다. 늘 가슴에 품고 있는 사표를 상사의 얼굴에 던져버리고 싶다가도 선뜻 내지 못하는 비애는 겪어보지 않은 사람은 모른다. 우울증에 빠지고 심지어 자살까지 하는 사람도 있다.

이런 위기가 닥칠 때 우리에게 필요한 것은 무엇일까? 우리가 이 위기를 이겨낼 방법이 과연 없을까? 분명히 있다. 그건 바로 책 쓰기다. 이미 여러 번 이야기했지만 나는 책 쓰기의 효과는 '내적인 성장'에 있다고 생각한다. 책을 써서 유명해지고 인세를 벌고 강연을 하고 이름 석 자가 인터넷 검색어에 나오고 인터뷰를 하는 등의 외적인 성장도 물론 중요하다. 하지만 더 중요한 건 내적인 성장이다.

책 한 권 낸다고 외적인 성장이 보장되는 것도 아니다. 하루 평균 200권 이상의 책이 출간되는 현실에서 우리가 그토록 원하는 외적인 성장을 책 한 권이 가져다주지 못할지도 모른다. 하지만 우리는 좌절할 필요가 없다. 두 번째, 세 번째 책을 쓰면 된다. 그러는 와중에 훌륭한 책이 나오고 그 책이 베스트셀러가 될 수 있다. 책이란 쓰면 쓸수록 늘게 되어 있다. 이것은 진리다.

내적인 성장을 강조하는 이유가 무엇일까? 내적으로 강한 사람은 위기가 닥쳐도 좌절하지 않는다. 오히려 위기를 기회로 삼고 이겨낸다. 독한 사람은 위기를 예측할 수 있으며 위기를 조절할 수 있다. 재판에서 '일부 패소'는 반대로 말하면 '일부 승소'다. 일부 패소라고 하여 재판에서 졌다고 생각하지 말자. 일부는 이겼으니 이긴 것이라고 생각하자. 이런 긍정의 마인드가 필요하다.

책 쓰기는 좌절에 빠진 사람이나 지친 직장인에게 힘을 가져다준다. 생활의 활력소가 되고 하루하루가 소중하게 느껴진다. 자투리 시간도 소홀히 하지 않으며 항상 책 쓰기를 생각한다. 책 쓰기 주제를 찾기 위해 세상을 달리 본다. 무슨 일에 닥치거나 상황을 마주할 때 항상 이런 생각을 한다.

이걸 책으로 쓰면 어떨까?
이 문구를 내 책에 반영해야지.
다음 책 주제는 이 내용으로 해야지.

일반인을 군인으로 만드는 힘은 훈련소에서 나온다. 훈련소의 혹독한 훈련을 통해 신체적, 정신적으로 민간인에서 군인으로 거듭난다. 기자도 마찬가지다. 기자도 일반인에서 기자로 변화하기 위해 속칭 '사스마와리' 란 혹독한 훈련을 시킨다. 부끄럼이 없는 기자로 만드는 과정이다. 책 쓰기를 통해 일반인도 작가로 변모할 필요가 있다. 그러기 위해서는 '나는 작가다' 라는 자기 최면이 필요하다. 자기 최면을 통해 작가로서의 자신을 받아들이면 이미 작가가 거진 반은 된 것이나 다름없다.

세상을 보는 눈이 달라지고 사람들을 대하는 태도가 달라진다. 사물을 통찰하는 통찰력이 생기고 항상 글로 어떻게 표현할 것인가에 대한 고민을 한다. 책 쓰기를 위한 사색의 시간을 갖고 항상 손에서 책을 놓지 않는다. 심지어 드라마, 영화 한 편을 봐도 스토리텔링을 고민한다. 이게 작가다.

뽀모도로 책 쓰기는 25분이라는 시간을 작가로서 활용하게끔 해준다. 25분에 한 꼭지 쓰는 연습을 꾸준히 하자. 한 권의 책을 쓰는 것은 어렵지만 한 꼭지의 글을 쓰는 것은 어렵지 않다. 그런 꼭지가 모여 책이 된다. 25분이란 시간이 한 꼭지를 쓰는 데 아주 적절한 시간이다. 이 시간을 잘 활용하자.

책 쓰기는 '자기 긍정' 의 역동적인 측면이다.
책 쓰기의 기쁨 속에서 삶의 의미까지 찾을 수 있다.

- 이해사

3부

베스트셀러의 조건을 파악하라

- 베스트셀러를 쓰는 방법 -

01

내 책을 출간해줄
출판사가 있을까?

일단 쓰려고 하는 책의 초고가 완성되었다고 치자. 이 초고를 어떻게 해야 할까? 무턱대고 출판사에 보내면 알아서 책을 내줄까? 출판사에서 '어서 오십시오! 기다리고 있었습니다!' 하고 원고를 선뜻 받아 줄까? 불행히도 현실은 전혀 그렇지 않다. 책 쓰기에 이제 막 시작한 초보들은 막상 시작하면서도 이런 의구심이 들게 마련이다.

과연 내 책을 출간해줄 출판사가 있을까?

결론부터 말하면, 출판사는 당신의 책에 절대로 호의적이지가 않다. 특히 처음 책을 출간하는 소위 '초짜'들에게는 더욱 매정하다. 출판사도 이윤으로 먹고사는 기업이므로 책을 팔아 수익을 거둬야 한다. 판매력이 있는 유명 작가라면 모를까 책 한 권 낸 적 없는 생면부지의 초짜에게 누가 책을 내 주겠는가? 게다가 책 쓰기를 전문으로 하는 전업 작가도 아닌 일반인을 상대로 말이다.

하지만 방법이 영 없는 것도 아니다. 콘텐츠가 좋으면 가능하다. 쓰고자 하는 책의 주제가 너무 강력하고 매력적이라면 가능하다. 내가 직접 경험했다. 결국 시장에서 팔릴 만한 콘텐츠라면 초짜도 책을 낼 수 있다. 그것도 투고 방식을 통한 기획출판으로 말이다.

기획출판⇨ 투고를 통해 책을 출간하는 방법

자비출판⇨ 작가의 투자를 통해 책을 출간하는 방법

나는 최근에 유행하는 자가 출판 플랫폼 '부크크' 와 같은 서비스를 이용해 책을 낼 것을 권하지 않는다. 여기서 만드는 책은 일반적인 출판 절차를 거치지 않아 책으로 만들어도 제대로 된 책의 기능을 발휘하기 힘들다. 다만 강의 교재나 일회성 자기만족 정도로 여겨질 책 쓰기라면 상관 없다. 하지만 작가로서 꾸준히 활동하기 위해서는 자가 출판 플랫폼과 같은 형식은 아무래도 부족하다.

따라서 우리가 흔히 이야기하는 '기획출판' 이란 방식을 통해 책을 내는 것을 강력하게 추천한다. 기획출판이란 작가가 원고를 쓰고 출판사에 투고를 하여 출판사에서 승낙하는 방식이다. 출판사에서 투고한 원고에 대하여 교정, 교열도 하고 책 제목과 표지 카피, 책 디자인을 저자와 협의하여 책을 인쇄하고 마케팅까지 전부 다 해주는 그런 시스템을 말한다. 이런 식으로 출간을 해야 제대로 된 책이 나온다. 책은 책을 만드는 전문가의 도움이 필요하다. 따라서 우리가 지향하는 책 쓰기 방식은 철저히 투고를 이용해야 한다.

기획출판에 반대되는 출판은 '자비출판' 이다. 자비출판은 본인이 출판과 관련한 비용을 지불하고 책을 출간하는 형태다. 본인이 쓰기도 하지만 상황이 어려울 경우 '대필 작가' 라고 부르는 글쓰기 전문 작가에게 글쓰기 재료를 주고 책으로 출간하는 형태도 여기에 포함된다.

이런 자비출판이 마냥 나쁘다고 볼 수는 없다. 왜냐하면 말 잘하는 사람, 강의 잘하는 사람, 글 잘 쓰는 사람이 전부 제각각이기 때문이다. 강의를 아무리 잘해도 글 쓰는 재주가 없다면 영원히 책을 내지 말아야 할까? 그렇지 않다. 그런 사람도 책을 낼 수 있다. 본인의 생각을 대신 표현해주는 대필 작가를 이용하면 된다. 보통 국회의원이나 유명한 기업인의 자서전을 쓸 때 대필 작가를 많이 이용한다. 실제로 대필로 밥을 먹고사는 작가가 대한민국에 아주 많다. 대필도 필요에 의해 출현했다. 대필 방식이 앞으로는 많이 활성화되리라 생각한다.

하지만 내가 이야기하는 책 쓰기는 이런 방식이 아니다. 기획출판, 즉 내가 글을 써서 출판사에 투고하고 출판사에서 이를 받아들여 '출간계약서'에 상호 날인하는 방식을 나는 선호한다. 내 책 쓰기를 기쁨을 누리고 내 글 실력도 상승시키며 지속적으로 수많은 책을 써내기 위해서는 내가 직접 써야 하지 않을까? 한두 권 쓰다 말 것도 아니지 않은가? 게다가 작가라면 최소한 본인이 책을 써야 한다는 것이 내 생각이다.

무조건 책은 직접 쓴다고 생각하자. 자비출판은 돈 많은 국회의원이나 회장님이 하는 것이라고 생각하자. 간혹 출판업계에서 자비출판을 활성화하기 위하여 활동하는 브로커가 아주 많다. 이들에게 속아 넘어가지 않도록 조심해야 한다. 나도 책 투고 후 브로커에게 연락을 수차례 받았다. 책을 출간해 줄 테니 700부를 사라는 등의 조건을 단다. 그래서 나는 단연히 거절했다. 내가 원하는 출간 방식이 전혀 아니기 때문이다. 단, 기획출판을 한다고 하더라도 초판의 일정 수량은 작가가 사는 것이 좋다. 일단 책을 확보해 놓고 출판사에서 초판이 나올 때 작가에게 주는 부수는 얼마 되지 않는다! 지인에게 선물하거나 홍보에 활용하고, 강연시 강연장에서 팔 책을 미리 확보해두는 것이 필요하다.

출판사가 원하는 책을 쓰기 위해서는 여러 기술적 장치가 필요하다. 가장 필요한 것은 '시장에서 먹힐 만한 주제인가?' 이다. 시장에서 아무 필요도 없는 책을 백 날 쓴들 출판사에서 받아줄리 만무하다. 마치 '산타아고 순례길'을 다녀오면 누구나 특별한 경험을 했다고 생각해 책 투고하는 것과 마찬가지다 실제 출판사에는 산티아고 순례길 다녀온 순례자의 투고가 아주 많다고 한다! 한 편집자는 산티아고 순례길에 '책 쓰기에 대한 당위성을 뇌리에 심어주는 장치가 있는 게 아닌가?' 생각했다고 한다!. 이런 책들은 아무도 받아주지 않는다. 도올 김용옥이나 공지영, 유홍준과 같은 사람이 다녀오면 이야기가 달라지겠지만!

누구에게나 초짜 시절은 있다. 초보 시절을 잘 돌파하면 작가가 되고 작가가 되면 아무래도 책을 출간하기가 쉬워진다. 한 권 쓰는 게 어렵지 두 번째부터는 비약적으로 책 쓰기가 쉬워진다. 책 쓰는 요령도 생기고 무엇보다 독자들이 무엇을 원하는지 잘 파악할 수 있다.

따라서 내가 하고 싶은 말을 하는 것보다 독자가 원하는 글을 쓰는 것이 무엇보다 중요하다. 베스트셀러 작가들은 이런 사실을 정확히 파악하고 있다. 그래서 본인의 이야기를 하는 것보다 독자의 입장에서 독자가 무엇을 원하는지 잘 파악하여 책을 쓴다.

02

베스트셀러는
어떻게 탄생하는가?

장정일 작가는 《무엇이 정의인가?》라는 책에서 베스트셀러 현상에 대해 다음과 같이 이야기한다.

베스트셀러 현상이 늘 그렇듯이, 책의 판매 부수가 그 책의 수준과 비례하는 것은 아니다. 흔히 말하듯, 베스트셀러란 사회현상이다.

장정일은 베스트셀러가 책을 잘 써서 되는 것은 아니라고 주장한다. 또한, 베스트셀러는 사회가 만드는 일종의 현상으로 파악한다. 나는 이 말에 전적으로 동의한다. 극히 잘 쓴 책 중 베스트셀러가 된 책도 있지만 그렇지 않은 책이 대부분이기 때문이다. 베스트셀러는 사회적 이슈를 건드려서 되는 것도 아니다. 그저 사회현상일 뿐이다.《대통령의 글쓰기》의 강원국 작가도 이 의견에 동의하며 "어느 구름에 비가 들어 있는지는 아무도 모른다"라고 말했다.

최근 출판업계가 많이 위축되었다고 하지만 100만부 이상 팔린 베스트셀러도 꾸준히 나오고 있다. 반면에 하루에 200권 이상의 책이 출간되지만 그 중 95% 이상이 초판보통 2,000부도 팔지 못한다. 책을 읽는 사람이 그만큼 줄어들고 있다. 종이책을 전자책이 대체하고, 책보다는 훨씬 읽기 편한 웹툰을 즐겨본다. 내 생각엔 책도 보는 사람만 보는 것 같다. 안 보는 사람은 1년에 한 권도 보지 않는다. 하지만 너무 걱정할 필요는 없다. 출판업계가 그렇다고 사라지거나 위축되지 않을 것이다. 출판업계도 시대의 흐름과 변화에 따라 적절하게 변화할 것이다. 그리고 밀리언셀러는 앞으로 계속 나올 것이다.

그럼 밀리언셀러, 즉 베스트셀러는 어떻게 만들어질까? 과거에는 '유명인 프리미엄'이라고 해서 유명한 사람이 책을 쓰면 아주 많이 팔렸다. 가령 이문열 작가나 공지영 작가와 같이 유명한 작가들이 책을 내면 웬만하면 베스트셀러가 되었다. 이 작가들은 이미 검증된 작가이므로 마니아층이 있다. 이 작가들이 책이 내면 사려고 기다리는 사람이 많다. 마치 스티븐 스필버그 영화가 새로 나오면 묻지도 따지지도 않고 보러 가는 마니아층이 있는 것과 비슷한 이치다.

《책 쓰기가 이렇게 쉬울 줄이야?》를 쓴 양원근 대표는 책을 쓰는 사람을 다음과 같이 4가지로 구분한다.

1유형⇨ 눈물 없이 보지 못할 인생의 곡절이 있는 사람
2유형⇨ 아주 유명한 사람
3유형⇨ 특정 분야의 전문가
4유형⇨ 아주 평범한 사람 즉, 일반인

제 1유형은 눈물 없이 보지 못할 인생의 굴곡이 심한 사람들이다. 〈멈추지 마, 다시 꿈부터 써봐〉의 김수영 작가는 가난과 가정 불화, 왕따로 인해 중학교를 자퇴했던 소위 문제아였다. 하지만 뒤늦게 꿈을 찾은 후 독학으로 검정고시를 통해 연세대에 입학했고, 대학 졸업 후 골드만삭스라는 세계적인 금융회사에 한국 여성 최초로 입사했다. 하지만 행복도 잠시, 암에 걸려 회사를 그만

두고 다시 한 번 추락하게 된다. 하지만 굳은 의지로 병마와 싸워 극복한 후 10년간 세계 80여 개 국가를 여행했다. 그리고 나서 쓴 책이 바로《멈추지 마, 다시 꿈부터 써봐》였다.

TV 광고에 직접 자주 나오는《10미터만 더 뛰어봐》의 김영식 대표도 IMF 시절 잘못된 투자로 20억 원의 빚더미에 올랐다. 그 래서 폐인이 되어 자살까지 결심했던 사람이다. 하지만 오뚝이 같은 불굴의 의지로 다시 일어나 단돈 130만 원의 자본금으로 천 호식품을 일으킨 대표적인 사업가다.

제1유형의 특징은 멀쩡하게 잘 나가다가 인생에서 고꾸라지고 다시 일어서는 'N' 자형 인간이다. 이런 사람들의 이야기는 독자 의 공감을 불러일으키기 좋다. 시련이 닥쳐도 좌절하지 않고 불 굴의 의지로 다시 일어선 공감의 스토리를 대중은 사랑한다.

제2유형은 아주 유명한 사람이다. 사회적으로 명망이 있는 사 람이거나 운동선수로서 성공한 사람 등이 여기에 해당한다. 가령 도올 김용옥 선생이나 피겨스케이터 김연아를 예로 들 수 있다. 이런 분들은 인지도가 워낙 높아서 책을 내면 기본적으로 팔려나 가는 양이 있다. 그래서 출판사에서도 아주 선호한다.

《언니의 독설》을 쓴 김미경 작가도 책 출간 이전부터 '아트 스피치' 란 장르를 개발하여 선풍적인 인기를 끌던 강사였다. 강사가 되면 누구나 생각하는 것이 '내 책이 있어야겠다' 이다. 강사가 책을 쓰면 몸값이 수직상승하기 때문이다. 김미경 강사도 당연히 이를 실천했다. 이후 그녀는 《꿈이 있는 아내는 늙지 않는다》, 《엄마의 자존감 공부》 등의 책을 연달아 출간함으로써 베스트셀러 작가가 되었다.

최근 학원가뿐만 아니라 방송가에서 선풍적인 인기를 끄는 《설민석의 조선왕조실록》의 설민석 강사도 유명인이 책을 쓴 대표적 사례다. 이분은 책 쓰기를 하기 전부터 국사 과목의 전설적인 강사였다. 강사로 유명해진 후 책도 쓰고 방송도 하면서 지금은 방송가에서 가장 인기 있는 '에듀테이너' 가 되었다. 설 강사는 책도 엄청나게 쓴다. 시중에 나온 책이 그 종류를 헤아릴 수 없을 정도로 많다. 특히 최근에는 《설민석의 한국사 대모험》 시리즈가 아이들에게 선풍적인 인기를 끌고 있다.

제3유형은 해당 분야의 전문가가 쓴 책이다. 주로 의사나 변호사, 변리사, 노무사 등의 해당 전문가가 쓴 책이 주를 이룬다.

《자존감 수업》으로 100만 부를 돌파한 윤홍균 저자 역시 정신과 의사다. 이분은 수많은 환자를 상담하며 깨달은 '자존감' 이란 키워드를 이슈화함으로써 선풍적인 인기를 끌었다. 현대인은 자존감을 잃고 살지만 자존감을 갖는 방법이나 자존감 때문에 겪는 각종 문제에 대한 해결책을 원한다. 이런 현대인의 심리를 정확히 파악하고 해결책을 제시한 책이다.

제4유형은 일반인, 즉 평범한 사람이다.

앞의 제1, 2, 3유형은 출판사에서 아주 좋아한다. 이런 유형은 책의 콘셉트가 특별히 진부하지만 않다면 책 출간에 문제가 없다고 보면 된다. 즉 책 내용이 너무 부실하지 않다면 주제만 잘 정해도 책 출간이 가능하다. 하지만 제1, 2, 3유형이 아니라고 좌절할 필요가 없다. 제4유형도 얼마든지 베스트셀러 출간이 가능하기 때문이다.

대표적인 작가가 《꿈꾸는 다락방》의 이지성 작가다. 이분도 초등학교 교사로 생활하면서 작가로서의 꿈을 버리지 않고 지금은 국민작가가 되었다. 꿈꾸는 다락방은 300만 부 이상 팔렸다.

《48분 기적의 독서법》을 쓴 김병완 작가도 마찬가지다. 이분도 삼성전자 연구원으로 근무하다가 깨달은 바가 있어 회사를 사직하고 부산에 있는 도서관에 칩거하여 3년간 1만 권의 책을 읽었다. 그리고 사회로 나와 매년 10권 이상의 책을 출간하는 작가로

변신했다. 나도 이분의 《나는 도서관에서 기적을 만났다》를 보고 《김병완의 책 쓰기 혁명》이란 책을 알게 되었고, 이 책을 읽고 책 쓰기를 결심했다. 나에게 아주 고마운 분이라고 할 수 있다. 한 번도 만나보지는 못했지만 기회가 된다면 같이 저녁식사를 하고 싶다.

그럼 제4분야에 속하는 평범한 사람들은 책을 써서 어떻게 성공했을까? 양원근 대표는 제4유형이 성공하는 이유를 다음과 같이 설명한다.

제1조건: 오랜 시간 책을 읽고 섭렵하여
제2조건: 독자가 원하는 것을 정확하게 알고
제3조건: 남의 글을 자신의 글로 재창조하는 능력이 뛰어나다.

제1~3유형의 사람들은 본인이 하고 싶어하는 말만 한다. 본인 스스로가 너무 잘났기 때문이고 또 자랑을 좀 해도 되는 위치다. 하지만 4번째 유형은 그렇게 할 수 없다. 인지도도 없을뿐더러 자칫 잘난 체했다가는 역풍을 맞을 수도 있다.

아무도 읽지 않는데 자기만 만족하는 책을 써봐야 소용이 없다.

이런 책은 팔리지도 않을뿐더러 출판사에서도 아주 싫어한다. 독자가 무엇을 원하는지 정확히 파악하고 독자들이 듣고 싶어 하는 글을 쓰는 작가가 진정한 베스트셀러 작가의 반열에 오른다. 반드시 명심하자.

독자가 원하는 책을 써야 베스트셀러 작가가 된다.

03

베스트셀러의 제1조건 :
책 제목

책 제목은 베스트셀러의 제1조건이다. 책을 한 권 쓰기로 마음을 먹었으면 가장 심혈을 기울여야 할 분야가 책 제목이다. 책 제목을 잘못 지으면 잘 쓴 책도 소리 없이 사라져버린다. 그래서 출판사는 책 제목에 엄청난 노력을 기울인다. 장정일 작가는 심지어 이렇게까지 이야기했다.

이런 상황에서는 누군가 페이지마다 잔뜩 검은 칠을 해놓거나, 백지를 제본해놓고 저 제목을 붙였어도, 거뜬히 50만 부를 팔아치웠을 거라는 예감마저 드는 것이다.

_ 장정일, 《무엇이 정의인가?》

장정일 작가가 언급한 '저 제목'은 마이클 샌델 교수의 《정의란 무엇인가?》이다. 이 책은 우리나라에서 무려 150만 부 이상 팔려 나갔다. 장정일이 이야기한 건 '이런 상황'에서 저 제목이면 베스트셀러가 된다는 거다. 이런 상황이란 당시 우리 사회가 부정의에 직면했고, 《정의란 무엇인가?》라는 책이 우리 한국인의 위기감을 그대로 보여준 거다. 어찌됐건 중요한 점은 책 제목을 잘 지어서 책을 많이 팔았다는 사실이다본래 영어 원제는 '정의Justice'이다.

그럼 왜 책 제목이 그리 중요할까?

우리가 책을 고를 때 보통 어떤 방식으로 고르는지 생각해보면 쉽게 알 수 있다. 과거에는 책을 사는 방법이 아주 간단했다. 광고를 보고 마음속으로 생각하고 있던 책을 서점에 가서 산다. 아니면 그냥 서점에 가서 마음에 드는 책을 고른다. 어느 경우나 제목이 중요함은 말할 필요도 없다. 첫 번째 경우라면 이미 책 제목과 표지 카피를 보고 책을 살지 결정했을 것이고, 두 번째 경우도 마찬가지다. 결국 책 제목이 책을 결정하는 주 요소였다.

최근에 책을 판매하는 루트를 살펴보자. 최근에는 서점에서 책을 사기도 하지만 서점 이용도는 눈에 띄게 낮아졌다. 오히려 인터넷으로 책을 구매하는 경우가 많다. 인터넷으로 책을 구매하면 여러 장점이 있다. 일단 서점에 가지 않아도 된다. 그리고 할인된 가격에 책을 살 수 있다. 배송도 무척이나 빨라 다음 날이면 책이 도착한다. 굳이 서점에 가지 않아도 된다. 여러모로 편한 시스템이다. 그래서 대부분 사람들은 책을 인터넷으로 산다.

그럼 인터넷으로 책을 사는 사람들은 책을 어떻게 고를까?

내가 보기에는 여기서도 아바ABBA의 노래 제목처럼 〈The winner takes it all〉승자승 원칙이 적용된다. 승자승 원칙이란 처음 유리한 고지를 점령한 책이 베스트셀러가 될 확률이 높음을 의미한다. 초반에 책이 잘 팔리면 즉, 반응이 뜨거우면 출판사는 그제야 마케팅을 시작한다.

출판사는 책을 출간한다고 모든 책을 마케팅하는 것이 아니다. 일단 시장의 반응을 보고 '이거다' 싶으면 그때 마케팅을 한다. 가뜩이나 불타나게 잘 팔리는 책에 기름을 붓는 격이다. 그래서 책은 날개 돋친 듯이 팔려나간다. 주요 인터넷 사이트에 판매순위가 상위권에 올라가면 너도 나도 그 책을 구입한다. 그래서 베스트셀러의 확고한 반열에 오르게 된다.

이런 이유로 요즘 책을 출간하면 아주 잘 팔리던가, 아예 안 팔리던가 둘 중 하나다. 중간이 없다. 대부분 안 팔리지만 간혹 소문이 퍼져 베스트셀러가 되는 경우도 있다.

여기서 우리가 주목할 것이 있다. 그럼 책 출간시 초반에 반응이 좋게 만들려면 어떻게 해야 할까? 과거에는 대형 출판사 책이 품질도 좋고 마케팅도 잘했다. 그래서 대형 출판사 책이 베스트셀러의 대부분을 차지했다. 하지만 요즘은 그렇지 않다. 요즘에는 대형 출판사만 베스트셀러를 만드는 것은 아니다. 다만 베스트셀러를 많이 낼 수는 있을 것이다. 왜냐하면 출간하는 책의 수가 워낙 많기 때문이다.

따라서 초반부터 마케팅의 궤도에 본격적으로 올리려면 초반에 '반짝이게' 하는 장치가 필요하다. 이것이 무엇일까? 바로 책 제목이다. 책 제목을 눈에 확 띄게 만들어야 한다. 누가 봐도 이런 생각을 들게 만들어야 한다.

이 책 뭐지? 궁금한데? 어디 한번 볼까?

'이 책 뭐지'란 말에는 많은 뜻을 함축하고 있다. 눈에 확 띄는 제목을 통해 독자의 호기심을 자극하는 방식이다. 안 열어보고는 못 버티게 만들면 일단 성공이다. 책에 선뜻 손이 안 나가지만 일단 손에 쥐기만 하면 절반은 성공이다. 호기심에 반응하는 사람이 많아질수록 책은 반짝반짝 빛이 나게 된다. 예비 베스트셀러라고 부르면 좀 과한 표현일까? 결론적으로 책의 제목을 잘 짓는 것은 책의 성패를 좌우하는 중요한 요소라 할 수 있다.

그럼 책 제목을 잘 지으려면 어떻게 해야 할까?

과거의 베스트셀러를 보면 참 얌전한 제목이 많았다. 물론 요즘에도 제목을 간단히 하면서도 베스트셀러가 된 책도 많다. 하지만 일단 호기심을 자극할 정도의 '자극성'이 필요하다. 호기심이란 인간의 본성을 자극하는 것이다. 이걸 잘해야 책이 잘 팔린다. 일단 관심이라도 두어야 책을 손에 집게 하던지 할 것이 아닌가?

《책 쓰기가 이렇게 쉬울 줄이야》의 양원근 대표는 베스트셀러의 조건을 5가지로 설명하고 있다. 나는 이 말에 전적으로 동의한다. 5가지 조건은 다음과 같다.

1. 제목과 표지
2. 저자 인지도
3. 내용
4. 마케팅 전략
5. 타이밍

이 중에서 가장 중요한 것이 무엇일까?

실제 사람들에게 질문하면 대부분 '타이밍'이라고 대답한다. 하지만 그렇지 않다. 가장 중요한 것은 제목과 표지다.

예를 들어보자.

스샤오엔의 《내 인생을 빛내줄 보물지도》는 2008년 출간되어 초판도 팔리지 않았다. 하지만 제목과 표지를 바꾸어 2012년에 다시 출간했더니 대박이 났다. 책 제목은 《내 편이 아니더라도 적을 만들지 마라》이다.

바이취앤전의 《성공하고 싶을 때 일하기 싫을 때 읽는 책》도 처음 제목은 이 제목이 아니었다. 제목을 바꾸자 대박을 쳤다. 원 제목은 《삶을 맛있게 요리하는 인간관계 레시피》였다.

우리가 책을 구매할 때를 생각해보자. 책을 읽어볼까 결심하면 베스트셀러 코너에 간다. 사람들은 왜 베스트셀러 코너에 갈까? 이건 다분히 심리학적이다. 남이 읽은 책을 최소한 나도 읽어야겠다는 일종의 경쟁 심리다. 세상의 모든 책을 다 읽지는 못하니 남들이 읽는 책이라도 읽어서 무식쟁이가 되지 말아야겠다는 일종의 자기보호 본능이다.

여기에 베스트셀러는 책의 질이 좋을 것이라는 믿음도 작용한다. 이미 검증된 책이므로 사서 보아도 무리가 없다는 뜻이다. 우리가 수험 생활을 할 때 교재 고르는 법과 유사하다. 가장 수험생이 많이 보는 책을 수험서로 골라야 한다. 그래야 차별성은 없더라도 쪽박 차는 일수험학 상으로 '불의타' 라고 한다은 막을 수 있으니까. 그리고 사람들이 많이 보는 책은 그만큼 검증이 되었으니까.

종합 베스트셀러 1위부터 20위까지 보다가 멈칫 할 때가 있다. 이때가 책을 고르는 순간이다. 양원근 대표는 이 시간이 0.3초라고 말한다. 순간적으로 생각할 겨를도 없이 머리에 '탁' 박혀버리기 때문이다. 이때 머리에 박히게 하는 것이 바로 제목과 표지다. 특히 제목이 중요하지만 제목과 표지는 한 몸이라고 생각하는 것이 옳다. 제목을 보고 보통 표지를 뽑아내기 때문이다. 표지는 어차피 제목을 눈에 확 띄게 하는 배경이다. 따라서 제목을 잘 뽑고 거기에 표지까지 받쳐준다면 그만큼 사람들의 선택을 받을 확률이 높아진다.

나도 출간한 책 중 한 권의 제목을 《기술은 어떻게 사업화되는가?》로 정했었다. 하지만 탈고 단계가 되면서 책 제목이 마음에 들지가 않았다. 그래서 출판사와 상의했다.

도저히 안되겠습니다. 책 제목을 바꿔야 할 것 같습니다.

출판사도 내 의견을 존중해 다시 검토에 들어갔다. 다음은 당시 안으로 나왔던 제목들이다모두 비슷하다. 원래 제목은 부제로 들어갔다.

〈아인슈타인처럼 생각하고 아마존처럼 팔아라!〉
〈생각은 아인슈타인처럼, 판매는 아마존처럼!〉
〈아인슈타인의 생각! 아마존의 전략!〉

결국 첫 제목으로 출간했지만 나는 출간 직전까지 '아인슈타인'을 '에디슨'으로 바꿀까 엄청 고민했다. 아마존이 세 글자라 에디슨도 세 글자가 좋아보였기 때문이다. 결국 '아' 자가 같은 아인슈타인으로 결정했지만, 책은 원 제목대로 출간되어 별 의미는 없어졌다하지만 고민은 엄청 많이 했다.

04

베스트셀러의 제2조건 :
디자인

책 제목만큼 중요한 것이 책 디자인이다. 보기 좋은 떡이 먹기도 좋은 법이다. 이왕이면 디자인이 예뻐야 한다. 베스트셀러를 보면 디자인을 잘 만든다. 그래서 베스트셀러의 가장 중요한 요소가 책 제목과 표지라고 하는 것이다. 표지를 아무리 잘 만들어도 책 제목이 안 좋으면 책은 망한다.

반대로 책 제목이 아무리 좋아도 표지가 개판이면 역시 그 책은 삼류로 전락하고 만다. 즉, 제목과 표지가 눈에 확 띄어야 책이 성공할 수 있다. 우리 주변에서 그런 예는 수도 없이 많다. 초판도 안 팔린 책이 제목과 표지를 바꿔 베스트셀러가 된 예는 허다하다. 이게 다 제목과 표지가 갖는 위력이라고 할 수 있다.

나는 책을 쓸 초기부터 책 디자인을 생각한다. 시중 서점이나 도서관에 내가 원하는 디자인이 있으면 내용도 보지 않고 집으로 가져온다. '이러한 디자인으로 출간해주십시오' 하는 기준으로 삼는다(사실 디자인에 대한 생각도 자주 바뀐다).

책 디자인은 종류가 그야말로 천차만별이다. 심하게 이야기해서 '디자인은 한 건가?' 하는 책도 있고, 마치 무슨 예술작품처럼 디자인한 책도 있다. 최근에는 컬러링 북이나 다양한 판형의 책이 너무 많아 디자인의 기준을 어디에 삼아야 할지 난감한 경우가 많다.

이렇게 출판사별로 차이가 나는 것도 다 이유가 있다. 투자액의 차이다. 책 한 권 출간하는 데 투자를 많이 하지 않는 출판사들이 있다. 이런 출판사들은 책 내는 데 우선순위를 두므로 책 디자인이 조금 빈약하다. 거의 '부크크' 무료 디자인 수준이다. 이런 책은 절대로 팔리지 않는다. 투자 없이 무슨 이익을 바라겠는가? 따라서 이런 출판사와 계약을 했다면 표지 디자인 정도는 본인이 직접 챙기는 것도 방법이다.

나도 두 번째 책을 그렇게 출간했다. 출판사에서 디자인에 투자할 여력이 없는 것 같고 나도 유명 작가도 아니기에 출판사만 의존할 수 없었다. 그래서 내가 선호하는 스타일의 디자인을 '디자인 전문업체'에 의뢰했다. 이렇게 했더니 내가 원하는 스타일이 나와 그 디자인을 다시 출판사로 넘겨줬다.

　일반적으로 작가의 고유한 디자인 성향을 출판사에 밝히지 않는다면 출판사는 어떻게 책을 디자인할까? 보통은 출판사에서 미리 시안을 만들어 제시한다. 여기서 마음에 들면 그대로 써도 되고 조금 수정을 가해도 된다. 내 경험으로는 한 번에 끝난 경우는 없었다.

　대형 출판사는 북 디자이너를 직접 고용하고 있으나 중소형 출판사는 자체 비용으로 디자인 전문회사에 디자인을 의뢰한다. 이들은 아주 전문가이기 때문에 책 주제에 맞게 디자인을 한다. 따라서 이들에게 맡기는 것도 방법 중 하나이다. 다만 나는 디자인에 관한 한 작가의 스타일에 맞게 하는 것이 좋지 않을까 하는 생각이다. 특히 첫 책이라면 더욱 그러하다.

　나는 책 디자인과 관련해 가장 신경을 쓰는 것이 책 색상이다. 과거에 도서관에 푹 빠져 살던 시절 이런 방식으로 책을 고른 적이 있다. 가령 서가의 책 중 노란색 책을 전부 빌려 읽는 방식이다. 내가 이런 방식을 고집한 이유는 너무 책을 편식해서 읽는 것이 아닌가 하는 나 스스로에 대한 경계 때문이었다. 그래서 다양한 주제의 책을 읽도록 하자는 취지였다.

서점에 가보면 책 색상이 천차만별이라 휘황찬란하다 못해 매우 현란하다. 나는 미적 감각이 떨어져서 그런지 몰라도 노란색과 보라색 색상이 아주 마음에 든다. 하지만 이런 이야기를 출판사에 하면 아주 싫어한다. 색상이나 디자인이 너무 현수막 같다는 것이다. 그래서 책 색상은 출판사의 의사를 존중하지만 글씨체나 구성은 내 의견을 따라 줄 것을 요청한다.

우리가 표지 디자인을 신경 쓰는 이유는 독자에게 선택받기 위해서다. 책 제목과 표지 카피가 중요하듯이 표지 디자인도 매우 중요하다. 특히 베스트셀러를 보면 표지 디자인이 확연하게 다르다.

《채식주의자》로 맨부커상을 수상한 한강 작가의 책을 보면 한강 작가의 사진이 표지에 실려 있다. 또한 혜민 스님의 《멈추면 비로소 보이는 것들》은 혜민 스님의 얼굴이 책 왼쪽 아래 편에 자리하고 있다. 이렇게 유명한 작가들의 작품은 본인 사진을 표지 디자인에 넣는 것이 매우 효과적이다. 유명한 작가가 쓴 책이라면 믿고 보는 고정 독자층이 많기 때문이다.

표지 디자인은 책 제목, 표지 카피 못지않게 중요한 것으로 책 출간시 많은 고민과 노력을 아끼지 말아야 한다. 일단 독자들의 손에 집히도록 디자인해야 한다. 그게 가능하다면 절반은 성공이다.

05

베스트셀러의 제3조건 : 표지 카피

앞에서 베스트셀러의 성패는 80%가 책 제목과 디자인이라고 했다. 그럼 나머지는 무엇일까? 저자 인지도, 내용, 그리고 마케팅이다. 여기서 하나 빠뜨린 것이 있다. 바로 '표지 카피' 다. 그럼 표지 카피란 무엇인가.

표지에서 제목만큼이나 우리의 눈에 들어오는 것이 표지 카피다. 제목 옆에 있는 부제를 비롯하여 띠지나 표지 곳곳에 놓인 카피는 '이 책을 사주세요!' 하고 독자를 유혹한다. 제목과 표지를 보고 살짝 고민할 때 결정적 한 방을 날릴 비장의 카드가 표지카피다. 그래서 표지 카피는 독자의 지적 욕구에 대한 근원적이고도 원초적인 욕망을 건드릴 수 있어야 한다. 책을 제작하면 마케팅을 하는 것이 보통인데, 마케팅의 가장 효과적인 수단이 바로 표지 카피다. 그래서 표지 카피를 '책의 가장 효과적인 광고판' 이라고 표현한다.

모든 책에는 표지카피가 있다물론 없는 책도 있다! 이런 책은 일부로 표지카피를 빼기도 한다! 단순함을 추구하는 책일 경우다. 책 제목을 설명하는 자료라고 보면 된다. 과거에는 이러한 표지 카피가 책 표지에 거의 없었으나 최근에 출간되는 책에는 표지 카피가 대부분 들어간다. 그것도 지나치게 많이! 책 표지를 보면 표지에 카피가 꽉 차 있음을 알 수 있다. 출판사들도 표지 카피의 중요성을 진즉에 깨닫고 책 표지에 표지 카피를 적극 활용하기 시작했다.

최근에는 제목 옆에 부제를 다는 것이 유행하고 있다. 제목을 단순하게 할수록 부제가 매우 중요하다. 책 제목만 가지고 어떤 책인지 알 수 없기 때문이다.

부제와 곳곳에 놓인 카피는 다양한 방법으로 독자들을 유혹한다. 제목과 표지를 보고 책을 집어들지 고민하는 순간을 없애기 위한 도구가 표지 카피다. 따라서 표지 카피는 책 제목을 보완하고 어떤 책인지 설명을 함과 동시에 독자들의 호기심을 자극해야 한다. 표지 카피는 어떻게 보면 가장 훌륭한 책의 지원군이라고 할 수 있을 것이다. 여기에 책에 대한 우호적인 표지 카피를 마음껏 담을 수 있다. '이 책은 이런 장점이 있는 책이니 보시오!' 라고 광고하는 강력한 수단이다.

통계에 의하면 독자의 50%가 책 제목과 표지 문구를 보고 책을 살지 결정한다고 한다. 나머지 30%는 저자 약력, 그리고 서문을 보고 책을 살지 결정한다. 나머지 20%는 책의 1장을 읽어보거나 전체적으로 스킵한 후 구매 결정을 한다고 한다. 이것은 순전히 구매 여부에 대한 결정이다. 책을 집어들게 하는 것은 제목과 디자인이 8할, 표지 카피가 2할이다. 이러한 통계에 의하면 표지카피가 실로 얼마나 중요한 것인지 잘 알 수 있다.

《김병완의 책 쓰기 혁명》을 보면 다음과 같은 표지 카피가 있다. 나는 이 표지카피가 아주 마음에 든다.

독서보다 10배 더 강력한 명품 인생 프로젝트
3년 만 권 독서, 2년 50권 출간을 한 신들린 작가의 글쓰기 완결판
언제까지 읽기에서 머물 것인가? 생각하지 말고 무조건 써라.
글 자체가 되어라.

제목 외에 책 앞면에 들어간 표지 카피 내용이다. 이 표지 카피를 읽으면 왠지 내가 명품 인생을 살 수 있을 것 같고, '생각하지

말고 무조건 쓰라'는 저자의 외침이 귀에 맴도는 것 같다. 책을 열어보지 않고 못 배기게 만든다. 또 다른 책을 보자. 《나는 가상화폐로 3달 만에 3억 벌었다》는 책이다.

절대 후회하지 않을 가상화폐 투자이야기
나는 책 제목 그대로 가상화폐 투자로 3달 만에 3억 벌었다.
허황된 이야기로 들리는가?
지금 가상화폐 투자하지 못하면 평생 후회한다.
부자가 될 마지막 기회

표지 카피만 보면 '나도 가상화폐를 해야 하지 않을까?' 하는 호기심 어린 시선으로 책을 열어보게 만들 수밖에 없다. 이게 표지 카피의 힘이다. 물론 표지 카피만 보고 책을 샀다가 낭패를 볼 수도 있다. '카피를 보고 구매했는데 내용은 제목, 카피와 전혀 상관없는 내용이더라' 하는 경우다. 나도 최근에 이런 경험을 했다. 당시 책 쓰기와 글 쓰기 관련 된 책을 사 모으는 중이었는데, 막상 책을 사보니 '회사에서 기획서 작성하는 법'이었다. 이 책의 제목은 밝히지 않겠지만 '차라리 딴 책을 살걸 그랬어' 하고 후회하고 있다. 결국 표지 카피는 책 제목과 디자인을 빛나게 하는 필승의

비기와 같은 것이라고 말하고 싶다. 표지 카피가 없어도 책을 만들수는 있다. 하지만 독자들이 선뜻 손이 가게 만드는, 소위 '맛 집을다녀온 블로거가 올린 맛집 후기' 처럼 비장의 카드라고 할 수 있다. 출간 전에 출판사와 논의하는 것이 책 제목, 디자인이다. 이때 보통 출판사에서는 다음을 요구한다.

1. 책 제목, 디자인
2. 카피문구 보통 10개
3. 책 내용 중 마음에 드는 문장 20개

이 자료들이 모두 책 표지 및 인터넷 포털에 올라가는 자료다. 책 완성 단계에서 미리 뽑아놓는 것이 좋다. 출판사에서 의견을 주지만 모든 최종 결정은 작가에게 달려 있다. 즉, 여러분이 골라야 한다는 말이다. 잘 쓴 표지 카피가 책을 많이 팔리게 한다. 제목을 돋보이게 하는 든든한 지원군이기 때문이다. 따라서 표지카피 하나도 공을 들여 작성하도록 하자. 베스트셀러 책을 보면표지 카피에 얼마나 공을 들이고 있는지 잘 알 수 있다. 베스트셀러는 그 자체로 책 쓰기의 훌륭한 교과서다.

06
베스트셀러는
타이밍과의 싸움이다!

인생에도 타이밍이 있듯이 책에도 타이밍이 있다. 타이밍을 잘 맞춘 책은 성공하고 그렇지 않은 책은 망한다. 특히 출판업은 타이밍에 많이 좌지우지되는 사업 분야다. 음악으로 치면 캐롤을 크리스마스 한 달 전에 출시하는 것과 비슷한 원리다. 잘 만든 캐롤 한 곡이 작곡자와 그 후손들을 평생 잘 먹고 잘 살게 한다. 책도 마찬가지다. 잘 쓴 책 한 권이 평생 작가와 그 후손들을 먹고 살게 할 수 있다. 그게 바로 책이 가지는, 더 정확하게 말하면 저작권이 가지는 힘이다.

휴 그랜트 주연의 영화 〈어바웃 어 보이About A Boy, 2002〉에서 주인공은 평생 놀고먹는다. 아버지가 크리스마스 캐롤을 작곡했기 때문이다. 아버지 덕에 막대한 유산을 물려받고 백수 생활을 한다. 이처럼 저작권은 저작자 사후 70년까지 유효하다. 그래서 저작권은 삼대가 먹고 산다는 말이 있다. 따라서 잘 쓴 책, 스테디셀러 한 권 가지면 후손들에게까지 칭송을 받는다. 조정래의 《태백산맥》과 같은 소설이 그런 책이다.

그럼 책의 타이밍은 어떻게 잡는 것일까.

상식적으로 생각해보면 '사회적 이슈' 가 있는 분야의 책 쓰기를 하는 것이 가장 바람직하다. 가령, 일본과의 무역 전쟁이 일어났다면 《독도는 우리 땅》이라던가, 《일본소재부품산업에서 자립하는 방법》이란 책을 쓴다면 꽤 판매부수를 올릴 수 있을 것이다.

삼성전자가 갑자기 글로벌 시장에서 두각을 나타낸다면 《이재용 리더십》과 같은 책도 좋다. 미국 대통령으로 도널드 트럼프가 재선이 되면 《트럼프, 다시 한 번 세상을 호령할까?》란 책도 좋다. 이렇게 사회적 이슈와 도서 출판이 맞물릴 때 시너지 효과를 낼 수 있다.

최근 책 트랜드는 힐링이나 치유다. 난 주변 사람들과 책 이야기를 하면 이런 주제로 이야기를 많이 했다.

이젠 우리 모두 다 지쳤어. 번아웃Burn Out 상태야. 힐링이 필요해.

베스트셀러가 된 혜민 스님의 《멈추면 비로소 보이는 것들》, 김난도 교수의 《아프니까 청춘이다》, 조남주 작가의 《82년생 김지영》 모두 힐링, 치유, 공감이 주요한 내용을 차지하고 있다. 현대인이라면 누구나 힘든 사회 속에서 자기위로를 받고 싶어하는 마음이 있다. 이게 포인트다. 콘셉트를 잘 잡아 책 출간에도 적극 활용해야 한다. 이게 바로 책 출간의 타이밍이다.

베네수엘라 혁명 연구모임의 임승수 작가가 쓴 《차베스, 미국과 맞짱뜨다》를 보면 타이밍이 얼마나 중요한지 알 수 있다. 이 책은 베네수엘라 대통령 차베스가 미국과 사이가 안 좋을 때 출간된 책이다. 이러한 책은 딱 이 시기에 출간되어야 한다. 이 책을 만일 지금 출간한다면 쫄딱 망할 것이다. 지금은 차베스를 기억하는 사람이 없기 때문이다지금은 베네수엘라를 부도낸 무능력한 대통령으로 이해함. 따라서 책 출간은 적절한 타이밍에 이루어져야 한다. 여담이지만 임승수 작가는 이 책을 쓰고 베네수엘라 국빈으로 정식 초청을 받아 다녀왔다고 한다. 그만큼 책 쓰기의 위력은 대단하다.

또 하나의 예를 들어보자.

'국민연금이 30년 뒤 고갈된다, 국민연금 수익률이 마이너스다, 국민연금 수급 연령을 또 다시 상향시켜야 할지 모른다' 등의 국민연금 저항론이 일어난다고 치자. 이럴 때 작가라면 모름지기 생각을 해야 한다.

지금 어떤 책을 써야 하지? 이 주제로 써볼까?

이때 '국민연금의 궁금증을 해소할 책을 써야겠다' 고 본능적으로 생각을 해야 한다. 그리고 관련 서적 출간현황을 점검한다. 그리고 틈새시장을 찾아 책을 쓰면 된다. 이런 점에서 작가가 되기 위해서는 열린 시야를 가져야 한다. 무슨 좋은 현상을 보거나 아이디어가 있을 때 바로 이런 생각을 가질 수 있어야 한다.

'이걸 책으로 쓰면 어떨까?'

이런 창조적 글쓰기 사고는 작가를 더욱 풍성하게 한다. 아무 생각도 없다가 갑자기 툭 하고 생기지 않는다. 본인이 평소에 사물을 대하고 생각하는 법을 단련시킬 때 비로소 보인다.

만일 국민연금공단에 우호적인 글을 썼다면 책은 안 팔려도 국민연금공단에서 강연은 한번 쯤은 할 수 있을 게다. 그리고 국민연금 전문가가 되는 것은 덤이다. 100권을 읽는 것보다 한 권을 쓰는 것이 더 강력한 이유가 바로 여기에 있다.

한 권을 제대로 쓰기 위해서는 시중에 출간된 서적, 관련 논문 그리고 기사 사회적 이슈에 대한 통계자료 등을 모조리 조사하게 되어 있다. 그리고 그것을 정리해 어떻게 표현할지 고민을 한다. 그러면서 내공이 자라게 되는 이치이다. 이런 이유로 책 쓰기가 무섭다는 것이다.

국민연금이 이슈가 되는 때에 책을 출간해야 한다. 국민연금 여론이 쏙 들어간 후 책을 내봤자 국민들의 관심을 끌 리 만무하다. 게다가 출판사에서도 책을 내줄 확률이 그만큼 줄어들게 된다.

책 출간은 타이밍과의 싸움이다. 명심하자.

07

잘 썼다고
다 베스트셀러가 될까?

베스트셀러 작가가 책을 쓰면 다 베스트셀러가 될까? 과거에는 어느 정도 맞는 말이었지만 지금은 그렇지 않다. 지금은 워낙 책 쓰는 사람이 다양해졌기 때문에 베스트셀러를 쓰고도 후속작에서 헤매는 작가도 많다.

《꿈꾸는 다락방》을 쓴 국민작가 이지성과 같이 팬심이 있는 작가는 책을 내면 일단 사고 보는 고정 독자층이 있다. 최소 20~30만 부의 책이 나간다. 조정래 작가도 마찬가지다. 책을 내면 고정적인 구매층이 있다. 이런 분들을 출판사에서 아주 좋아한다. 책 판매가 보장되는데 누가 마다하겠는가? 하지만 아쉽게도 우리는 이지성이 아니고 조정래도 아니다.

즉, 우리는 다음과 같은 결론을 내릴 수 있다.

구매력 있는 작가의 글은 성공할 확률이 높다.

즉, 작가의 이름은 베스트셀러가 될 수 있는 아주 좋은 바탕이다.

그러면 반대로 생각해보자. 유명하지 않은 사람의 글이 아주 좋다면 베스트셀러가 될 수 있을까? 글의 내용이 너무 참신하고 문체도 훌륭하고 주제도 타이밍에 맞는다. 책 제목과 표지도 괜찮다. 이러면 베스트셀러의 조건은 거의 갖춘 셈이다. 저자인지도만 없다고 치자. 과연 성공할 수 있을까? 여러분은 어떻게 생각하는가?

베스트셀러의 조건을 갖추더라도 베스트셀러가 안 될 수도 있다. 이것은 인간이 어떻게 할 수 없는 영역이라고 본다. 책이라는 것이 아무리 잘 써도 성공하지 못할 확률이 아주 높다. '운'이 작용하는 부분도 분명히 있다말 그대로 신의 영역이다!.

베스트셀러는 책의 내용보다 다른 외적인 요소가 많이 좌우한다. 실제 투고된 원고를 거부했다가 다른 출판사에서 대박이 터진 책도 많다. 이걸 눈앞에서 지켜 본 출판사들은 땅을 쳤을 것이다. 난 이런 상상을 해보았다.

만일 출판사에서 책을 받아줬으면 지금처럼 성공했을까?

출판사 편집장 등의 생각은 출판업계의 현실을 정확히 반영하고 있는가?

이런 생각을 하니 '투고 방식의 책 내기가 과연 합리적인 평가가 이루어지는가?' 하는 회의도 들기 시작했다. 이들의 시각이 과연 옳을까 하는 생각도 했다. 이들이 출판사의 판단이라는 선입견 하에 진정한 책을 가로막는 것은 아닌지?.

대부분의 책 쓰기 책을 보면 '내용'을 크게 강조하지 않는다. 나도 책을 쓸 때 내용은 기본으로 깔고 가는 것이라고 생각한다. 내용이 아무리 좋아도 성공하지 못하는 책이 대부분이기 때문이다. 따라서 다음과 같은 결론에 이르게 된다.

책 내용이 일정 수준 이상 되면 정작 중요한 것은,
신경 써야 할 부분은 책 내용 외적인 부분이다.
가령, 책 제목, 디자인, 표지 카피, 편집 등.

《책 쓰기가 이렇게 쉬울 줄이야》의 양원근 대표는 책제목, 디자인이 책 성공의 대부분을 차지한다고 주장한다. 사실 이 말은 작가의 입장에서 보면 대단히 서운한 말이다. 책 자체를 보지 않고 외적인 것에만 치중하는 발언 같아서다. 고생해서 쓴 필생의 역작작가는 철석같이 믿는다. 자기 책이 최고라고!을 외부 요인에 의해 좌우된다고 하면 어느 작가가 좋아하겠는가? 하지만 양원근 대표는 '도서 기획자' 다. 어떻게 하면 도서를 훌륭한 콘셉트로 많이 팔리게 하는지 연구하는 사람이며, 그 업무가 본인의 본업이다. 당연히 그 쪽에 주안점을 맞출 수밖에 없다.

나는 책을 쓰면서 책 쓰기 방향을 두 가지로 잡았다. 하나는 순수하게 책의 내용을 만드는 작업글쓰기!이며 다른 하나는 책을 위한 데코레이션 작업이다. 즉, 책 가꾸기 작업이다. 책의 제목을 정하는 작명부터 책의 부제, 디자인, 표지 카피, 핵심 문장 고르기 등을 진행한다. 이 파트의 중요성이 날로 커짐에 따라 나도 따라갈 수밖에 없는 상황이다. 세상이 바뀌는데 나라고 바뀌지 않을 수 없지 않은가?

한 가지 팁을 덧붙이자면, 한 주제로 책을 쓸 때 두 권을 쓰는 것이 좋다. 즉, 원래 기획했던 책을 한 권 쓰고, 조금 다른 콘셉트의그럼에도 같은 주제! 책을 한 권 더 쓰면 된다. 내 예를 들자면 다음과 같다. 우선 《과학자의 책 쓰기》를 쓰고 그 후속으로 《직장인의 책 쓰기》를 쓰는 거다. 왜 이런 주장을 할까? 거기에는 그만한 이유가 있다.

일단 책을 쓰면 엄청난 자료 조사를 한다. 여기서 자료 조사 시 뽑아낸 소중한 자료를 책에 반영시키는데, 모든 재료를 반영시킬 수가 없다. 그러면 책이 산으로 간다. 지나친 자료는 책 쓰기에 있어서 재앙이다. 애써서 반영하지 하지 않아도 공부한 자료는 나도 모르게 책 속에 녹아 들어간다. 그래서 내공이 중요한 거다.

그럼 그 소중한 자료는 어떻게 하나? 버리기엔 아깝다. 그래서 그 재료들을 모아 재구성해 다른 콘셉트의 책 한 권을 추가로 내는 것이다. 내 경우를 보면 두 번째 책이 내용 구성이나 만족도가 더 좋았다.

책은 잘 썼다고 베스트셀러가 되는 것이 아니다. 잘못 쓴 책이 베스트셀러가 될 확률은 거의 없다고 보면 된다. 하지만 잘 써도 베스트셀러가 되지 않을 수 있다. 이게 우리 출판의 현실이다. 책 제목, 디자인, 표지 카피, 내용, 저자 인지도, 마케팅, 타이밍을 갖추면 베스트셀러가 탄생한다고 하지만 여기에 '운' 도 작용해야 한다. 베스트셀러의 조건이라는 것도 당시 전문가라고 하는 사람들의 생각일 뿐이다. 제목이나 디자인도 결국 사람마다 생각하는 바가 다르기 때문이다.

명심하자!

잘 썼다고 베스트셀러가 되는 것은 아니라는 사실을! 또한 책 쓰기에 있어 내용도 중요하지만 내용 외적인 부분도 아주 중요하다는 사실을! 어느 구름에 비가 들었는지는 아무도 모른다는 사실을!

08
틈새시장을
공략하라!

글 쓰기 분야는 참 다양하다. 전문가가 쓰는 전문서적부터 순수 문학작품소설, 시를 쓸 수도 있고 자기계발서를 쓸 수도 있다. 수필이나 에세이를 써도 된다.

작가가 되기로 마음먹었다면 어느 분야의 책을 쓸 것인지 누구나 고민할 것이다. 이것은 아주 중요한 문제다. 가끔 책 쓰기에 대해 이야기하다 보면 의외로 문학 쪽 이야기를 하는 사람들이 많다. 제일 만만해보이는 게 문학인가? 나도 글쓰기에 대한 막연한 동경심을 가졌던소설 한 편 써 보겠다는! 시절에는 글쓰기는 문학작품만 있는 줄 알았다. 다른 분야는 다소 전문성이 있어야 하므로 '내 분야는 아니야' 라고 생각했다.

첫 책을 '특허와 기술사업화' 분야로 쓰게 된 계기도 다음과 같다. 기술사업화 분야가 내가 가장 잘 아는 분야였고, 이 업무를 실제로 오랜 기간 담당했으며, IP 및 기술사업화 대학원 전공까지 맞아 떨어지면서 내 첫 책 주제로 선택하게 되었다. 운 좋게도 투고하자마자 바로 계약하여 책으로 출간할 수 있었다. 이렇듯 자신의 전문 분야가 있으면 그 분야를 집중적으로 파서 책으로 출간하면 된다. 전문 분야라고 해야 세상 유일무이한 수준까지 알 필요가 없다. 남들보다 조금 나은 정도가 되면 그걸로 충분하다. 다들 그런 분야가 한둘은 있지 않은가?

현재 하는 업무가 아니더라도 예전에 했던 업무라던가 취미 중에 좀 제대로 하는 취미가 있으면 그것이 소재가 될 수 있다. 설사 본인과 전혀 다른 분야라도 역시 책 쓰는 데 전혀 문제가 없다. 다만 그 분야에 공부를 많이 해야 한다. 《책쓰기의 정석》의 이상민 작가는 '모르는 상태에서 공부해서 쓰고, 쓰고나니 비로소 알게 되었다' 가 정석과 같은 말이라고 한다. 경청할 필요가 있는 말이다. 공부하는 수고를 조금이라도 덜기 위해서는 그래서 아는 분야의 책을 쓰는 것이 가장 바람직하다.

나는 주로 책 쓰기를 할 때 써야 할 분야를 이렇게 정했다.

1. 지식재산권 특허, 상표, 저작권

2. 기술사업화

3. 책 쓰기

4. 글 쓰기

5. 공부법

6. 취업

이 분야가 내가 가장 잘 아는 분야이기 때문이다. 벌써 이 분야의 책을 여러 권 썼다. 이 책들은 올해 출간되거나 내년에 출간될 예정이다.

이런 식으로 자기가 어떤 분야의 책을 쓸 것인지 미리 정해놓는 것이 좋다. 어느 작가던지 모든 분야에 대해 책을 쓰지 않는다. 일정 수준 이상의 전문성이 필요하기 때문이다.

책 쓰기도 자기 분야를 정하고 책을 쓰는 것이 가장 좋다. 예를 들어 책 3권 모두 베스트셀러를 출간한 강원국은 《대통령의 글쓰기》, 《회장님의 글쓰기》, 《강원국의 글쓰기》 3권으로 베스트셀러 작가 반열에 올랐다. 강원국 작가는 글 쓰기를 전문 분야로 정한 작가다. 이 분이 다른 분야의 책을 쓸지는 미지수지만 아마 다른 책을 출간한다 해도 글 쓰기 관련 책을 쓰지 않을까 생각한다.

책을 출간할 때 어른 책만을 고집할 필요는 없다. 오히려 구매력은 어린이 책이 더 뛰어나다. 어른들은 본인은 정작 책을 읽지 않으면서 아이들이 책을 읽는 것에는 투자를 아끼지 않는다. 하루 종일 스마트폰으로 오락하는 아이보다는 책을 읽고 생각하는 아이가 되기를 바라는 건 어느 부모나 마찬가지다. 따라서 어린이 책을 반드시 써야 한다. 실제 베스트셀러 책을 쓴 작가는 어린이 책을 쓰는 것에 게을리 하지 않는다. 어린이 책이 그만큼 구매력이 있다. 가령《꿈꾸는 다락방》을 쓴 이지성 작가는 책이 대히트를 하자《어린이를 위한 꿈꾸는 다락방》을 썼다. 그래서 책을 좀 아는 작가는 항상 어린이를 생각한다. 어린이의 구매력을 믿는 것이다엄밀하게 말하면 부모의 구매력이다.

모름지기 훌륭한 작가가 되기 위해서는 출판계의 틈새시장을 잘 노려야 한다. 어느 나이대가 구매력이 있고, 어떤 책이 아직 출간되지 않았으며, 앞으로 어떤 분야가 전망이 있는지 잘 파악하고 있을 필요가 있다. 이래야 베스트셀러 작가가 되는 데 한결 수월하다.

무미건조한 삶 속에서 책 쓰기를 하지 않고 산다면
그건 우리 삶에 대한 모독이다.

- 이해사

4부

책 쓰기, 과연 어떻게 할까?

- 책 쓰기, 순서대로 알아보다 -

01
무엇을
쓸 것인가?

      처음 책을 쓰겠다고 결심한 사람들이 가장 고민하는 것이 '무엇을 쓸 것인가?'이다. 즉 어떤 주제의 책을 쓸 것인가가 제일 처음 드는 고민 중 하나이다. '이런 주제로 책을 낼 수 있을까요?' 하는 질문을 참 많이도 받는다. 나는 책 주제를 들어보면 '이 주제로 책을 내기 쉽겠다, 아니겠다'는 생각이 단박에 든다. 그 기준은 '참신성'이다. 책의 주제가 아주 참신한 소재라면 출판사에서도 관심을 가질 것이지만 그렇지 않다면 애써 초고를 완성해도 외면당하기 십상이다.

    나도 이런 경험을 여러 번 했다. 나는 오래 전부터 공부법에 대한 책을 쓰고 싶었다. 내가 독창적으로 개발한 공부법을 여러 사람에게 알려 널리 쓰이기를 바랐기 때문이다. 공부법에 대한 책을 쓰기 위해서 소위 공부법에 관련한 책은 거의 대부분 읽었다. 대부분 책의 내용과 내 생각이 비슷함을 알고 더욱 확신을 가졌다. 여기서 나의 착각이 시작됐다. 일치하는 점이 많다는 것이 함정이었다. 내 책이 다른 사람의 책기존에 공부법을 출간한 사람들이 쓴 책!과 차별성이 전혀 없었기 때문이다. 어디서 본 듯한 소리를 재탕 삼탕 했으니 어느 출판사가 좋아 했겠는가?

공부법에 관한 책은 크게 두 종류로 구분할 수 있다. 첫째는 말 그대로 공부의 기술적인 방법론을 담은 책이고 둘째는 공부를 통해 혁신을 이룬 사람들의 자전적인 성공담이다.

첫 번째 책의 대표적인 예시가 야마구치 마유의 《7번 읽기 공부법》이나 우쓰데 마사미의 《10초 공부법》이다. 나는 개인적으로 이 두 책을 아주 좋아한다. 내가 생각했던 공부법과 아주(!) 일치했기 때문이다참고로 대부분의 공부법 책은 일본책이다. 일본인의 국민적 특성 때문인지 우리나라에서 일본 공부법을 많이 번역해서인지는 모르지만 일본책이 아주 많다!.

두 번째 책의 예는 입지전적인 인물의 인생 스토리다. 막노동꾼에서 서울대 인문계 수석을 한 입지전적인 인물인 장승수 변호사의 《공부가 가장 쉬웠어요!》라던가 하버드를 졸업하고 국회의원, 기업가로 활동한 홍정욱의 《7막 7장》이 대표적 예다.

두 번째 경우라면 인생의 질곡이 있는 'N자형' 인간한 번 고꾸라
졌다가 다시 살아난!이어야 가능한 스토리 전개고, 첫 번째는 그 분
야의 전문가가 써야 한다. 일개 초보 작가인 나에게 그런 기회는
주어지지 않았다. 수많은 투고를 했음에도 답변은 냉혹했다. 나
는 내용 자체에 문제가 있어서라고 생각하지 않는다. 어차피 두
번째 콘셉트로 쓸 만한 커리어가 없던 나는 첫 번째 방식 즉, 철
저하게 공부 방법론적인 글을 쓸 수밖에 없었다. 하지만 시장의
반응은 처참했다.

한 출판사에서 고맙게도 내 원고를 다음과 같이 지적했다. 이
편집자 분에게 이 자리를 빌어 감사의 뜻을 전하고 싶다. 그분의
이야기를 들어보자.

다만, 이 원고에서 유일하게 보완할 점이라고 생각되는 것은 예상 독
자의 폭이 너무 넓다는 점입니다.

누구보고 읽으라는 책인지 정확히 알기 어렵습니다. 가령 예상 독자가
공무원 시험을 준비하는 사람인지, 수능 준비를 하는 학생인지, 기타 어
떤 종류의 시험을 대비하는 사람인지 확실히 알 수가 없습니다. 물론 이
들 모두를 포괄하는 일반적인 시험 공부 방법을 알려주는 책을 기획한
다고 할 수도 있겠으나, 현재처럼 출판시장이 불황인 상황에서 이렇게

모호한 독자 범위를 예상한 책은 성공하기 어려워 보입니다.

더구나 책의 내용 중 상당수는 독창적이라기보다는 중 · 고등학교 시절, 혹은 대학에서 특정 시험 공부를 해본 사람이면 누구나 한 번쯤 들어봤을 법한 이야기로 채워져 있습니다. 저자님의 독창적인 견해가 많이 반영된 원고이긴 하나, 비유하자면 기존의 A로부터 A'로 나아간 원고이지 전혀 다른 B를 다룬 원고는 아닌 것으로 보입니다.

나는 이 답장을 받고 달달 외울 정도로 정말 수백 번 읽었다. 이 편집자께서 너무 장문의 글을 주셔서 큰 감동을 받았다. 이 글을 받았을 때는 내가 책도 내기 전인 초창기였다. 특히 이분의 말 중 가장 인상 깊었던 말이 바로 이 말이다.

누구나 한 번쯤 들어봤을 법한 이야기로 채워져 있습니다.

즉, 내 글이 독창성이 전혀 없다는 말이다. 다른 기존에 출간된 책과 차별성이 없다는 말이기도 하다. 나는 이 글을 읽으며 반성을 참 많이 했다. 이름도 알려져 있지 않고 커리어도 화려하지 않은 사람이 이렇게 뻔한 내용으로 공부법에 관한 책을 쓰다니 하는 반성어린 자조 속에 이 원고는 덮고 말았다.

아직도 이 원고는 내 컴퓨터에서 고이 자고 있다. 이 당시 뭔가 특별한 것이 없을까 해서 적어놓은 책 제목이 있다. 이 제목은 가제로서 책 쓰기 방향과 같은 것으로 이해하면 된다.

1. 직장인 공부법
- 직장인으로 대상을 한정하여 공부법을 씀
2. 거꾸로 공부법
- 기존의 공부법이 왜 잘못되었는지 설명하고 오히려 반대로
  공부하는 법을 주장
3. X표 공부법
- 필요 없는 부분을 지워가며 공부하는 방법
4. 형광펜 공부법
- 색색의 형광펜을 이용한 공부법

그냥 막연하게 공부법이라고 하면 내 책의 차별성을 가져올 수 없으므로 틈새시장을 노려야겠다고 만든 제목들이다. 이런 콘셉트로 쓰지 않으면 기존의 공부법과 차별성이 없어 경쟁력이 없을 확률이 크다.물론 이 제목들도 진부할 수 있다!.

'무엇을 쓸 것인가?'는 예비 작가에게 항상 고민거리다. 나는 앞에서 '내가 가장 잘 아는 분야'를 첫 책으로 쓰라고 했다. 운 좋게도 내 책이 출간되었다고 치자. 그 다음 책은 어쩔 것인가? 이내 소재가 고갈되고 만다. 그래서 책 쓰기를 시작했다면 항상 책 쓰기 아이템을 찾아야 한다. 인생을 살면서 맞닥뜨리게 되는 수많은 경험과 간접 경험을 통해 스스로를 성찰하고 그에 맞는 책 쓰기 재료를 모아야 한다. 그래서 작가는 책도 많이 읽고 사회 경험도 다양하게 쌓고, 영화도 많이 보고 드라마도 보아야 한다. 사무실에 처 박혀서는 이런 경험을 할 수가 없다. 여행도 다니고 소모임에 참석하여 토론도 해야 한다. 그러면서 자기 글감을 찾는 거다. 누구나 마찬가지다. 어떻게 보면 우리 작가의 인생은 글감을 찾으려는 처절한 몸부림의 연속인지도 모른다.

나는 책 쓰기 글감을 약 20개 정도 찾아놓았다. 나의 글감 리스트는 매일 업데이트되고 있다. 생활하는 도중 좋은 생각이 떠오르면 바로 책 쓰기 아이템이 된다. 그래서 작가가 되려면 '관찰'이 중요하다. 똑같은 사물을 바라보더라도 평소에는 '그렇구나' 정도로 넘기던 일이다. 하지만 작가가 되기로 결심한 후부터는 '이걸 책으로 써볼까?' 하는 생각으로 바뀐다. 세상 모든 일이 책 쓰기의 소중한 재료다.

나는 하루에 2꼭지를 무조건 쓴다. 가급적 지키려고 노력한다. 매일 써야 감을 잃지 않기 때문이다. 간혹 빠지는 날도 있다. 이 경우 다음 날 무리해서라도 부족한 부분을 채운다. 매일 쓰면 달라진다. 글쓰기 소재에 대해 고민하지 마라. 작가가 되기로 결심했다면 책 소재는 널리고 널렸다. 그동안 보지 못했을 뿐이다.

《책 쓰기의 정석》의 이상민 작가는 이런 멋진 말을 했다.

알아서 책을 쓰는 게 아니라, 책을 쓰고 비로소 알게 되었다!

이상민 작가는 《유대인의 생각하는 힘》을 쓴 자기도 이스라엘에 다녀온 적이 없으며, 유대인 랍비를 친구로 둔 적이 없다고 이야기하며, 책은 모르는 상태에서 공부해서 쓰는 것이라고 주장한다. 이 말에 전적으로 공감한다!

02

'이거다' 싶은
책 콘셉트 잡기!

하루에 출간되는 책이 얼마나 될까? 대략 200권이 넘는다고 한다. 이 중에서 90% 이상은 빛을 보지 못하고 조용히 사라진다. 작가가 각고의 노력 끝에 쓴 책이 대중에게 알려지지도 못하고 묻힌다면 얼마나 안타까운 일인가? 그래서 책의 성패는 하늘이 돕는다고 한다. 우리가 그동안 이야기한 베스트셀러의 조건을 돌아보라.

책 제목과 표지 디자인을 잘하고 마케팅도 잘하고 저자인지도가 있고 타이밍까지 맞아도 성공하지 못하는 책이 허다하다. 출판계에서도 예상을 벗어난 일이 자주 발생하는데, 이런 책이 소위 '대박을 친다' 는 책이다. 책이 대박을 치기 위해서는 다소간의 '운' 도 필요하지만 내 생각엔 운보다 실력이 우선인 것 같다. 좋은 책이 베스트셀러가 될 수는 있지만 아닐 수도 있다. 하지만 질 떨어지는 책은 베스트셀러가 될 수 없다. 즉, 충분조건은 성립하지만 필요조건은 성립하지 않는다는 말이다.

그럼 베스트셀러로 성공하기 위해서는 무엇이 필요할까?

나는 책의 콘셉트를 잘 잡는 데서 시작한다고 감히 말하고 싶다. 책의 콘셉트가 좋으면 독자들의 눈을 끌 수 있다. 독자가 원하는 책을 만들 기본이 형성된다. 그래서 콘셉트가 중요하다.

책을 쓰기 위한 가장 중요한 포인트는 '초고 쓰기'와 '투고'다. 초고 쓰기는 어떻게 할 수 있다고 치자. 투고는 초보 작가가 넘어야 할 거대한 산이다. 저자 인지도가 없어 선뜻 출판사에서 손을 내밀기가 쉽지 않다. 아주 유명하거나 인생의 질곡이 있거나 해당 분야 전문가가 아니면 과연 누가 책을 내주겠는가? 그래서 투고 후 좌절을 맛본 수많은 사람들이 책 쓰기를 포기하던지 아니면 자비출판의 세계로 빠져들고 만다. 물론 자비출판이 기획출판보다 나쁘다는 것은 아니다. 하지만 본인의 비용이 많이 들어간다는 점에서 딱히 권하고 싶지는 않다.

그럼 '이거다' 싶은 콘셉트를 잡으려면 어떻게 해야 할까?

나는 콘셉트의 핵심은 '독자가 읽고 싶은 책을 쓸 수 있는가?'라고 생각한다. 여러분은 '내가 쓰고 싶은 책'을 쓸 것인가? 아니면 '독자들이 읽고 싶은 책을 쓸 것인가?'. 이 말이 다소 막연하게 다가올 수도 있다. 하지만 생각해보라. 나도 서점에 가서 책을 살펴보다가 '내가 원하는 말'이 나오면 바로 책을 구입한다. 내가 원하는 말을 쓴 사람의 책이라면 내가 읽어야 할 책이라는 착각을 하게 된다. 가령, 서점 건강 코너에서 걷기를 좋아하는 사람이 《걷기만 해도 낫는다!》라는 책을 고르는 현상과 흡사하다! 병원 가기 싫어하는 사람이 '병원! 절대 가지 마라!' 책을 고르는 것과도 유사하다!. 누구나 그렇다. 내 생각과 전혀 다른 이야기를 한다면 일단 거부감이 들기 마련이다. 따라서 독자들이 원하는 책을 쓰는 것이 무엇보다 중요하다.

또한 너무 흔한 소재면 콘셉트가 떨어진다. 참신성, 차별성이 있어야 함에도 '누구나 할 수 있는 뻔한 이야기'라면 누가 책을 사겠는가? 뻔한 소리는 나쁜 소리보다 나쁘다.

한승원 작가도 《한승원의 글쓰기 교실》에서 "누구나 쓸 수 있는 글은 죽은 글이다"라고 했다. 흔한 소재는 독자의 궁금증을 전혀 불러일으키지 않는다. 따라서 절대로 쓰면 안 된다.

마지막으로 '경쟁도서'와의 차별성이다. 가령 국동원, 이혜강의 《유튜브로 돈벌기》를 예로 들어보자. 이 책을 본 사람들은 알겠지만 이 책은 유튜브로 수익을 올릴 수 있는 방법을 구체적으로 설명하고 있다. 실제 유튜브를 운영하는 저자가 초짜부터 전문가가 되기까지의 과정을 방법론적으로 아주 잘 설명하고 있다. 기존에 유튜브를 설명하는 책은 많았다. 하지만 이 책은 경쟁도서와의 차별성을 통해 유튜브에 일반인이 쉽게 접근할 수 있는 콘셉트로 책을 썼다사람들은 '유튜브로 10억을 벌었다'는 이야기를 듣기보다는 '여러분도 이 책이 시키는 대로 유튜브를 하면 10억을 벌 수 있다'는 확신을 심어주는 책을 원한다!. 그리고 이 책은 베스트셀러가 되었다. 아마 개정판만 꾸준히 출시하면 스테디셀러도 될 것으로 보인다.

이처럼 특별한 무엇인가가 없으면 시장에서 독자에게 외면당한다. 혹은 그 전에 투고 단계에서 출판사 편집자에게 철저히 거부당할 수 있다. 따라서 책의 콘셉트를 잘 잡는 것은 책 쓰기 초기 단계에서 아주 유념해서 다루어야 한다.

콘셉트만 잘 잡으면 일단 절반은 성공이다. 콘셉트 잡기를 훈련하기 위해 기존에 출간된 책특히 베스트셀러!의 콘셉트를 분석하는 작업을 꾸준히 해야 한다. 이렇게 반복적으로 하다보면 콘셉트를 수월하게 잡을 수 있다. 중요한 것은 내 생각이 출판사 생각과 비슷해지도록 꾸준히 노력해야 한다는 점이다. 그러면 절반은 성공한 것이나 다름없다.

작가의 삶이란 어쩌면 콘셉트를 참신하게 짜기 위한 자기 자신과의 싸움이며, 작가는 어쩌면 '라이터Writer' 가 아니라 '콘텐츠 크리에이터Contents Creator' 일지도 모른다. 앞으로 이런 현상은 더욱 가속화되리라 생각한다.

03

타겟 독자
정하기

책은 독자다.

공연은 관객이다.

스포츠는 관중이다.

아무도 없으면 관종이다!

　　　보는 사람이 없으면 할 이유도 없어진다. 가끔 무관중 경기를 보면서 '저 선수들은 뭘 맛이 날까?' 하는 생각이 든다. 그만큼 관중은 중요하다. 책에서 관중은 독자다. 독자를 무시한 책은 일기에 불과하다. 일기와 책의 차이는 독자의 여부다. 일기는 타인에게 보여주려고 쓰는 것이 아니다. 물론《안네의 일기》처럼 외부로 알려져 도서화 되는 경우도 있지만 이것은 극히 예

외적인 경우다. 대부분 일기는 본인이 간직하기 위해 쓴다. 본인의 비밀과 치부도 적어야 하니깐. 속마음을 들키기 싫다. 남에게 보여주기 위해 일기를 쓰면 그건 이미 일기가 아니다. 책 쓰기다. '남에게 보인다'는 의미는 책 쓰기를 실천한다는 의미다.

책 쓰기에서 가장 중요한 것이 '독자'다. 출간기획서에서 편집자가 가장 유심히 보는 항목은 2가지다. 책의 콘셉트와 예상 독자다. 2가지라고 했지만 이 둘은 밀접하게 연관되어 있다. 콘셉트는 예상 독자를 고려하지 않고 만들어질 수 없다. 그래서 결국 책의 핵심은 예상 독자다. 타켓 독자를 정해놓는 것이 책의 성패를 좌우할 만큼 중요사항이다.

그렇게 중요하다고 부르짖었던 책 제목과 표지도 타겟 독자가 누구냐에 따라 달라진다. 독자층에 따라 책의 운명이 결정되는 이치다.

여러분은 '내가 쓰고 싶은 책을 쓸 것인가?' 아니면 '독자가 읽고 싶은 책을 쓸 것인가?', 《책 쓰기가 이렇게 쉬울 줄이야》의 저자 양원근 대표는 '내가 쓰고 싶은 책'을 '사망선고가 내려진 책'이라고 표현한다. 나는 이 말에 매우 공감한다. 사람이 죽으면 장례식장에 오는 것은 지인이다. 지인 외에는 찾아오지 않는다. 책도 마찬가지다. 내가 하고 싶은 말만 한다면 책을 사주는 사람은 오로지 지인뿐이다. 듣고 싶은 이야기를 해야 책이 팔린다. 독자는 자기가 듣고 싶어하는 이야기가 있다. 베스트셀러 작가를 보면 '독자가 무엇을 원하는가' 를 정확히 파악하고 책 쓰기를 철저하게 독자 위주로 한다. 애당초 독자가 필요로 하는 글을 쓰므로 독자들에게 호응이 크다. 독자를 외면한 책은 외면받을 수밖에 없다. 이게 세상의 이치다.

최근 몇 년간 출판계 키워드는 '힐링' 이나 '위로' 였다. 그래서 조남주 작가의 《82년생 김지영》이나, 혜민 스님의 《멈추면 비로소 보이는 것들》, 김난도 교수의 《아프니까 청춘이다》와 같은 책이 열풍이었다. 사람들이 책을 통해 힐링 얻기를 원했고 그에 맞게 작가들은 책을 썼다. 그리고 그 책들은 대박이 났다. 물론 힐링 혹은 위로의 책을 쓴다고 다 성공하는 것은 아니다. 하지만 이들은 독자의 요구를 정확히 파악했고 그들의 근원적 치유 본능을 교묘하게 건드렸다. 물론 이 외에 베스트셀러가 된 여러 다른 이유가 있기는 하지만 그 중심에는 변화가 없다.

여기서 주목할 것이 과연 무엇일까? 베스트셀러 작가는 철저히 독자가 원하는 책을 썼다는 점이다. 독자가 무엇을 원하는지 정확히 파악하고 섬세한 문체와 독특한 시각으로 공감을 불러일으켰다. 이게 뛰어난 작가가 갖는 재능이다. 위 베스트셀러의 타켓 독자는 '상처 입고 치유를 원하는 현대인' 이었다. 주로 20~40대 여성 직장인이 대상이다. 실제로 도서 구매력은 20~30대 여성이 상당 부분을 차지한다.

나는 첫 책을 쓸 때 예상 독자를 너무 폭넓게 잡았다. '기술사업화' 책을 쓰면서 대상을 너무 넓게 가져갔다. 대상 독자가 누구인지 초고에 적었지만 책으로 출간하면서 빠졌다서문이 너무 길어서!. 그 내용은 다음과 같다.

이 책은 예상 독자는 다음과 같다.

1. 기술사업화에 관심이 있는 기업인
2. 기술사업화를 꿈꾸는 과학기술자
3. 대학, 연구소의 TLO 인력
4. 발명, 기술사업화, 창업, 연구소기업에 관심 있는 일반인
5. 기술경영을 전공하는 학생향후 진로를 이 방향으로 정할!

지금 이 글을 보면 얼굴이 좀 화끈거린다. 관련된 대상 독자를

거의 모두 적었기 때문이다. 1, 2, 4번을 보면 모든 사람이 포함됨을 알 수 있다. 이 당시에는 별 생각 없이 적은 글이지만 지금 보면 오류가 심하다. 예상 독자의 범위가 너무 넓다. 그래서 다음 책부터는 이 간극을 좁히기로 했다.

다음에는 '책 쓰기'가 아닌 '과학자의 책 쓰기'를 썼다. 과학자들이 왜 책을 써야 하는지, 그들이 책 쓰기를 통해 어떻게 달라질 수 있는지 썼다. 그것도 나의 생생한 경험을 통해! 이 책은 사실 과학자뿐만 아니라 과학자가 아닌 일반인이 읽어도 아주 좋다. 단지 과학자라고 대상을 한정했을 뿐이다. 과학자 관련 내용을 빼면 나머지는 책 쓰기의 일반 원리와 크게 다를 바 없다.

시중에 책 쓰기 관련 책이 수백 권인 상황에서 내가 굳이 거기에 한 권 더하는 것은 아무 의미가 없다고 생각했다. 그래서 내가 몸담고 있는 과학계를 대변하기 위한 책을 썼다. 그게 《과학자의 책 쓰기》다. 실제 이런 책들이 꽤 많다. 가령 심윤무 작가의 《사회복지사의 글쓰기》는 글쓰기 책 중 사회복지사를 대상으로 하고 있다. 이런 식으로 타겟 독자를 한정하면 된다.

04
시장조사 및
경쟁도서 정하기

출판사는 기업이다. 그래서 생리적으로 영리를 추구한다. 돈이 되지 않으면 움직이지 않는다. 그러면 우리나라 책들은 모조리 팔리는 책만 있을까? 그렇지 않다. 팔리지 않는 책도 있다. 이런 책을 '목적책'이라고 부른다. 팔리지는 않지만 공익 등 필요에 의해 출간해야 하는 책이 있다. 가령 희귀병 질환 자기치유에 관한 책은 출판사에서 출간하기 쉽지 않지만 극소수 환자들을 위해 반드시 필요하다.

또한, 정부지원금을 통해 지원받는 출판 사업이 있다. 정부에서는 출판사에 자금을 지원해 특정한 분야에 대한 책을 출간할 수 있도록 지원한다. 이렇게 하지 않으면 그 해당 분야의 책은 한 권도 찾아보기 힘들 것이다. 마치 한국방송KBS 1TV에서 광고를 하지 않는 것과 마찬가지다. 1TV는 광고 대신 수신료 수입으로 운영한다. 해당 방송에서는 시청률은 낮지만 국민에게 필요한 방송을 제작한다. 수신료가 없으면 어느 방송사가 그런 방송을 만들겠는가? 세상이 시장 논리로만 돌아갈 수 없는 현실도 고려해야 한다.

출판사가 영리를 추구하므로 출판사는 팔릴 만한 책을 출간한다. 그래서 인생의 굴곡이 있는 사람, 유명한 사람, 한 분야의 전문가가 쓴 책을 선호한다. 일반인이 쓴 책은 잘 내주려 하지 않는다. 그래서 일반인의 책은 콘셉트가 아주 뛰어나야 한다. 콘셉트가 약하면 출판사에게 어필하지 못한다. 그래서 지명도가 없는 예비 작가라면 어떻게든 수단과 방법을 가리지 말고 '팔릴 만한' 책을 써야 한다. 팔릴 만한 책을 쓰기가 생각보다 쉽지 않지만 그럼에도 불구하고 써야 한다.

팔릴 만한 책이란 과연 무엇일까?

콘셉트가 참신하고, 독자가 원하는 책이다. 콘셉트가 진부하면 벌써 출판사에서 읽어보려고 하지도 않는다. 시작부터 단추를 잘못 꿰는 것이다. 독자들이 원하는 책을 파악하는 것은 더 어렵다. 지금 시대적 관심사가 무엇이고 어떤 분야의 책이 베스트셀러가 되고 사회적 이슈가 무엇인지 정확히 파악해야 한다. 따라서 작가라면 사회적 이슈에 대한 관심을 가져야 한다. 세상 돌아가는 것과 유리된 채 '나는 자연인이다' 처럼 생활한다면 그 사람은 작가로서 자질이 없다. 작가라면 모름지기 세상을 포용할 줄 알아야 한다. 그게 작가가 갖는 필수 덕목이다.

작가는 세상을 열린 자세로 보아야 한다. 그리고 겸손해야 한다. 겸손하면 세상 모든 것을 열린 시각으로 볼 수 있다. 이런 시간이 지속되면 작가로서의 섬세한 시야가 확보되고 작가로서의 힘이 길러진다. 우리가 흔히 '내공' 이라고 부르는 것이다. 나는 내공이 있는 사람은 몇 마디 이야기만 나누어도 느낄 수 있다. '이 사람은 내공이 깊다'. 내공도 내공이 있는 사람만이 느낄 수 있다. 내공이 있으면 책도 잘 쓴다. 강연도 잘한다. 굳이 PPT 없이도 마이크 하나만 주면 물이 쉴 새 없이 흘러내리듯이 줄줄 말할 수 있다. 보고 할 PPT가 없어서 강연 못 한다고 하면 그 사람은 하수다. 하수는 내공이 얕아 즉흥적으로 마이크를 주면 몇 분 떠들지도 못한다. 모름지기 작가가 되려면 이 정도 수준은 되어야 한다. 그게 작가의 기본이다. 《대통령의 글쓰기》이 강원국 작가도 "책 한 권은 8시간 말하는 분량" 이라고 하며, "쓰기 전에 말을 해보라" 고 항상 강조한다.

보통 책을 쓸 때 작가도 본인의 생각으로만 줄줄 풀어가면 아주 좋겠지만 현실은 그렇지 않다. 그렇게 쓰다가는 몇 페이지 쓰다가 지쳐서 나가떨어진다. 밑천이 바닥나기 때문이다. 따라서 내 이야기만 적다가는 몇 페이지 적지 못한다. 남의 이야기도 해야 한다. '옆집 누구는 어떻다더라' 식의 이야기가 있어야 책이 풍성해진다. 그래야 책에서 요구하는 분량을 채울 수 있다. 내 생각엔 20% 정도만 본인 생각이고 나머지는 대부분 남 이야기다. 여기서도 파레토의 법칙이 적용된다. 이런 식으로 이야기를 풀지 않으면 재미도 없다. 책이 재미가 있어야 독자가 읽고, 그래야 누군가 책을 살 것이 아닌가?

술술 읽히는 책이 좋은 책이다. 쉽게 쓴 책이 좋은 책이다. 짧게 쓴 책이 좋은 책이다. 그 중 단연 중요한 것이 술술 읽히는 책이다. 그것도 막힘없이! 그러려면 남의 이야기를 해야 한다. '내 생각이 이렇습니다!' 보다는 '옆집 개똥이네 아무개는 어떻다더라' 라고 이야기해보라. 사람들은 이런 글을 좋아한다. 우리 인간은 본성적으로 남 이야기를 하는 걸 좋아한다. 그리고 깎아내리기 좋아한다. 남이 잘 안 되면 더욱 좋다. 그러기 위해서는 80%의 다른 사람 이야기가 들어간다.

그럼 이런 이야기는 어디서 찾을까? 다양한 재료에서 찾으면 된다. 관련 유튜브 동영상을 보고, 관련 기사나 책을 찾고, 논문도 읽고 다큐멘터리나 관련 영화를 보는 등 관련 정보를 입수하면 된다. 나는 어떤 주제에 대해 책을 쓰기로 결심하면 주로 강연을 듣는다. 유튜브에 접속해 '해당 분야의 강연'을 찾으면 꽤 많이 나온다. 키워드 검색을 잘하면 된다. 그러면 아주 다양한 분야의 자료를 입수할 수 있다. 이걸 열심히 듣다보면 어느 정도의 내공이 쌓인다.

쌓인 내공을 더욱 강화하기 위해 관련 도서를 구입해 읽는다. 나는 관련 책 검색은 '네이버 책'에서 하고 구입은 주로 인터넷을으로 한다. 도서관에서 빌려볼 수도 있지만 빌려보는 것은 반대다. 왜냐고? 작가라면 다른 사람의 책을 사는 게 예의라고 생각하기 때문이다. 또한 도서관에는 없는 책이 많고, 구입 신청을 해도 시간이 꽤 걸린다. 이런 이유로 책은 사서 보는 게 맞다.

책을 읽다가 필요한 부분은 표시도 하고 메모도 해야 하므로 책을 구입하는 것이 좋다. 그리고 사놓은 책을 언제가 우리 아이들이 읽을 것이라는 막연한 기대감도 있다. 이건 쉽지 않다. 다들 스마트폰에 빠져 있다!.

나는 책을 쓰면서 참고 도서를 보통 30권에서 50권 정도 구매한다. 한 권을 1.5만 원으로 잡으면 50권 구매해봐야 75만 원이다. 책 한 권 쓰는 데 이 정도 비용도 안 쓰면 도둑놈 심보다. 책 쓰기 강연을 듣는데는 수백만 원을 지불하면서, 참고도서 사는 돈을 아끼면 바보다. 책은 반드시 사도록 하자!

문제는 참고도서가 없는 경우다. 참고할 서적이 없다는 건 그 분야에 시장이 없다는 말과 같다. 시장이 없다는 말은 한 번도 시도되지 않은 분야라는 건데, 이럴 경우 경쟁자가 없는 블루오션이 될 수도 있다. 하지만 책 쓸 때 참고자료가 없으므로 책 쓰기가 결코 쉽지 않다. 장점이 있으면 단점도 있는 법이다.

구매한 책을 모조리 분석하며 내 책에 반영할 내용을 발라낸다. 그리고 내 책에 모조리 반영한다. 이러면 책의 내용이 풍성해진다. 반영은 초고를 얼추 쓰고 나서 수정하면서 반영하는 것이 좋다. 인용문은 그렇게 작성한다. 물론, 책을 읽으면서 늘어난 내공은 시나브로 책 속에 이미 반영되어 있다. 내 스스로 그것을 자각하지 못할 뿐이다. 그렇게 실력이 늘어가는 거다. 그래서 책은 내 스승이다.

05

책 뼈대 세우기 :
목차 작성

책을 사면 가장 먼저 보는 것이 무엇일까? 제목, 표지, 카피 문구는 당연히 보는 항목이다. 그 외에 보는 것 중 중요한 것이 서문, 목차다. 나는 책 쓰기를 시작하며 책을 연구하는 습관이 생겼다. 가령, 책을 한 권 손에 쥐면 엄숙한 의식처럼 행하는 것이 있다. 일종의 루틴이다. 우선 책을 손에 들고 만져본다. 책의 감촉을 느끼는 것이다. 그리고 심호흡을 하면서 책의 냄새를 맡아본다. 그리고 책의 제목, 디자인, 표지 카피를 본다. 특히 표지 디자인을 보면서 책 제목과의 연관성을 떠올려본다.

그러고 난 후 책 정보를 본다. 책 정보는 책의 앞이나 뒷부분에 있다. 출판사 이름과 지은이, 출판일, 몇 쇄인지, 가격, 그리고 출판사 주소를 본다. 출판사 주소는 네이버 지도에서 쳐본다. 주로 파주가 많다. 파주에 출판문화단지가 있어서다. 그러고 난 후 로드뷰네이버 지도 기능으로 출판사 건물을 본다. 그리고 거기서 일하고 있는 출판사 직원들을 상상한다. 외국 번역서는 출간일과 실제 외국에서 출간일이 언제인지도 확인한다. 보통 몇 년의 차이를 보인다. 외국에서 인기를 끌면 그 책을 한국에서 판권을 사 번역 후 출간하기 때문이다. 그 다음 책의 두께를 느낀다. 그리고 대략적인 페이지 수를 상상한다. 이정도 두께면 250페이지? 300페이지? 이런 상상을 한다. 그리고 확인해본다. 역시 맞았다. 거의 맞춘다. 못 맞추는 경우는 종이를 아주 얇은 것을 쓰거나 두꺼운 것을 사용할 때다.

다음 단계는 저자와 역자번역서일 경우의 프로필을 본다. 작가가 어떤 사람인지 보는 거다. 그리고 목차를 스캔하고, 책의 대략적인 내용을 파악한다. 목차만 보면 대충 알 수 있다. 그리고 서문과 결어프롤로그, 에필로그를 본다. 결어에필로그는 없는 책도 많다. 목차를 볼 때는 책의 구성을 본다. 대목차가 몇 개이고 소목차와 꼭지는 어떻게 구성했는지 확인하는 절차다.

이 정도 하면 책의 내용은 거진 파악이 된다. 그러고 나서 처음부터 읽던지 필요한 부분을 찾아서 읽는 것은 순전히 독자의 몫이다. 문학 작품이라면 처음부터 차분히 읽어야겠지만 자기계발서나 경제·경영 관련 책이라면 발췌를 해서 읽어도 무방하다.

《책 쓰기가 이렇게 쉬울 줄이야》의 양원근 대표는 목차에 대해 이렇게 이야기한다.

목차는 뼈대와 같은 것입니다. 사람도 골격이 예뻐야 몸매가 예쁘게 나오듯이 책도 목차가 뛰어나야 책이 제대로 나옵니다.

맞는 말이다. 목차를 잘 만들면 책이 매끈하게 나올 수밖에 없다. 따라서 목차 구성은 매우 중요한 문제다. 지금 당장 서점이나 도서관에 가서 관심 있는 분야의 책을 펼쳐보라. 그리고 목차를 유심히 살펴보라. 목차가 어떻게 구성되어 있는지 잘 알 수 있다. 나도 책을 고를 때 반드시 목차를 확인한다. 불과 30초 남짓이지만 그 짧은 시간에도 이 책이 얼마나 튼튼하게 구조화되어 있는지 금세 알아챈다.

눈치 빠른 독자라면 목차 잡는 법을 이미 스스로 터득했으리라본다. 방법은 간단하다. 그저 비슷하게 따라하면 된다고. 처음 아무 것도 모를 때는 잘된 것을 따라하면 된다. 모방은 창조의 어머니라고 하지 않은가? 따라서 비슷하게 흉내를 내다보면 어느덧 내 것이 된다. 하수들은 대게 이런 형식을 거쳐서 고수로 간다. 타인을 모방하는 것, 이것이야 말로 최고의 학습이다. 흉내 내면서 배우는 것이 최고의 수업이다.

글 쓰기도 마찬가지다. 글 쓰기 교실에서 베껴쓰기와 습작을 혹독하게 시키는 것도 다 이 효과를 염두에 둔 거다. 여러 책을 통해 목차에 대한 충분한 이해를 하고 그 중 괜찮은 목차 구성을 내 책에 적용하면 된다. 이것은 비단 책 쓰기뿐만 아니라 논문작성 등에도 똑같이 적용된다. 뼈대 세우는 작업은 어디나 다 비슷하다.

보통 목차 구성을 보면 대목차보통 1부, 1장 이런 형식을 가진다가 4~8개 정도 있고, 그 밑에 소목차 형태가 있던지 아니면 소목차 밑에 더 작은 목차가 있는 형태가 많다. 즉 2단 구성 내지 3단 구성 체계를 취한다. 어느 것이 좋은지는 책을 쓰면서 잘 판단해야 한다. 1단 구성을 책을 쓰는 경우도 보았다. 이 경우 틈틈이 써 놓은 글을 묶어서 순서만 배치해 책으로 낸 경우다. 1단 구성을 하는 경우는 대목차로 그룹핑을 하면 좀 이상한 경우다. 그룹핑을 작위적으로 하다보면 오히려 역효과가 날 수도 있다. 이럴 경우 차라리 1단 구성을 하는 것도 괜찮다.

그럼 목차 작성에는 요령이 없을까?

내 경험으로는 목차 작성을 잘하려면 내가 쓰고자 하는 분야의 책들을 분석해 가장 목차가 잘된 책을 하나 고른다. 그리고 그 책의 목차를 바탕으로 나만의 목차를 구성한다. 대목차를 잡고 그 밑에 들어갈 소목차를 작성한다. 소목차는 키워드 위주로 작성하는 것이 편하다. 나중에 제대로 수정하면 된다. 그러면 다음과 같은 구성이 나온다.

제1장 역사의 시작

01 화폐 파괴의 시작

02 역사를 움직인 종잇조각들

03 정치 실패

제2장 새로운 시대

01 꿈틀거리는 시장

02 검은 죽음

03 판도라의 상자

여기서 제1장, 제2장이 '대목차'이고 01, 02, 03이 소목차다.

소 목차 밑에 더 작은 단위가 없다면 소목차가 '꼭지'가 된다. 책을 이루는 가장 작은 단위다. 책 쓰기는 철저하게 '꼭지' 단위로 이루어진다.

나도 매일 하루도 쉬지 않고 책 쓰기를 한다. 책 쓰기를 하며 철칙같이 지키는 것이 '하루에 2꼭지' 쓰기다. 세상이 무너져도 이 원칙은 반드시 지킨다. 혹시 쓰려고 비워둔 시간에 쓰지 못하는 상황이 발생하면 그 다음 날에 4꼭지를 써서 못 쓴 나에게 스스로 벌을 준다. 그리고 그 다음 날부터 무조건 2꼭지를 쓴다. 이 시간이 나에게 가장 행복한 시간이다.

한 꼭지를 25분간 하루에 두 번 쓰면 책 쓰는 시간은 한 시간 남짓이다. 하루 24시간 중 1시간 투자로 한 달 만에 책 한 권이 뚝딱 나온다. 놀랍지 않은가? 이건 환타지가 아니다. 내가 검증한 철저한 사실이다. 이 책도 철저하게 하루에 2꼭지를 써서 완성했다. 뽀모도로 시간관리법을 이용한 책 쓰기의 위력은 이렇게 대단하다.

이런 방식을 통해 대목차, 소목차 구성으로 목차 잡기의 70% 정도는 책 쓰기 전에 미리 완성을 해놓아야 한다. 그리고 꼭지별로 책을 써내려간다. 책 쓰기를 하다 보면 목차가 추가되거나 없어지는 일이 많다. 추가되는 것은 새로운 쓸거리가 나타났을 때고 없어지는 것은 꼭지를 합친다거나, 중복인 꼭지를 제외하는 경우에 발생한다. 목차는 절대적인 것이 아니다. 한번 만들어 놓고 수정하지 못하는 것이 아니므로 책 쓰기를 하면서 중간 중간에 수정하면 된다.

나는 초반에 목차를 상당히 치밀하게 잡아놓는다. 그래서 수정하는 일이 거의 없다. 이미 잡아놓은 꼭지에 어떻게든 이야기를 풀어가는 비상한 재주가 있기 때문이다. 이런 비상한 재주는 내공을 꾸준히 쌓아야 자연스럽게 나타난다. 내공이 없다고? 그럼 그냥 쓰면 된다. 생각나서 쓰는 게 아니라 쓰다보면 생각나는 게 글 쓰기이자 궁극의 책 쓰기다.

06

출간기획서는
꼭 필요할까?

　　출간기획서의 중요성은 도서를 투고해본 사람이면 잘 안다. 초창기에 나는 출간기획서를 작성하지 않고 초고를 약 240페이지 가량 완성하여 출판사에 뿌렸다. 지금 생각해보면 매우 무모한 짓이었다. 하지만 단번에 계약에 성공했다. 아주 운이 좋은 케이스라고 할 수 있다.

　당시 이메일에 이렇게 적었다.

　"안녕하세요? 저는 이해사라고 합니다. 이번에 《남자라면 누구나 꿈을 꾼다》라는 초고를 완성하여 송부 드립니다. 제 약력이나 책의 내용은 앞부분 목차 등을 보시는 것이 더 빠르리라 생각됩니다.

　아무쪼록 적극적으로 검토해주셔서 꼭 출간될 수 있도록 부탁드립니다. 감사합니다.

이해사 드림 / 010-3084-****

오래 전 일이라 자세히 기억은 안 나지만 대략 이런 식이었다. 지금 내가 봐도 얼굴이 화끈거린다. 출판사도 매우 기분 나빴을 것 같다(사실 기분 나빠하는 것보다 쳐다보지도 않는다!). 책 투고하는 사람이 하루에도 수 명에서 수십 명이라는데 보지도 않고 쓰레기통으로 직행할 수도 있는 아찔한 상황이었다.

지금은 출간기획서를 간단히 1장짜리로 작성해서 보낸다. 출간기획서에는 다음 내용이 들어간다.

책 제목, 기획 의도, 부제, 저자 소개, 분야, 시장 환경, 타겟 고객, 핵심 콘셉트, 경쟁도서, 마케팅 및 홍보 계획, 출간 일정, 연락처

출간기획서를 작성할 때마다 느끼는 것이지만 작성하기가 결코 쉽지 않다. 한두 장에 불과한 출간기획서로 내 책을 어필하는 것은 결코 순탄하지 않은 작업이다.

아까 이야기한 것을 다시 복기해보자. 하루에 출판사에 몇 건이

나 도서 투고가 올까? 출판사 규모마다 다를 것이다. 하지만 대략 하루에 몇 건에서 몇 십 건이 올 것이다. 일주일에 한 번씩 검토한 다고 해도 수십 건에서 수백 건이다. 출판사 담당자가 이것을 일일이 확인한다고 치더라도 상당히 부담스러운 일이다.

출판사 담당자가 한 건의 도서 투고에 투입할 시간은 수십 초 남짓이다. 이 짧은 시간에 담당자에게 어필을 해야 한다. 따라서 임팩트가 없다면 도서 출간은 물 건너갔다고 보아야 한다.

여러분이 한 분야의 전문가이든가 매우 유명한 사람이든가 눈물 없이는 볼 수 없는 매우 특이한 이력의 소유자라면 이야기가 달라진다. 이런 사람들의 책은 독자들에게 어필할 확률이 높아서 출판사도 매우 좋아한다. 하지만 이런 저자의 특이한 경력이 없다면 일반인은 책 출간하기 매우 어렵다. 따라서 출간기획서를 잘 작성해야 한다.

출간기획서는 책에 대한 개요서 혹은 판매기술서, 한마디로 광고지와 같은 것이다. 내 책과 내 이력의 특장점을 최대한 끌어당겨야 한다. 이력도 특이한 것이 있으면 최대한 어필을 하고 책 제목에서 시선을 확 끌어야 한다.

예상독자층은 누구이며, 어떤 마케팅을 통해 얼마나 팔 수 있는지 계획을 출판사에 제시해야 한다. 그래도 계약이 될까 말까다.

　그러면 출간기획서는 어떻게 작성하는 것이 효율적일까?

　《책을 내고 싶은 사람들의 교과서》의 저자 요시다 히로시는 편집자와 기획자의 이목을 끄는 출간기획서는 작가만의 USPUnique Selling Proposition가 분명히 드러나 있어야 한다고 이야기한다.

　제 출간기획서에는 (①)이라는 장점이 있습니다.

　(②)라는 장점을 통해 출판사는 이익을 얻을 수 있습니다.

　제 출간기획서는 다른 것들과는 다릅니다.

　왜냐하면 (③)이라는 차별점이 있기 때문입니다.

　① : 책의 특징이나 세일즈 포인트

　② : 출판사가 얻을 수 있는 이익이나 호평

　③ : USP, 당신만이 지닌 비장의 카드

　아무나 쓸 수 있는 글이 죽은 글인 것처럼, 출간기획서도 USP가 제대로 드러나 있지 않으면 죽은 기획서다. 마케팅 업계에서는 USP를 활용한 경영을 '차별화 전략', 'Only One' 전략이라고 한다.

원고에서 USP를 찾지 못할 경우 원고를 영원히 노트북 속에 보관하던가 아니면 아예 다시 써야 하는 상황이 발생할 수도 있다. 저자 입장에서는 손해가 이만저만이 아니다. '독특한 도서판매 제안'을 통해 원고의 고유한 장점을 출판사에 전달해야 성공이다.

이제 출간기획서는 이제 필수이며 매우 중요한 사항이다. 따라서 초고를 쓰는 것만큼 출간기획서에 신경을 써야 한다. 출간기획서는 책 쓰기 전에 미리 써놓고, 책이 완성된 다음 수정하면 된다. 편집자가 척 보고 호기심을 자아낼 수 있는 방식으로 작성해야 한다. 그래야 책을 출간할 수 있다. 제일 중요한 것은 '역지사지'다. 즉, 출판기획자북 에디터의 입장이 되어보라!

07

샘플원고
작성

책 투고를 할 때 초고를 완성하고 투고를 할까? 아니면 샘플원고만 작성해서 투고를 해야 할까?

나는 초창기에 초고를 완성하고 투고를 했다. 그리고 바로 계약을 했기 때문에 그 후로도 오랫동안 투고는 초고를 다 쓰고 하는 것인 줄 알았다. 하지만 마음속으로 항상 걸리는 것이 있었다. 투고를 100군데 정도 하다 보니 원고가 다른 곳으로 유출되지 않을까 하는 걱정이었다. 가령 내가 보낸 원고를 거절하고 그 원고를 다른 사람을 통해 활용할 수도 있겠다는 막연한 불안감이었다. 투고를 해본 사람이라면 누구나 이런 걱정을 해보았으리라.

그러다가 한 책 쓰기 책에서 "투고 시 전체 원고를 보낼 필요가 없다. 출판사는 전체 내용을 보는 것이 아니라 책의 콘셉트를 보기 때문이다"라고 설명한 것을 보았다. 일리가 있다고 생각되어 그 다음 투고할 때 제목, 서문, 목차, 6꼭지 정도의 샘플원고를 작성해 보냈다. 대부분 별 반응이 없었으나 어떤 출판사에서는 '절반 이상의 원고가 필요하다', '전체 원고가 필요하다' 고 연락해왔다. 그래서 완성본을 보냈다. 그 사이에 초고를 완성했기 때문이다.

책을 쓰기 시작하면 전체 분량의 절반 정도 넘어가면 샘플원고를 작성할 필요가 있다. 샘플원고는 별도로 작성하는 것이 아니다. 이미 작성한 초고 꼭지 중 특별히 잘 썼다고 생각하는 꼭지를 4개에서 6개 정도 뽑아내면 된다. 책의 콘셉트를 잘 보여준다고 생각하는 꼭지를 뽑아야 한다. 거기에 제목, 저자 소개, 목차, 서문을 더하면 샘플원고 작성이 완료된다. 여기에 출판기획서를 함께 하여 송부하면 된다.

샘플원고를 작성하면서 항상 하는 생각은 '이 샘플원고를 보고 출판사에서 어떤 반응을 보일까?' 하는 것이다. 출판사 기획자가 좋게 봐준다면 연락이 올 것이지만 대부분 연락이 안 온다고 보면 된다. 아주 탁월한 원고가 아니면 100군데 넣어도 한, 두 군데 외에 연락이 안 온다. 그나마도 기획출판을 가장한 자비출판 회사들도 많다. 이런 데서 가장 먼저 연락이 온다. 그러면 초보 작가는 마치 자기가 위대한 책이라도 쓴 양 어깨가 올라간다. 하지만 이때를 조심해야 한다.

우리 인간은 자기 주변에 벌어지는 일을 지극히 자기중심적으로 해석하는 경향이 있다. 정작 주변에서는 그다지 관심도 없는데 말이다. 그래서 항상 조심하고 주의하고 겸손해야 한다. 세상에서 내가 가장 잘났다는 생각을 버려야 한다. 나는 항상 부족하고 더 배워야 한다는 겸손한 열린 자세를 가져야 작가로서 성공할 수 있다.

벼는 익을수록 고개를 숙이는 법이다. '나 잘났다' 고 하는 속빈 강정들은 결국 책 한 권 출간하고 세상에서 묻혀버린다. 겸손히 자세와 열린 마음으로 모든 것을 흡수하려는 열정과 눈빛이 있을 때 작가로서 성공할 수 있다.

기획출판을 가장한 자비출판이란 대략 이렇다. 투고를 하면 연락이 온다그것도 아주 빨리!. 그 연락은 다음과 같다.

도서를 판매할 마케팅 계획은 가지고 있냐?

아무리 도서 마케팅을 저자도 해야 한다고 하지만 1차적인 도서 마케팅은 출판사에서 하는 것이 맞다. 마케팅 전문 인력도 아닌 저자가 무슨 힘으로 마케팅을 하겠는가? 물론 SNS, 블로거나 유튜브에서 구독자를 수만 명 이상 가지고 있는 사람들은 구매력이 있다. 하지만 일반 저자가 그런 마케팅을 하는 것은 아무래도 한계가 있다. 그럼에도 마케팅 계획을 묻는다면 '책을 사달라'는 이야기다. 아예 노골적으로 요구하는 사람도 보았다.

출간을 해줄 테니 700부를 살 수 있나?
그러면 책을 내주겠다.

보통 이런 출판사는 책도 아주 조악하게 만들어 출간 비용을 최소화한다. 그리고 그 책을 저자로 하여금 700부 한 권에 1.5만원이라고 하면 즉, 1,000만 원을 부담시키는 것이다. 이게 자비출판과 다를 게 무엇이 있겠는가? 따라서 책 쓰기를 시작한 초보 작가라면 항상 당신을 호시탐탐 노리는 하이에나가 출판업계에도 있다는 사실을 명심하고 항상 조심하고 또 조심해야 한다.

투고 후 연락을 안 오는 경우도 다반사다. 대부분 안 온다고 보면 된다. 출판사 이메일로 쌓이는 투고양은 실로 어마어마하다. 최근에 1인 출판사를 차린 지인이 이런 하소연을 하는 걸 들은 기억이 난다.

어떻게 알았는지 하루에 수십 건의 투고가 온단 말야!

출판사 편집자도 이런 이야기를 한다.

모두 천편일률적인 글에, 책 쓰기 강좌가 끝났는지 동시 다발적으로 비슷한 틀에 비슷한 양식출간기획서로 투고가 들어온다. 이런 책 중에 제대로 된 것이 별로 없다.

이 말은 많은 뜻을 내포하고 있다. 책이란 개인의 능력을 응축해서 더 이상 응축할 수 없는 지경에 이르렀을 때 사자후를 토하듯이 배출하는 행위다. 내공이 없으면서 책을 쓰려고 하면 배가 산으로 갈 수밖에 없다. 그래서 내공을 진즉에 좀 쌓으라는 거다. 내공도 없이 어찌 200페이지가 넘는 책을 쓰겠다는 것인가?

그것은 도둑놈 심보다. 내공을 쌓고 쌓은 내공을 토대로 응축된 에너지를 토해내야 한다. 그렇게 하지 않으면 책 쓰기는 절대 불가능하다.

08

초고
작성

     초고는 최대한 빨리 작성하는 것이 좋다. 시간을 끌어봤자 더 좋은 글이 나올 리 만무하다. 따라서 가급적 1개월 이내에 초고는 끝내도록 하자. 도저히 여건이 안 된다고 해도 2개월 안에는 끝내자. 나는 1달 안에 끝내기를 추천한다. 주말 없이 한달 내내 쓰면 60꼭지가 가능하다. 이 분량이면 책을 내고도 남는다.

    뽀모도로 책 쓰기는 하루에 두 번, 25분씩 2꼭지를 쓰는 방식이다. 누구나 한 시간만 내면, 한 달이면 책 원고 1개가 완성된다. 이 책도 철저히 뽀모도로 책 쓰기 원칙하에 썼다. 초고 작성에 딱 한 달 걸렸다. 25분씩 두 번 책 쓰기를 하니 어느덧 책 한 권의 뚝딱 완성되었다. 티끌모아 태산이 되듯이 하루에 2꼭지만 써라. 금방 초고가 완성된다.

초고가 완성되면 그 다음에는 어떻게 해야 할까? 초고 완성 전에 이미 '투고용 샘플원고'를 준비해 투고 절차에 진입해야 한다. 초고는 바로 수정하지 말고 일정 기간 동안은 그냥 놔두자숙성기간이 필요하다. 시간이 좀 지난 후 수정 작업에 들어가자. 며칠 간격을 두는 것이 새로운 시각에서 수정 작업을 하는 데 도움이 된다. 원고도 한 1주일이나 2주일 놔두고 다시 작업에 들어가면 새로운 시각으로 작업할 수 있다. 그래서 약간의 숙성기가 필요하다.

나는 보통 초고 작업을 한 달 정도 한다. 하루에 2꼭지 쓰기간혹 3꼭지 쓰는 날도 있다. 이 날은 다른 날 못 쓴 것에 대한 스스로의 벌이다를 원칙적으로 지킨다. 글이 잘 써진다고 하루에 너무 많이 쓰는 것은 절대 금물이다. 무리해서 진행하면 원고의 질이 떨어지는 것을 느낀다. 아무리 컨디션이 좋아도 쓰기는 어느 수준3꼭지 이하에서 자제하고 있다. 더 쓰고 싶다면 차라리 다른 원고를 써라!컨베이어 벨트식 책 쓰기로!

내 방법이 무조건 옳다고 주장하지는 않겠다. 절대적인 것도 없다. 왜냐하면 사람마다 스타일이 제각각이기 때문이다. 원고를 3, 4일 만에도 쓸 수 있다. 사람마다 다르다. 정답은 아무것도 없다.

일본 내에서만 500만 부 이상 팔린 《면접의 달인》의 저자인 나카타니 아키히로는 책 한 권을 보통 5~6일에 완성한다고 한다. 어떤 책은 하루 만에 쓴 것도 있다! 실로 대단한 페이스라고 할 수 있다. 최근에 유행하는 '하루 만에 책 쓰기'도 이러한 세태를 반영하는 것이라고 생각한다.

사실 하루 만에 책을 어떻게 쓰겠는가? 하루 만에 책 쓰기는 불가능하다. 다만 책 쓰기를 위한 초안을 잡는다거나 100페이지 남짓한 전자책이나 그림책, 어린이 책은 가능할 것이다. 하지만 현실적으로 책 쓰기는 한 권에 최소 3개월의 준비기간과 글쓰기, 퇴고기간을 확보해야 한다. 내 생각엔 준비기간 한 달, 초고 쓰기 한 달, 퇴고 한 달이 적당한 것 같다. 이 정도 속도라면 1년에 책 4권을 출간하는 것도 가능하다.

내 경우를 보자면 초고를 한 달 안에 완성하고 며칠 쉰 후 바로 다음 원고 작업에 들어간다. 그리고 다음 원고 작업에 들어감과 동시에 기존 원고의 퇴고를 시작한다. 퇴고 과정은 처음부터 끝까지 수정을 하는 데 보통 5번 정도 한다. 그러면 책다운 모습을 가지게 된다이것도 순전히 내 기준이다. 출판사로 가면 또 난도질 당한다!.

물론 초고 작성을 하루에 2꼭지만 한다고 해서 글쓰기를 하루에 2꼭지만 하는 것이 아니다. 시간이 좀 더 있다면 여러 책을 동시에 진행해도 무방하다. 가령 1번 책은 초고를 작성하고 2번 책은 목차 구성을 하고 3번 책은 기획을 하는 식이다. 이렇게 과정별로 책이 각기 따로 움직인다.

이러한 방식을 이용하는 대표적인 작가가 출판의 달인 고정욱 작가다. 고작가는 현재까지 250권의 책을 출간했다. 판매부수는 무려 400만 부에 이른다. 그는 한꺼번에 20여 권의 책을 진행하는 컨베이어벨트식 저술을 하는 것으로 유명하다. 가령 '구상, 초고, 1교, 2교' 식으로 구별하여 매일 글을 쓴다. 나도 이 정도는 아니지만 이런 방식이 1권씩 쓰는 것보다 더 효율적이라고 본다.

책 쓰기를 통해 다작을 하려면 일상생활을 하면서 '항상 무슨 책을 쓸까' 하는 궁리를 해야 한다. 가령 텔레비전에서 특정인이 나오면 '저 사람에 대한 책을 쓸까?', 어떤 강의를 들으면 '이 내용으로 책을 써볼까?' 하는 식이다.

그렇게 아이디어가 떠오르면 수첩에 기록해놓는다. 수첩이 없으면 스마트폰에 기록해둔다. 기억은 휘발성이 있어서 바로 기록해 놓지 않으면 바람과 같이 사라지기 때문이다.

작가의 삶은 이야깃거리를 찾는 구도자의 삶이다. 늘 이야깃거리를 위해 살아야 하며, 사실을 가정하고 늘 의문을 가져야 한다.

그래서 작가는 사물을 꿰뚫어보는 시각이 탁월하다. 작가가 되라는 이유가 비단 책 출간에만 있는 것이 아니다. 작가가 되면 세상을 보는 시각이 달라진다. 이 땅의 풀 한 포기까지 소중하게 바라보는 자세가 생긴다. 이게 바로 책 쓰기의 위력이다!

09
출판사를
섭외하는 방법

초고가 완성될 시점에 출판사에 초고를 보내 출판 사의 간택을 기다려야 한다. 출판사를 섭외하는 좋은 방법은 출판사 투고 담당자의 눈에 띄는 것뿐이다. 그것도 아주 강렬하게!

투고를 보통 이메일로 하므로 메일 제목부터 '지극히 자극적으로!' 가야 한다. 그냥 '투고합니다', 혹은 '책 출간을 의뢰합니다.' 이런 식으로 보내서는 곤란하다. 이렇게 보내면 조용히 묻혀버릴 수도 있다. 따라서 민망하더라도 좀 자극적으로 할 필요가 있다. 가령 '50만 부를 팔릴 만한 좋은 소재를 책으로 출간하고자 합니다' 라고 보내면 아무래도 다른 투고보다는 좀 더 유심히 볼 것이다. 이건 단지 내 것을 좀 더 자세히 봐달라는 다분히 기술적인 부분이다. 유심히 본들 콘텐츠가 엉망이면 역시 하나마나다.

책 한 권 분량을 위해서는 A4 용지 100장 분량이면 충분하다. 하지만 나는 A4 용지에 쓰지 않는다. 책 판형으로 한글파일을 만들어 거기다 쓴다(우리가 흔히 말하는 신국판이나 46판에 쓴다). A4 용지에다 100장 쓰면 실제 책이 200장이 넘게 되지만 나는 책 판형으로 쓰므로 200장이 나오면 그대로 200장이다. 이렇게 하면 책을 쓰는 것과 같은 실제 느낌도 받을 수 있고 분량 조절하기도 편하다. A4 용지에다가 쓰면 한 페이지 쓰기도 힘들지만 책 판형에다 쓰면 금방 한 꼭지를 쓸 수 있다.

그럼 출판사에 투고는 어떻게 할까?

우선 투고하기 전에 준비물이 있다. 크게 2가지인데 하나는 샘플원고이고 나머지 하나는 출판기획서 내지 출간의뢰서다. 이 둘이 준비되면 투고 절차에 본격적으로 들어간다.

그럼 출판사는 어떻게 찾아낼까?

처음에는 출판사 리스트 파일을 구글에서 찾아서 50군데 정도 보냈다. 며칠이 지나도 별 답변이 없었다. 혹시 읽어보기는 한 것일까 하는 생각에 수신 확인을 해보니 절반 정도는 읽었다. 결국 연락을 받지 못했다. 받은 건 차가운 거절 메일이었다.

'보내주신 우수한 원고를 우리 출판사의 출간 방향과 맞지 않아 출간하지 못함을 안타깝게 생각합니다.'

주로 이런 내용이다. 아니면 대놓고 이렇게 말한다.

'우리는 소설 전문 출판사입니다. 해당 분야 전문 출판사에 투고하심이 옳을 것 같습니다.'

이때 깨달은 것이 책 투고는 '관련 분야'에 해야 한다는 것이었다. 출판사는 온갖 책을 다 취급하는 줄로 알았다. 하지만 그게 아니었다. 출판사마다 각자 전문 분야가 있었다. 물론 대형 출판사는 분야별로 전부 취급하므로 상관없지만 대형 출판사가 아닌 다음에야 각자 자기 전문이 있다대형 출판사도 분야별로 투고 이메일이 다른 경우가 많다!. 따라서 '시집'을 내려면 시집 전문 출판사에 출간 의뢰를 하고 '과학' 분야 책을 내고 싶다면 '과학' 전문 출판사에 투고를 의뢰해야 한다.

나도 전략을 바꿔서 서점에 가서 과학 코너로 갔다. 그리고 책에 나온 이메일을 죄다 적어왔다. 처음에는 적다가 나중에는 힘들어서 스마트폰 카메라로 소리 안 나게 찍었다. 그러고는 한꺼번에 메일로 보낼 수 있게 주소를 정리했다. 이때 유의해야 할 것이 메일은 한번에 보내더라도 '개별발송' 을 해야 한다는 점이다. 개별발송을 하지 않으면 다른 사람에게 보낸 메일까지 확인이 되므로 받는 사람이 기분 나쁠 수 있다. 투고의 최소한의 예의다. 따라서 한 출판사씩 보내던가 아니면 가급적 개별 발송하는 것이 좋다. 메일을 한 출판사에 하나씩 보내면 시간이 오래 걸린다. 번거롭다!

이메일은 한번 잘못 보내면 회수가 어렵기 때문에 신중하게 보내야 한다. 가령 메일 내용에 출판사 이름을 적는다던가 하는 우를 범하면 안 된다. 보낼 때도 월요일 오전 9시에 출판사에서 출근하고 메일을 열었을 때 가장 최근 메일로 가도록 월요일 오전 8시 55분에 보내든지 이게 귀찮으면 '메일 예약 발송' 을 이용하도록 한다. 메일을 보내고 실시간으로 '수신확인' 을 하여 메일이 잘 전달되었는지 확인한다. 간혹 '아웃룩Outlook' 을 쓰는 사람은 수신 확인이 안될 수도 있으므로 수신 확인만 절대적으로 신뢰해서는 안 된다.

투고 후 며칠이 지나니 답변이 왔다. 답변의 종류는 크게 3가지다. '투고 승낙, 불승낙, 답변 없음' 이다. 투고 승낙이면 보통 메일을 받기 전에 연락이 오는 경우가 많다. 그 중에는 전에 언급한 것처럼 업자들도 많다. 유의해야 한다.

투고 승낙을 하면 보통 다음과 같은 메일이 온다.

우리 출판사에서 출간을 하고 싶습니다. 혹시 다른 출판사와 계약하지 않으셨으면 회신 주십시오.

이 경우라면 계약이 거의 성사된 거다. 계약조건에 대해 협의가 완료되면 계약서를 날인한다. 이 과정을 거치면 정식으로 도서출간 계약이 완료된다.

불승낙은 전화로 오는 경우는 드물다. 무조건 메일로 온다. 내용은 입사면접 떨어졌을 때와 비슷하다.

'귀하와 같은 우수한 인재를 한정된 인원으로 인해~~~

'보내주신 옥고를 검토해보았으나, 우리 출판사의 출간방향과 맞지 않아…'

보통 이런 식이다. 원고에 대해 가타부타 평가하지 않는다. 오로지 출판사의 출간 방향과 맞지 않는다고만 한다. 직접적으로 평가하지는 않지만 '자격미달' 혹은 '함량 미달'이란 의미다. 아쉽지만 어쩔 수 없다실제 글을 오래 쓰고 책을 여러 권 낸 분도 이런 취급을 자주 당한다! 본인들은 이야기하지 않지만!.

답변이 없는 경우는 또 두 가지로 나뉜다. 아예 답변 자체를 보내지 않던가 아니면 검토 후 연락 주겠다고 하고 답변이 없는 경우다. 투고수가 워낙 많아 모두 답변을 할 수가 없는 경우라고 이해하자. 출판사 입장에서는 일일이 답변하는 것도 일이다.

보통 대형 출판사는 '편집위원회'와 같은 위원회에서 출간 여부를 판단한다. 그전에 해당 분야 담당자들이 1차적으로 거른다. 그래서 2중으로 통과해야 한다. 그래서 대형 출판사와 계약하는 것이 힘들다. 작은 출판사는 대표나 편집자의 오케이 사인이 떨어지면 책으로 출간이 가능하므로 비교적 연락이 빨리 온다. 대형 출판사는 이런 저런 절차를 거치다보면 연락오기까지 많은 시간이 걸린다. 보통 한두 달 정도 걸린 것 같다. 이러면 발생하는 문제가 있다. 투고 후 먼저 연락 온 작은 출판사와 계약을 했는데, 계약 후에 대형 출판사에서 연락이 온 것이다. 이 경우 참 난감하다. 대형 출판사가 아무래도 책을 보다 체계적으로 만들고 마케팅 역량도 뛰어나기 때문이다. 나도 이런 상황을 겪은 적이 있다. 나는 신의를 더 중요하게 여겨 원래 계약한 곳과 그대로 진행했다. 나는 그 선택을 후회하지 않는다. 작은 출판사도 대형 출판사 못지않게 야무지게 일하는 곳이 많다. 또한 대형 출판사와 운좋게 계약한다고 하더라도 소위 '미는 원고'가 아니면 마케팅도 그다지 기대할 것이 없다.

문제는 투고를 해도 연락이 없는 경우다. 보통 이런 경우 '내 일생의 역작을 왜 아무도 안 알아주는 거지?' 하고 자기의심을 한다. 그렇지만 투고 후 무반응이나 거절이 오히려 더 당연하다. 책을 낼 출판사는 한정되어 있고, 하루에 수천에서 수만의 투고의뢰가 오는 상황에서 내 책에 단박에 출간하는 게 오히려 비정상적이라고 생각하자. 투고 후 연락이 오지 않는다고 해서 좌절할 필요 없다. 내공콘셉트가 됐건 문체가 됐건!이 부족해서 그런 것이다. 내공을 더 쌓으라는 하늘의 뜻이라고 생각하자.

《바보들의 결탁A Confederacy of Dunces》이란 소설을 쓴 존 케네디 툴John Kennedy Toole이란 작가가 있다. 이분은 소설을 투고하였으나 여러 군데서 퇴짜를 맞고 발생한 스트레스에 여러 요인이 복합적으로 작용해 자살했다. 이때 존의 나이가 31세였다. 죽고 난 후 10년이 지나 어머니가 책을 투고했다. 이 작품이 바로《바보들의 결탁》이다. 이 작품으로 존은 사후에 퓰리처상을 받았다.《채식주의자》로 맨부커상을 받은 한강 작가도 작품을 쓰고 무려 10년이 지나서 맨부커상을 받았다.

J.K. 롤링의 세계적인 베스트셀러《해리 포터 시리즈》는 블룸스버리 출판사가 출간을 결정하기 전까지 무려 12개 출판사로부터 퇴짜를 맞았다. 심지어 블룸스버리 출판사도 회장의 8살짜리 딸의 추천 덕분에 이 책의 출간을 결정했다.《해리 포터》시리즈는 전 세계 60개 언어로 번역돼 저자인 롤링에게 10억 달러1조 원의 수입을 안겨줬다.

이것들이 말하는 바가 무엇일까?

지금 출판사에서 알아주지 않는다고 해도 막상 책으로 나오면 어떻게 될지는 아무도 모른다. 어느 구름에 비가 들어 있는지는 아무도 알 수가 없다. 투고가 거절 되어도 좌절하거나 괴로워하지 말자. 오히려 세상을 향해 툴툴 떨치고 일어나 '나는 할 수 있다' 고 크게 소리치자. 그런 대범함을 가진 사람만이 작가가 될 수 있다.

10
퇴고 및 교정,
교열, 편집과 윤문

《리딩으로 리드하라》의 유명한 작가인 이지성은 무명 시절 무려 75번이나 초고를 거절당했다고 한다. 첫 번째 시집은 아예 팔리지 않아 군대에 기증을 했다. 이지성 작가는 아마 냄비받침으로 쓰였을 것이라는 농담까지 했다.

그만큼 출판업계에서 책을 출간한다는 것은 쉽지 않다. 출판사들은 가뜩이나 팔리지 않는 출판시장에서 그나마 안정적으로 판매 부수를 확보할 수 있는 책을 출간하기 원한다. 그래서 베스트셀러가 될성 싶은 원고만을 출간하려는 경향이 강하다. 그리고 유명한 작가가 아닌 무명 작가에게 기회를 호락호락 내주지를 않는다. 마치 경력사원을 채용하는 회사의 마음이라고나 할까? 당장 급한데 언제 키워서 써먹느냐는 것이다. 그래서 원고가 아주 참신하든가 특별한 이력이 있지 않으면 책을 출간하기가 쉽지 않다.

최근에는 자비출판이다 해서 유명하지 않은 평범한 사람도 책을 낼 수 있다. 하지만 이런 책은 사실 완성도도 많이 떨어지고 마케팅도 제대로 이루어지지 않는다. 출판사가 돈을 들이지도 않았는데 마케팅을 적극적으로 할 리 만무하다. 그저 자기만족에 의한 도서 출간이다.

'모든 초고는 쓰레기'란 말이 있듯이 초고 원고는 수많은 퇴고를 통해 완성된 원고로 나아간다. 퇴고는 결국 완성된 초고를 출판사에서 원하는 형태로 탈바꿈하는 일종의 '페이스 오프Face-off'라고 볼 수 있다.

퇴고는 많이 할수록 좋다. 나는 초고를 빨리보통 한 달 이면 초고 한 개를 쓴다 쓰는 편이라 초고도 여러 번 하는 편이다. 보통 5교다섯 번 퇴고한다는 말이다까지 하는 것 같다. 1, 2교까지는 수정 사항이 아주 많고 3교부터는 윤문이나 내용 추가에 신경을 쓴다. 5교는 흐름상 어색한 것만 수정한다. 5교까지 마친 후 출판사로 보내면 출판사는 출판사 나름대로 또 1교부터 시작한다. 그래서 어떻게 보면 내가 5교까지 할 필요가 있나 싶지만, 책을 쓰는 것은 출판사 에디터가 아니라 나라는 사실을 명심해야 한다. 에디터의 역할을 작가의 역할과 분명히 다르다.

《쓰기의 감각》의 앤 라모트도 초고에 대해 이렇게 이야기한다.

거의 모든 명문도 형편없는 초고에서 시작된다. 당신은 일단 무슨 문장이든 써볼 필요가 있다. 내용은 상관없다. 시작이 반이라고, 종이 위에 쓰기 시작하는 것이 중요하다. 내 친구는 첫 번째 원고를 '내린 원고 down draft' 라고 부른다. 그냥 생각나는 대로 모두 종이에 내려쓴 원고라는 뜻이다. 두 번째 원고는 '올린 원고up draft' 라고 부른다. 한 번 수정하여 내용이 향상된 원고라는 뜻이다. 이때 당신은 더 정확한 문장을 구사하도록 노력해야 한다. 세 번째 원고는 '치과 원고dental praft' 라고 부른다. 모든 치아를 하나씩 하나씩 다 검사하듯, 각각이 흔들거리는지 너무 붙었는지 썩었는지 혹은 하늘의 도우심으로 여전히 건강한지 살펴본 원고라는 뜻이다.

_ 앤 라모트, 《쓰기의 감각》

《무기여 잘 있거라》를 쓴 세계적인 작가 어니스트 헤밍웨이 Ernest Hemingway는 이런 말을 했다.

모든 초고는 쓰레기다.

All draft is like a trash!

헤밍웨이는 수백 번 고쳐쓰는 퇴고주의자였다. 이렇게 퇴고의 중요성을 강조하는 사람이 있는가 하면 퇴고는 불필요하다고 말하는 사람도 있다. 처음 썼을 때가 가장 훌륭하며 자꾸 수정하다 보면 처음의 참신성이 떨어진다는 주장이다. 이런 말을 하는 분들은 퇴고를 최소한으로 해야 한다고 주장한다.

무엇이 정답일까?

나는 둘 다 맞는 의견이라고 본다. 왜냐하면 초고를 쓰는 기준이 제각각이기 때문이다. 초고를 정성들여 쓰는 사람은 그다지 고칠 것이 별로 없으리라. 하지만 초고를 좀 편하게(?) 쓰는 사람이라면 퇴고가 아주 중요하다. 수정 사항이 많기 때문이다.

나는 좀 직관적으로 작성하고 수정을 꾸준히 가하는 편이다. 이게 내 스타일상 맞다. 초고를 너무 정성들여 쓰다보면 자칫 초고 완성하는 것도 힘들어진다. 그래서 나는 초고를 빨리 쓰고 계속 수정해가는 방식을 선호한다. 주변에도 그렇게 추천한다.

개인적으로 퇴고가 가장 필요한 이유는 문장력 향상이었다. 초고를 완성하고 잠시 시간을 두고제3자처럼 선입관 없는 시선을 가지기 위해서는 반드시 필요하다! 다시 읽어보면, 초고를 쓸 당시에는 전혀 알아차리지 못했던 결점들이 보인다.

문장이 머리에 들어오는가?
어색한 문장은 없는가?
오탈자는 없는가?
내용의 급속변침은 없는가?

이런 것들을 염두에 두고 퇴고를 하다보면 무엇이 잘못되었는지 눈에 보인다. 그리고 이런 실수들이 계속 반복되고 있음을 알게 된다. 그래서 그 부분을 심각하게 고민하고 해결책을 스스로 제시하면서 문장력을 키워나간다. 그래서 많이 써야 한다. 많이 쓰고 많이 퇴고를 할수록 나쁜 습관이나 단점이 무엇인지 알게 되고 그것을 줄이려는 노력이 결국 문장력 강화로 이어지지 않나 싶다.

《나는 이렇게 쓴다》의 기시 유스케도 똑같은 말을 하고 있다.

개인적으로 가장 효과적이었던 방법은 내가 쓴 문장을 여러 번 퇴고

하는 것이다. 문장을 쓴 다음 잠시 시간을 두고 다시 읽어보면, 집필할 때 알아차리지 못했던 여러 가지 부족한 점이 보인다.

모든 초고는 쓰레기가 아니겠지만 완전하지 않다는 것이 내 생각이다. 따라서 시간을 길게 끌 필요가 없다. 일단 쓰자. 그리고 수정하자.

교정, 교열은 출판사의 영역이라 작가가 하기에는 좀 버겁다. 작가가 하는 것은 '맞춤법 검색기'에 돌려서 어색한 문장이나 비문, 속어, 비어 를 수정하는 수준이다. 본인은 본래 본인의 잘못이 잘 보이지 않는다. 머릿속에 맞다는 생각이 자리 잡고 있어서다. 그래서 다른 사람이 수정해줘야 한다. 나도 교정·교열을 하면서 이런 생각을 했다. '이 작업을 대신 해줄 사람이 있었으면 좋겠다.' 출판사로 가기 전에 사전 작업을 해줄 사람이 있으면 얼마나 좋을까 하는 생각을 했다. 아마 있을지도 모르겠다. 있으면 적극 활용하고 싶다.

편집과 윤문은 편집자나 교열자가 하는 문제이기는 하지만, 그 전에 일단 작가가 먼저 책 쓰기 단계에서 해야 한다.

나는 내용적으로 어느 정도 완성이 되면 내가 편집자의 입장에서 윤문 작업을 한다. 윤문潤文이란 빼어날 윤潤, 문장 문文으로 문장을 문장답게 만드는 과정이다. 이러한 과정을 통해 글이 어색하지 않고 매끄럽게 읽히도록 작업을 한다.

윤문 작업은 보통 출판사에서 해주므로 출판사에서 윤문 작업을 할 때 저자에게 '이런 식으로 바꾸겠다'는 식의 통보를 받을 것이다. 이때 기계적으로 동의하지 말고 윤문 작업이 실제 어떻게 이루어지는지 세심하게 관찰해보라. 그리고 그러한 노하우를 다음 책을 쓸 때 적극적으로 반영하라. 그러면 윤문작업이 불필요해 질 정도의 수준이 될 것이다.

퇴고 윤문과 관련하여 추천할 요령이 있다.

일단 초고를 완성하고 바로 퇴고 과정을 거치지 말고 조금 시간 간격을 두자는 것이다.

왜일까?

초고 완성하고 바로 퇴고를 하면 퇴고도 초고와 별반 다를 것이 없어진다. 따라서 10일 혹은 5일 정도 기간을 두고 퇴고를 하는 것이 좋다. 시간이 좀 지나면 아무래도 새로운 시각에서 검토할 수 있기 때문이다전 페이지에서 이야기한 '문장을 쓴 다음 잠시 시간을 두고'를 상기해보라!.

한번 퇴고가 끝나면 바로 2회차 퇴고에 들어가지 마라. 며칠 시간을 둔 후 2회차 퇴고를 수행하라. 그러면 또 다른 시각에서 퇴고를 할 수 있다. 이렇게 해야 품질이 높아진다.

하나 확실한 것은 '책 한 권'이 편집자의 손을 거치면 뚝딱 책 모양으로 완성된다는 거다. 나도 편집자가 최종원고에 이런 저런 메모를 붙여 검토해달라고 오면 적극 반영하고 편집자의 의견을 최대한 존중하려고 했다. 그분이 나보다 훨씬 더 전문가이기 때문이다. 그래서 항상 편집자 여러분께는 경의를 표하고 싶다. 출판업계가 의외로 박봉이다. 박봉에 고생하시는 편집자는 존경받아 마땅하다.

11

편집 및
디자인

편집은 편집자의 영역이어서 여기서는 자세히 이야기 하지는 않겠다. 다만 전문 작가가 되려면 '책을 쓰는 영역' 에만 머물 것이 아니라 출판업계가 어떻게 돌아가는지 관심을 가지고 볼 필요가 있다. '그건 너희들 영역이야. 나는 글만 쓸래!' 라고 생각한다면 전문 작가로 롱런하게 글렀다. 왜냐하면 책 쓰기가 독자와 저자와의 대화이기도 하지만, 출판사와 나와의 대화이기도 하기 때문이다. 따라서 역지사지의 마음으로 출판업계가 어떻게 움직이는지 항상 바라보고 있어야 한다.

출판업계와 관련하여 한마디 하자면 '책을 자주 사서 읽으라'고 권하고 싶다. 출판업계가 힘들다고 하지만 정작 책과 관련된 일을 하는 사람들도 책을 사지 않는다. 모름지기 작가가 되겠다고 결심했으면 적어도 한 달에 책 한 권 이상은 사야 하지 않나 싶다. 또한, 본인이 쓰고자 하는 분야를 결정했다면 그 분야의 책은 적어도 반드시 사라고 권하고 싶다. 이래야 출판업계가 피가 돌고 작가인 내가 책을 써도 책이 돈다.

초심자일수록 편집은 일단 편집자에게 전적으로 맡겨놓는 것이 좋다. 아무래도 초보자는 편집에 무지하기 때문이다. 다만 책을 여러 권 낸 작가라면 편집에 대해서도 본인의 의견을 적극 제시할 수 있을 것이다.

책을 만드는 과정에서 출판사가 각 시기별로 어떤 일을 하는지 알아보라. 이걸 잘 알면 책 쓰기에 아주 도움이 된다. 초보 작가들은 원고 보내고 계약만 하면 책이 바로 나오는 줄 아는데 실상은 전혀 그렇지 않다.

출판사가 내 책만 가지고 일하지도 않을뿐더러, 대부분의 출판사가 1년 혹은 2년치의 출간 계획을 미리 가지고 있으므로 계약하고 책 출간까지 1, 2년이 걸리는 경우가 허다하다. '시기서' 라고 하여 그 시기에 나오지 않으면 안 될 책이라도 끼어들면, 우선순위에 밀려 출간 시기가 더 없이 늦어지기 십상이다. 따라서 출판사의 사정을 미리 내다보고 대응해야 서로 간에 발생하는 오해를 사전에 차단할 수 있다.

디자인은 책에서 정말 중요하다. 가끔 어떤 출판사의 책을 보면 매우 성의가 없는 경우가 있다. 이런 책은 디자인 탓에 책을 망하게 하는 책이다. 사람도 발표장에 나갈 때 옷을 말끔하게 입고 나가는 것이 전달력이 훨씬 좋다. 외모도 무기인 시대다. 따라서 책 디자인은 매우 중요하다.

서점이나 도서관에 가보라. 온갖 디자인의 책이 있다. 거기서 본인의 취향이나 스타일에 맞는 책 디자인을 골라보라. 그게 본인의 책 디자인의 기준점이 된다.

나도 첫 책을 출판할 때 도서관에서 가장 선호하는 형식의 디자인을 표지 사진을 찍어서 출판사에 전달했다. 그리고 이런 형태의 디자인을 해달라고 했다.

출판사와 계약된 디자이너는 책 제목과 개략적인 개요를 보고 디자인을 짠다. 여기에 출판사 에디터의 주문이 있을 경우 이를 반영한다.

두 번째 책은 계약 협상 당시 출판사에게 선결 조건으로 디자인을 내걸었다.

다른 조건은 출판사를 따르겠으나 책 표지 디자인만은 내가 추천을 하겠습니다.

그리고 실제로 그 형식으로 출간이 되었다.

나는 개인적으로 사진이 들어가거나 좀 복잡한 디자인을 싫어한다. 오히려 제목 글씨는 좀 굵고 크게 하고 나머지는 여백의 미를 살리는 것이 좋다고 생각한다.

사실 디자인이란 것이 개인별로 선호도가 제각각이라 정형화된 정답이 있지는 않다. 하지만 출판사 마다 디자인 특징이 있다. 따라서 출판사와 협의하여 잘 결정해야 한다.

12
인쇄 제본 출판
및 유통

원고가 디자인, 조판 등이 완료되면 인쇄소로 넘겨진다. 인쇄소에서는 보통 2~3일 뒤에 인쇄가 완료된다. 인쇄 후 말리는 시간이 필요해서 제본까지 시간이 좀 걸린다. 이 시간에 출판사 에디터는 원고가 제대로 인쇄되고 있는지? 인쇄소를 방문하여 '검수'를 하기도 한다.

6일 후 드디어 책이 인쇄가 되어 나왔다. 따끈따끈하다. 책이 인쇄되어 나오면 컴퓨터로만 보던 느낌과는 사뭇 다르다. 매우 감격스럽다. 이때의 흥분은 평생 한 번만 느낄 수 있다. 첫 책이니까! 마치 신인상은 일생에 한 번밖에 탈 수 없는 것과 비슷하다!.

책은 일반적으로 초판으로 1,000~2,000부를 인쇄한다과거에는 2,000~3,000부 인쇄했으나 출판업계의 불황으로 초판 인쇄부수도 많이 줄었다!. 여기서 계약에 따라 다르기는 하겠지만 저자 몫으로 10부를 제공한다. 저자에게 홍보용이나 지인 제공용으로 제공하는 몫이다. 더 필요하면 출판사에서 정가에서 30~40% 정도 할인된 가격에 구입할 수 있다. 보통 계약서에 이런 내용이 명시된다. 이렇게 구입한 책은 인세보통 책 판매가격의 10% 이하에 포함되지 않는다.

최근에는 전자출판과 PODPublish on Demand 출판으로 인해 종이책으로 인쇄하지 않는 경우도 많다. 전자출판은 애시 당초 전자출판만 목적으로 하는 경우와 전자출판부터 일단 하고 종이책 출판은 전자출판의 반응을 보고 순차적으로 하는 경우로 나누어진다. '무엇이 좋다' 라고 하기 보다는 전자책이 앞으로 대세가 될 것으로 보이므로 전자책도 편견을 가지고 볼 필요가 없다.

요즘 전철을 타보면 책 읽는 사람이 거의 없다. 설사 읽는다고 해도 전자책으로 사서 읽는 비중이 꾸준히 늘고 있다. 간편하고 싸기 때문이다. 전자책만 출간한다고 해서 너무 좌절하거나 꺼려할 필요도 없다. 앞으로 전자책 선 출간종이책은 나중에~!이 대세가 될 수도 있다.

책을 처음 출간하는 초보 작가는 아무래도 종이책 출판을 원한다. 보통 책을 냈다고 하면 손에 쥐는 맛이 있어야 하기 때문이다. 손에 쥐어지지 않으면 아무래도 저자로서 가치가 떨어진다고 생각하는 것 같다. 마치 아이들에게 장난감 사주는 것과 똑같다. 직접 가서 고르게 하고 손에 쥐어줘야 만족감이 높아진다(인터넷으로 사는 것보다 비싸다!. 앞으로 전자책 시장이 어떻게 변모할지 매우 궁금하고 기대가 된다.

POD 출판은 일단 전자책만 출간해놓고 종이책 주문이 들어오면 그때마다 인쇄를 해서 배송하는 시스템이다. 나는 이 방식도 상당히 괜찮은 방식이라고 생각한다. 하지만 최근 초판 인쇄부수가 상당이 줄어들어 어떻게 하던지 별 차이는 없다.

무라카미 하루키와 같은 유명한 작가는 책이 인쇄되기도 전에 초판뿐만 아니라 여러 판이 한꺼번에 팔려 나간다. 초판 인쇄부수도 상당히 많다. 이런 유명한 작가가 아니라면 초판 부수는 지극히 제한적이다.

출판사가 보기에 아주 유명한 사람이거나 책의 초고가 매우 좋아 히트가 예상되면 초판을 1만 부 이상 인쇄하는 경우도 가끔 있다. 이러한 상황은 출판사에서 마케팅을 전국구로 제대로 하겠다는 의지 표현이라고 보면 된다. 따라서 흥행에 성공할 확률이 매우 높아진다.

13

도서홍보 및
마케팅

　　작가가 중소형 출판사보다 대형 출판사를 선호하는 이유가 무엇일까? 다른 이유도 있겠지만 가장 큰 이유는 '홍보' 혹은 '마케팅' 능력이라고 생각한다. 더 정확히 말하면 홍보 및 마케팅 능력 기대치다. 즉 '내 책을 제대로 팔아줄 거야' 하는 모종의 기대감이다. 그도 그럴 것이 당장 보아온 베스트셀러 출판사가 아무래도 대형 출판사가 더 많기 때문이리라. 일종의 기시감이 작동한다고 할까?

　취업시장에서 중소기업보다 대기업을 선호하는 현상처럼, 출판사가 크면 뭐든지 잘하고 나를 잘 챙겨주리라는 기대감도 한몫 하는 듯하다. 대형 출판사는 조직도 꽤나 체계적이고, 투입할 수 있는 인원도 많아 '내 책을 정성껏 만들어줄 것!' 이라는 믿음까지 작용한다. 특히 중소형 출판사에서는 편집자가 홍보나 마케팅까지 담당하지만 대형 출판사에는 홍보 및 마케팅팀이 별도로 있다는 점도 이러한 믿음에 한 몫 더 하는 듯하다.

대형 출판사가 중소형 출판사에 비해 다양한 루트를 통해 책을 홍보하는 법을 잘 알고 있다는 점은 부인할 수 없는 사실이기는 하나, 이 점이 대형 출판사가 베스트셀러를 많이 배출하는 이유라고 보기에는 다소 무리가 있다.

아무래도 중소형 출판사는 대형 출판사에 비해 홍보 및 마케팅 능력이 떨어질 수밖에 없지만, 대형 출판사에서 베스트셀러를 많이 출간하는 건 발행 수량에서부터 나오는 차이가 아닐까? 한 달에 한 권 내는 출판사와 60권 내는 출판사 중 어느 곳이 베스트셀러 책을 출간할 확률이 높을까? 물어보나 마나한 일이다.

또한, 대형 출판사는 출간 수량이 워낙 많아 모든 책을 밀지 않는다. 그 중에서 팔릴 만한 책을 선별해 민다. 나머지 간택(?)받지 못한 책은 오히려 중소 출판사에 비해 마케팅이나 홍보에서 더 열악한 상황에 처한다. 한마디로 버림받은 자식이다.

우리도 인식의 전환을 할 필요가 있다. 중소 출판사 책도 충분히 마케팅이나 홍보를 잘할 수 있으며, 책 만드는 질이나 다른 제반여건도 대형 출판사 못지않은 곳이 많다. 내가 경험한 바로는

'출판사 대표' 의 열정이 가장 중요하다고 본다. 따라서 투고 후 복수의 출판사로부터 '출간 제안' 을 받는다면, 반드시 출판사 대표와의 미팅을 잡고 출판에 대한 적극적 의지를 확인하고 결정하는 게 옳다.

　최근에는 도서 출간부터 홍보나 마케팅을 하지 않는다. 책을 일단 출시해놓고 시장의 반응을 본다. 책이 워낙 나가지 않고 모든 책에 '마케팅 및 홍보' 비용을 투입할 수도 없으므로, 출판사도 어쩔 수 없는 고육지책이다. 시장 반응이 싸늘하다면 그 책은 초판도 못 팔고 역사의 뒤안길로 사라질 운명에 처한다출간된 책의 90%는 이 운명이다! 아 가혹한 출판업계여!. 하지만 반응이 좋은 책은 출판사에서 '집중적인 홍보 및 마케팅' 을 실시한다. 마치 불에 기름을 붓는 격이다. 이렇게 베스트셀러가 탄생한다.

　물론 출판사가 책을 출간하기로 결심했다면 이 책이 어느 분야의 독자가 어느 정도 구입을 할 것인지에 대한 판단이 있을 것이다. 따라서 책을 제대로 팔기 위한 나름의 전략도 가지고 있다. 하지만 출판사의 마케팅은 정해진 루트대로의 한계가 있다. 따라서 저자가 최고의 마케터가 되어야 한다. 본인이 가입하고 활동 중인 SNS나 카페, 블로그, 밴드 등에 적극적으로 홍보하고, 강연이

나 강의에 적극 참여하고, 책과 관련한 분야의 누리집에 방문해 안내하는 등의 적극성이 필요하다. 책을 출간한 후 손을 놓고 있는 건 마치 자식을 낳고 자식에 대한 투자를 전혀 하지 않는 것과 마찬가지다. 알아서 잘 커준다면 다행이겠지만 세상이 그리 돌아가던가? 다시 강조하지만 최고의 마케터이자 홍보자는 결국 '작가 자신!' 임을 절대로 잊지 말도록 하자.

특히 앞에서도 강조한 바와 같이 책 제목과 표지 디자인이 뛰어나야 홍보도 잘 되고 마케팅도 잘 된다. 홍보 및 마케팅에서 가장 방해되는 요소가 '평범함' 이다. 평범함을 거부하고 눈에 확 띠는 제목과 디자인으로 승부하는 것이 무엇보다 중요하다. 제목과 디자인이 탁월하지 않으면 홍보와 마케팅을 아무리 열심히 한다 해도 밑 빠진 독에 물 붓기다.

제목과 표지는 저자가 의견을 낼 수 있겠지만 출판사의 목소리가 클 수밖에 없는 영역이다. 여기서 판단 기준을 제시하자면 이렇다. 내 의견도 옳고 출판사 의견도 괜찮다고 생각되면 출판사 의견을 따라야 하지만, 출판사 의견이 전혀 아니다 싶을 때는 작가로서 의견을 적극적으로 개진하라. 출판사도 100% 정확할 수 없으며, 때로는 그런 작가의 무모함을 출판사가 마지못해 받아들였을 때 뜻밖의 일이 발생하기도 한다.

책 쓰기는 내공을 차곡차곡 쌓을 때
안으로부터 터져나오는 것이다.

- 이해사

5부

책 쓰기 비법 15가지 단계

- 실제 책을 쓰기 위한 15가지 노하우 -

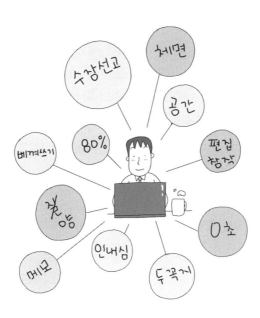

01
일단 작가라는
자기체면을 걸자

작가의 위대함은 사물과 현상을 바라보는
작가만의 독특한 관조력과 통찰력에 있다

작가가 되기 위해서는 우선 '나는 작가'라는 자기 최면이 필요하다. 마치 내가 작가인 양 착각에 빠져야 한다. 아직 책을 한 권도 출간하지 않았어도 그냥 작가라고 생각하자작가라면 마치 기자처럼 철면피 정신이 필요하다!. 왜냐? 어차피 책을 앞으로 수없이 출간할 것이 아닌가? 그러니 스스로를 작가라고 해도 별 무리가 없다.

나도 직장생활 초년병 시절 거래처 사장님으로부터 "대리님"이란 호칭을 들었다. 그래서 "저는 대리가 아니라 아직 사원입니다.”라고 이야기했더니 그 사장님 답변이 아주 걸작이다. “어차피 대리되실 거잖아요. 미리 좀 부르면 어떻습니까?”라고 천연덕스럽게 말하는 것이 아닌가. 듣기 좋으라고 한 소리였지만 기분이 나쁘지 않았다.

첫 책을 계약했을 때도 이와 비슷한 상황이었다.

“작가님! 원고 최종본을 되는 대로 보내주세요!”

하는 메일을 받자 이런 생각이 들었다. ‘작가님? 내가 드디어 작가의 세계로 진입을 한 것인가?’ .

작가라는 자기 체면은 작가로 가는 과정에서 매우 중요한 엄숙한 의식과도 같다. 작가라고 스스로 부르기 시작한다면 그 사람은 거의 작가와 다를 바 없다. 쓰는 언어와 하는 행동이 작가를 기준으로 재정립되기 때문이다. 작가가 되는 것은 결국 마음가짐의 문제다. 마음가짐을 작가로서 가지는 순간 모든 언행은 작가처럼 움직이게 되어 있다.

대한민국 30대 대표작가인 이상민 작가는 ‘작가’ 에 대해 이렇게 이야기했다.

나는 '작가' 란 호칭보다는 '저술가' 에 가깝습니다.

작가는 주로 문학을 쓰는 사람을 말하는 것이고 저는 실용서를 주로 쓰기 때문입니다. 하지만 세상 사람들은 책을 쓰면 문학이든 실용서든 할 것 없이 '작가' 라고 불러줍니다.

난 이 말에 전적으로 공감한다. 책을 쓰면 작가다. 책을 쓰고 있는 사람이나 곧 출간할 사람도 '작가' 라고 불러주어야 한다설사 누군가가 불러주지 않는다 하더라도 본인 스스로는 작가라고 생각하자!. 책도 출간되지 않은 상황에서 조금 이른 감은 있지만 최소한 언행은 작가처럼 가져가야 한다. 일단 작가라고 스스로 인정하는 순간 그 사람의 모든 말과 행동, 그리고 태도까지 작가처럼 바뀐다. 세상 모든 일 하나하나가 작가인 나를 중심으로 돌아가는 것 같고, 내 주변에서 벌어지는 수많은 일이 소중한 책 쓰기의 재료로 여겨진다. 참 놀라운 변화다. 생각 하나만 조금 비틀었을 뿐인데 세상에서 나란 존재가 완전히 다른 사람이 된 것 같다. 이게 책 쓰기의 진정한 위력이다.

《쓰기의 감각》의 저자 앤 라모트는 '작가' 마인드를 가지면 어떻게 사람이 바뀌는지 다음과 같이 기가 막히게 설명한다.

글을 쓰기로 마음먹고 나서부터 일어나는 현상 중 한 가지는 자기도 모르게 작가처럼 생각하기 시작한다는 점이다.

눈에 보이는 모든 것이 글의 소재로 보이기 시작한다. 자리에 앉거나 산책을 나가도, 당신의 생각은 당신이 쓰고 있는 글의 일부분에 머물 것이고, 작은 장면 하나를 위해 떠올린 아이디어나 당신이 창조한 캐릭터의 초상에 도달할 것이다.

_ 앤 라모트, 《쓰기의 감각》

참 절묘한 말 아닌가? 내가 경험했던 것과 똑같은 이야기를 해서 무척이나 놀랐다. 일단 스스로에게 작가라는 최면을 걸어보자. 놀라운 일이 벌어진다. 우선 말과 행동이 조심스러워진다. 남과 다투고 싸울 일이 벌어져도 대범하게 웃으며 넘길 수 있다. 작가는 관조적 삶의 자세를 가지고 선이 굵게 생각하고 행동하기 때문이다. 따라서 여러분이 작가로서의 삶을 살겠다고 결심한다면 여러분 인생에서 획기적인 전환기를 맞았다고 보면 된다.

작가가 되려면 반드시 필요한 준비물이 있다. 작가로서 필요한 물건을 아낌없이 구입하자. 책을 쓸 노트북과 노트북 받침대이게 눈높이를 맞추는 데 제격이다!, 멀티탭을 사서 가방 안에 넣고 항상 가지고 다니자. 불쑥 떠오르는 아이디어를 메모할 수첩과 펜도 구입하고 작가로서 필요한 각종 책 구입에도 돈을 아끼지 말자. 작가로 필요한 물품은 아낄 필요가 없다. 이런 기본적인 것을 아끼는 건 마치 제조회사에서 재료를 사지 말자는 것과 똑같다. 작가는 책 쓰기에 관해서는 돈을 아끼면 안 된다. 그게 작가와 일반인의 차이다. 그리고 자투리 시간에 글을 쓸 수 있도록 스마트폰용 블루투스 키보드도 준비하자. 이러면 언제 어디서든 글을 쓸 수 있다. 모름지기 작가라면 어떤 상황에서도 글을 쓸 준비가 돼있어야 한다.

작가의 위대함은 사물과 현상을 바라보는 그들만의 독특한 관조력과 통찰력이다. 작가가 보는 시각은 확실히 일반인의 그것과는 다르다. 오랜 시간 연습을 통해 생각하는 뇌가 단련되어 있어 일반인은 도저히 따라갈 수 없는 내공의 깊이가 있다. 작가가 되어야 하는 이유는 수없이 많지만 이런 사유력과 통찰력이야말로 작가가 가지는 가장 큰 힘이다. 다리 저편에서 보는 시각과 막상 배를 타고여기서 배는 책 쓰기를 의미! 강을 건너와서 보는 시각은 전혀 다를 수밖에 없다. 그게 작가의 길이다! 우리가 하루 빨리 작가가 되어야 하는 이유가 여기에 있다.

02

수장선고水長船高
내공이 쌓이면 유리하다

그래도 읽어야 한다. 읽지 않고 쓴다는 것은 상상할 수 없다. 작가가 되겠다고 결심하면 많이 읽어야 한다. 송나라 당대 문인 구양수의 말처럼, 많이 읽고 많이 쓰고 많이 생각하는 사람이 제대로 쓸 수 있다. 글쓰기는 삼다三多를 통해 응축된 에너지를 외부로 표출하는 성스럽고 멋진 행위다. 따라서 삼다를 실천하면 에너지가 차고 넘치게 되어 있다. 끓어오르는 에너지를 주체할 수 없어진다. 그때 책 쓰기를 시작하면 된다.

우리 옛말 중에 '수장선고水長船高'란 말이 있다. '물이 많으면 배가 올라간다'는 의미다. 난 이 말을 무척 좋아한다. 사람도 내공이 쌓이면 저절로 그 사람의 수준이 올라가게 되어 있다. 역량을 쌓고 자질을 훌륭하게 갖춘다면 그 사람은 누가 뭐라고 해도 빛이 날 수밖에 없다.

얼마 전 텔레비전에서 삼성전자 부회장인 이재용 회장이 한 말이 무척이나 인상 깊었다. 문재인 대통령이 '요즘 반도체경기가 안좋다는데 어떠냐' 하고 물으니 이재용 부회장의 대답이 걸작이다.

이제 진짜 실력이 나오는 거죠.

얼마나 멋진 말인가? 실력은 위기일 때 나온다. 평온할 때는 실력을 발휘할 기회가 없다. '난세에 영웅이 나온다' 는 말도 있지 않은가? 결국 실력이 없으면 결코 전문가가 될 수 없다. 어느 정도 실력이 뒷받침되어야 프로로 인정받을 수 있다.

책 쓰기도 마찬가지다. 책 쓰기를 제대로 하려면 밑바탕이 있어야 한다. 읽지 않고 생각하지 않는 사람이 무엇으로 책을 쓸 것인가? 읽고 생각하다보면 '씀' 에 대한 욕구가 생긴다. 쓰지 말라고 해도 자연스럽게 생기는 현상이다. 이때 쓰면 된다.

주변에 사람들이 특출한 자질을 보이거나 하면 나는 항상 이런 말을 한다.

'책을 써보세요~!'

그러면 대부분의 사람들은 황당한 표정을 짓는다.

내가 어떻게 책을 써?

역시나 원망스러운 눈빛으로 나를 쳐다본다. 본인이 책을 쓸 역량이 없다고 스스로를 평가절하 해버린다. 나는 이것이 우리 교육의 고질적인 문제라고 생각한다. 우리 교육은 간단히 말해 지식은 가르쳐준다. 하지만 지식을 획득하는 방법은 가르쳐주지 않는다. 중학교와 고등학교뿐 아니라 대학도 마찬가지다. 학문의 방법을 가르쳐주지는 않고 학문적 성과철저하게 내용적으로!를 전달하는 데만 열심이다.

책 쓰기도 마찬가지다. 책은 주구장창 읽으라고 하면서 책을 왜 읽는지, 글쓰기는 왜 해야 하는지 전혀 가르치지 않는다. 우리 교육에서 시급히 개선해야 할 사항이다. 우리나라도 하루 빨리 제대로 된 글쓰기를 가르쳐야 한다. 책 읽고 독후감을 쓰는 수준이 아니라 자기 생각을 글로 표현할 수 있는 능력을 갖추도록 우리 아이들을 가르쳐야 한다.

글을 쓰는 자만이 자기주장을 할 수 있으며 자기 목소리를 온전히 낼 수 있다. 아무 글이나 상관없다. 일단 쓰기 시작하라! 글은 쓰면 쓸수록 늘게 되어 있다. 왜 쓰기를 주저하는가? 쓰기에 무슨 특출한 재능이 필요할까? 절대 아니다. 가령 매일 신문 사설 한 편씩 분석하고 외워 쓰는 연습을 해보라. 이 연습을 6개월만 하면 글쓰기 실력은 일취월장한다.

작가가 되려면 남의 쓴 글도 읽어야 하고 남의 의견도 경청할 줄 알아야 한다. 그래야 자기 생각을 가질 수 있다. 남과 나의 공통점과 다름을 인정하고 '왜 그럴까?' 하는 생각을 항상 해야 한다. 남이 적은 글을 보면서 평가도 하고 베끼기도 하고 모방도 하면서 글쓰기는 성장한다.

가끔 컴퓨터나 스마트폰을 사용하는 사람들이 내가 모르는 특수한 기능을 사용하는 경우를 많이 보았다. 나는 그런 것을 보면 신기해서 어떻게 하느냐고 물어본다. 매일 쓰던 것만 쓰니 새로운 기능이 있어도 알 도리가 없다. 남이 사용하는 것을 보고 '아, 저런 기능도 있구나' 하는 것을 느낀다. 책 쓰기도 마찬가지다. 내 것만 가지면 발전이 없다. 다른 사람이 뭘 쓰는지를 보고 느껴야 한다. 그리고 좋은 것은 받아들여야 한다. 그래서 독서가 중요하다. 독서를 통해 생각하고 판단하는 능력을 키울 수 있다.

책을 좋아하는 사람들 중에는 유독 편식하는 사람들이 있다. 가령 소설만 주야장창 읽는 사람이 있는가 하면, 자기계발서만 읽는 사람도 있다. 작가가 되기 위해서는 이렇게 편중된 독서법은 바람직하지 않다. 오히려 다양한 분야의 책을 골고루 섭취해야 한다. 그래야 폭넓은 시야를 가지고 책 쓰기를 할 수 있다. 《독일인의 사랑》의 저자 막스 뮐러가 왜 '하나만 아는 자는 아무것도 알지 못하는 자' 라고 말했는지 곰곰이 생각해봐야 한다.

책 쓰기를 하다보면 느끼는 것이 '인용' 에 관한 문제다. 인용을 잘하려면 결국 다른 사람의 글이나 책을 읽어야 한다. 대부분의 인용은 글이나 책에서 나오기 때문이다. 하지만 너무 걱정하지 않아도 된다. 책 쓰기를 위해서는 우리가 생각하는 책의 10배, 아니 100배를 읽어야 하니까. 그것도 아주 철저히 분석적이고 다분히 능동적으로!

수장선고!

이 말을 명심하고 내공을 쌓아 프로가 되자. 항상 프로라는 생각을 가지고 사물을 바라보자. 다른 시야가 열릴 것이다.

03
작가의
공간

작가가 되기로 결심했다면 누구나 생각하는 두가지가 있다. 나도 이 두 가지를 놓고 참 고민을 많이 했다. 작가라면 필연적으로 항상 고민인 부분이기도 하다.

1. 글은 어디서 써야 할까? 글쓰기 장소의 문제
2. 언제 써야 할까? 글쓰기 시간의 문제

나는 내 글 쓰는 별도의 공간이 있다. 집에서는 내 방이고, 회사는 사무실이다근무시간에는 쓰지 않는다! 당연히!. 사실 글쓰기 장소는 글쓰기 시간과도 밀접한 연계가 되어 있다. 전업 작가가 아닌 이상 일정 시간대에 어느 장소에 있는가가 대략 정해져 있다. 가령 내가 회사원이라고 가정해보자. 새벽이나 밤에 글을 쓴다면 당연히 장소는 집이나 집 근처가 될 것이다. 낮에 쓴다고 하면 회사가 될 것이다. 글쓰기 공간에 대해 설왕설래가 많다. 물론 유명한 작가가 된다면 자기만의 글쓰기 공간을 별도로 확보할 수 있다. 돈이 많은 사람이라면 역시 가능할 것이다. 하지만 나는 그런 팔자 좋은(?) 사람 이야기하는 것이 아니다. 악조건에서도 책을 써야 하는 우리 보통 직장인을 위한 책 쓰기를 이야기하고 있다.

내가 처음 뽀모도로 책 쓰기를 주장하게 된 것도 바로 〈세바시세상을 바꾸는 시간 15분〉를 보고 난 후이다. 나는 인간이 집중할 수 있는 최대의 시간이 30분 안쪽이라고 본다. 물론 컨디션 좋은 날은 더 집중할 수도 있겠지만 매일 책 쓰기를 한다고 가정해보면 평균적으로 30분이 가장 좋다. 뽀모도로 책 쓰기의 요체는 장소를 불문한다. 어디서든 차 한 잔 마실 시간이면 충분하다. 하루에 두 꼭지만 쓰면 된다. 한 달이면 책 한 권을 완성할 수 있는 충분한 시간이다.

나는 책 쓰기 장소를 딱히 가리지 않지만 주로 회사에서 저녁때 글을 쓰는 편이다. 회사 컴퓨터는 모니터가 3개가 있어서 작업하기 편하다. 모니터를 3개 쓰면 정말 편하다. 가운데 모니터에는 글을 쓰는 창이고 왼쪽에 세로로 놓은 모니터는 목차를 띄워 놓았다. 목차를 보며 꼭지의 세부 내용을 작성한다. 오른쪽 모니터는 자료를 찾을 때 쓴다. 가끔 헷갈리는 맞춤법도 찾아본다. 이런 이유로 나는 회사에서 쓰는 것을 좋아한다.

하지만 가끔 회사에서 책 쓰기를 하다보면 지칠 때가 있다. 아무리 앉아 있어도 전혀 집중이 안 된다. 그럴 때는 회사를 나와서 커피숍에 간다. 커피숍에서 노트북나는 글쓰기 전용 노트북을 2대 가지고 있다!을 켜고 작업을 한다. 아메리카노 한 잔의 여유와 글쓰기는 환상궁합이다. 그래서 나는 직업병이 생겼다. 커피숍을 가면 항상 영업시간이 몇 시까지인지, 책 쓰기 좋은 공간인지 확인하는 버릇이 바로 그것이다.

책 쓰기 좋은 커피숍의 조건은 일단 탁자가 편해야 하고소파는 좀 힘들다 높이도 맞아야 한다. 거기에 전기콘센트최소 2구가 있어야 한다. 그래야 노트북, 스마트폰을 동시에 연결할 수 있다. 이게 안 되면 멀티탭을 가지고 다니면 된다!가 있어야 한다. 노트북 전원을 유지하기 위해 반드시 필요하다. 와이파이가 되면 금상첨화다. 그리고 사람이 없으면 더욱 좋다. 그렇다고 너무 고요한 것은 싫다. 고요하면 오히려 도서관에 온 것 같아 집중이 더 안 된다. 다소간의 소음은 화이트 노이즈백색 소음와 같이 글쓰기에도 무척이나 도움이 된다.

《작가의 공간》을 쓴 에릭 메이젤도 가끔은 카페로 가라고 말한다. 장소를 바꿈으로 얻는 효과가 분명히 있기 때문이다.《유대인의 생각하는 힘》을 쓴 이상민 작가도 카페에서 쓴 책이 많다고 한다. 집도 좋고 회사도 좋다. 카페도 좋다. 도서관도 좋다. 아무대면 어떠랴? 어디든 내가 있고 노트북만 있으면 뭐든지 할 수 있는 세상이다. 하얀 캔버스 위에서 명화가 탄생하듯 내가 켜놓은 노트북 모니터에서 찬란한 역사가 시작될 수 있다.

이제 더 본질적인 문제를 이야기해보자. 과거에 컴퓨터가 보급되기 전에는 글쓰기를 할 때 원고지나 종이에 작업을 했다. 하지만 최근에는 컴퓨터나 노트북이 보급되면서 컴퓨터를 이용하는 작가가 대부분이다.

컴퓨터는 손글씨에 비해 무슨 장점이 있을까?

내가 좋아하는 방송작가인 정하연 작가는 아직도 원고지1,000자에 작업을 한다. 손으로 작업한 원고는 조수가 일일이 컴퓨터에 입력한다. 손으로 원고를 쓰는 사람들은 손글씨의 맛이 아주 뛰어나다고 한다. 종이와 펜 사이에 벌어지는 그 특유의 마찰력이 글쓰기의 매력에 흠뻑 빠지게 한다는 것이다. 그래서 컴퓨터로 쓰기가 힘들다고 한다. 또한 좀 연배가 있으신 분들은 손글씨로 작업하시는 분들이 많다. 《칼의 노래》,《남한산성》을 쓴 김훈 작가도 아직도 손글씨로 작업을 한다.

나는 손글씨와 컴퓨터혹은 노트북 어느 것이 더 좋다고 일도양단 一刀兩斷식의 판단을 하지는 않겠다. 다만 컴퓨터가 수정이 편리하다는 것은 누구나 인정한다. 글쓰기를 할 때 한 번에 완성된 원고를 쓰는 사람도 있고 적당히 써놓고 무수히 많은 퇴고를 하는 사람이 있다. 전자라면 손글씨로 작업을 하는 것도 상관이 없겠으나어차피 투고를 위해 컴퓨터로 옮겨야 한다 퇴고수정를 많이 하는 작가라면 아무래도 컴퓨터로 작업하는 것이 수월하다.

컴퓨터 타자에 익숙한 사람이라면 손글씨보다 확실히 타자가 빠르다. 나도 나름(?) 신세대에 속하는 축이라 원고 작업을 할 때 컴퓨터로 한다. 유명한 작가가 아니라면 원고 투고 시 파일로 해야 하기 때문에 어차피 손으로 원고를 쓰더라도 컴퓨터 작업은 해야 한다물론 손으로 쓰고 컴퓨터로 옮기면서 검토하는 것도 좋은 방식이다!. 하지만 손글씨도 무시하지 못하는 매력이 있다. 마치 산모가 아이를 출산하듯이 한 자 한 자 땀 흘려 쓰는 손 글씨의 쾌감이 있기 때문이다. 따라서 '손글씨로 쓰는 것이 과연 시대에 뒤처진 책 쓰기의 방법인가?' 하는 생각도 든다.

《여자의 모든 인생은 20대에 결정된다》는 베스트셀러를 쓴 남인숙 작가는 노트북을 이용해 집에서 주로 책을 쓴다. 예전에 SNS에 남 작가가 책을 쓰는 모습을 공개한 적이 있다. 남 작가는 노트북을 전용 거치대에 올려놓고 키보드를 연결하여 작업을 한다. 거치대가 있으면 눈높이를 맞출 수 있고 별도의 키보드를 사용하면 아무래도 노트북 자체 키보드보다 편하기 때문이다. 나도 이것을 보고 똑같이 노트북 거치대와 키보드를 별도로 마련하여 집에서는 남인숙 작가와 똑같은 방식으로 글을 쓴다. 매우 편하고 좋다. 간혹 책 쓰기가 어려운 곳이라면 어쩔 수 없이 손글씨를 쓰거나 아니면 스마트폰 어플로 작업을 한다. 여기서는 글쓰기 속도를 높이기 위해 블루투스 키보드를 사용한다. 블루투스 키보드는 최근에 장만했다. 3단으로 접히는 키보드로 펼치면 노트북 키보드 크기 정도는 되고 접으면 손 한 뼘 정도의 크기라 평소에 가지고 다니기도 좋다.

무엇이 좋은지는 본인이 편한 대로 하면 된다. 나는 쓰는 것보다 두드리는 것이 편하다. 그래서 차에 항상 노트북, 키보드 등 글쓰기 공구(?)를 싣고 다닌다. 그래서 언제 어디서든 시간이 나면 바로 책 쓰기 모드에 돌입할 준비가 되어 있다원고 작업은 노트북이나 컴퓨터로 하지만 아이디어 메모는 대부분 수첩에 손글씨로 한다! 수첩이 없으면 스마트폰 어플 사용!.

04
책 한 권 쓰는 데
시간이 얼마나 걸릴까?

하나씩 하나씩, 차근차근 처리하면 된다.

- 이해사 -

　　　책 한권을 쓰려면 얼마만큼의 시간이 걸릴까? 이것
은 정답이 없다. 하루 만에 쓰는 사람도 있고 3년 걸려도 못 쓰는
사람도 허다하다. 하지만 대략적으로 보아 하루 종일 글을 쓸 수
있다면 며칠이면 충분하다. 내 생각엔 대목차가 보통 4~8개이므
로 4일에서 8일 정도면 가능할 것 같다. 하루에 대목차 하나씩 쓰
는 거다. 좀 빠른 사람은 하루나 이틀 만에도 쓸 수 있을 것이다.
하지만 이런 비정상적인 경우를 예로 들지 말자. 정상적인 사람
의 수준에서 바라보자.

나도 지금 매일같이 하루에 2꼭지 즉, 6~8페이지를 꾸준히 쓰고 있다. 적어도 초고를 쓸 때는 이 기준을 지킨다. 내 기준으로 보면 얼마면 책 한 권이 완성될까? 매일 6페이지씩 30일을 쓰면 180페이지가 된다. 책 한 권으로 충분한 분량이다. 180페이지 분량이면 초고로 충분하다.

나중에 퇴고 작업을 거치다 보면 180페이지는 분명히 200페이지를 넘어가게 되어 있다. 이런저런 내용이 추가되기 때문이다. 그러면 한 달에 책 한 권을 쓸 수 있다는 결론에 이르게 된다이것은 철저하게 초고 기준이다!.

《쓰기의 감각》에서 앤 라모트는 매일 조금씩 쓰는 것에 대해 다음과 같이 이야기한다.

E.L. 닥터로는 이렇게 말했다.

"소설 쓰기는 한밤중에 운전하는 것과 비슷하다. 당신은 오로지 헤드라이트가 비추는 만큼만 볼 수 있지만, 그런 방법으로 여행지까지 다다를 수 있다."

당신이 어디로 가고 있는지 알 필요 없다. 목적지나 도중에 지나치게 될 모든 광경을 다 볼 필요도 없다. 당신은 눈앞에 펼쳐진 오직 60센티미터에서 90센티미터의 광경만 보아야 한다. 이것은 글쓰기나 인생에 관해 내가 지금까지 들어 본 최고의 조언임에 틀림없다.

_ 앤 라모트, 《쓰기의 감각》

한 달에 책 한 권의 초고를 쓴다면 12달이면 책 12권의 초고를 완성할 수 있다. 물론 이런 계산으로 12권의 책을 매년 출간하는 것은 쉽지 않다(물론 이런 분도 있다!. 수정 작업과 출판사 투고, 계약을 한다고 하더라도 출판사 출간 일정을 맞추고 각종 걸림돌을 제거하다보면 책 한 권 내는 데 시간이 꽤 오래 걸린다. 하지만 여기서 그런 것은 따지지 말자. 나는 순전히 '책 한 권의 초고를 쓰기 위한 오롯한 시간'을 말하는 거다.

내가 주장하는 '뽀모도로 책 쓰기'는 하루에 2꼭지, 즉 6페이지를 써야 한다. 이러한 뽀모도로 책 쓰기는 직장을 다니면서, 학교를 다니면서도 충분히 가능하다. 따라서 작가가 되기로 결심했다면 '매일 6페이지씩 쓰는 것'을 '하루도 빼먹지 말고 무조건 달성해야 하는 명제'라고 생각하자. 200페이지를 막상 쓰려고 하면 엄두가 나지를 않는다. 하지만 하루에 6페이지를 쓰는 것은 어렵지 않다(물론 여기서 6페이지는 책 판형 형태로 6페이지다. A4에 빽빽하게 6페이지나 원고지 6페이지를 의미하는 것이 아니다. 너무 멀리 볼 필요가 없다. 그저 하루에 6페이지면 족하다.

나처럼 글을 빨리 쓰는 사람은 25분에 3~4페이지는 충분히 가능하다. 대신 이렇게 쓰려면 생각을 줄이고 본능적으로 이야기를 풀어나가야 한다. 한 번 이야기를 시작하면 다음 이야기가 실타래처럼 줄줄 흘러나온다. 생각해서 쓰는 게 아니라 쓰니까 생각이 나는 상황이다. 이때 도중에 멈추지 않고 머리가 움직이는 것을 손으로만 자연스럽게 전달만 하면 성공이다. 그러면 25분에 3페이지 쓰기가 가능하다.

하지만 처음 쓰는 분들은 나처럼 익숙해지지 않아서 25분 안에 쓰기 쉽지 않을 수도 있다. 이럴 경우 25분을 조금 초과해도 상관없다. 하다보면 속도가 붙는다. 그리고 궁극에는 속도를 붙여 3페이지를 25분에 쓰게 된다. 쓰다보면 알겠지만 25분이란 시간이 금방 지나간다. 25분은 정말 바람과 같은 시간이다.

《김병완의 책 쓰기 혁명》의 김병완 작가는 책을 한 달 만에 쓸 수 있다고 하면서 대목차 하나를 이것을 설명하는 데 할애한다. 저자는 '원고를 나누면 원고가 탄생한다' 고 표현한다. 이 말이 내가 하고자 하는 말이다. 김병완 작가의 말을 들어보자.

그러므로 내가 선택한 방법은 원고지 1,000매를 30등분 하는 것이다.

원고를 쪼개어 하루에 33매만 쓰면 한 달이면 한 권의 책이 탄생한다.

_ 김병완, 《김병완의 책 쓰기 혁명》

사실 이 말은 아주 당연한 말이다. 계산기를 굳이 두들겨보지 않더라도 산술적으로 쉽게 알 수 있다. 하지만 사람들은 이런 단순한 원리를 쉽게 이해하지 못하는 것 같다. 전체를 볼 필요가 없다. 그냥 하루하루 목표에 충실하면 된다.

김병완 작가는 이런 방식으로 1년 10개월 동안 40권의 책을 출간했다. 그야말로 책 쓰기의 신의 경지에 오른 것이다. 우리도 노력해서 이분처럼 되지 말라는 법이 없다!

일본의 전설적인 작가 나카타니 아키히로는 900권의 책을 출간했다. 그는 죽기 전까지 3,000권의 책을 출간할 계획이라고 한다. 그가 책을 많이 쓰게 된 결정적 이유가 '질보다는 양'이라고 한다. 양을 늘리면 그 안에 질 좋은 것이 있기 마련이다. 질을 노리면 양도 안 될뿐더러 질까지 나빠진다. 양 속에서 질이 나오기 때문이다.

05

내일 지구가 멸망해도
오늘 쓴다!

글쓰기는 하루도 쉬면 안 된다. 그러면 글쓰기의 감을 잃어버린다. 따라서 매일 써야 한다. 매일 밥을 먹고 양치질을 하는 것처럼 매일 써야 한다. '관성의 법칙' 처럼 한번 탄력을 받으면 탄력대로 나아가지만 탄력이 꺾이면 다시 움직이기 쉽지 않다. 하지만 사회생활을 하다보면 전업 작가가 아닌 이상 하루 이틀 쉬는 경우가 발생하기도 한다. 가령 출장을 가거나 여름 휴가를 가게 되면 글쓰기가 쉽지 않다. 더욱이 다른 사람과 같이 갔을 때는 더욱 그러하다. 그럼에도 불구하고 나는 쓰라고 말하고 싶다!

스티븐 기즈의 《습관의 재발견: 기적 같은 변화를 불러오는 작은 습관의 힘》에서는 매일 하는 습관이 얼마나 사람을 변화시킬 수 있는지 잘 설명하고 있다. 이 책에서 '하루 30분 운동이 쉽지가 않으니 팔굽혀펴기 딱 한 번만 하라!' 는 조언을 들은 작가가 실제 딱 한 번 해보고 나서 이런 결론을 내렸다.

'그것이 내 인생의 새로운 시작이었다!'

팔굽혀펴기 한 번을 하는데 어깨에서 우두둑하는 소리가 났고, 팔꿈치에 윤활유를 칠해야겠다는 느낌이 들어 자세를 취한 김에 몇 번 더 했고 '한 번 더! 한 번 더!' 를 외치며 운동을 하게 되더라는 말이다.

책 쓰기도 마찬가지다. 매일 한 꼭지를 쓸 자신이 없다면 '매일 한 줄' 쓰기에 도전해 보자. 한 줄이 두세 줄이 되고 두세 줄이 한 단락이 되고, 한 단락이 결국 한 꼭지에 이르게 되는 마법을 경험하게 된다.

책 쓰기를 할 시간이 없다는 것은 모두 궁색한 변명이다. 하루 25분씩 두 번, 한 시간 동안 책 쓸 시간을 낼 수도 없이 바쁜가? 그렇다면 마인드를 바꾸자. 아침에 한 시간 먼저 일어나면 된다. 저녁에 한 시간 늦게 자면 된다. 점심 먹고 남는 시간을 이용해도 된다. 30분 늦게 퇴근할 각오로 퇴근 직전에 써도 된다. 책을 쓰기 어려운 상황이 닥칠수록 '오늘 책 쓰기가 잘 되겠는걸?' 하는 마음을 가지자. 인생은 마음먹은 대로 흘러가니까.

    육체적 노동을 하는 분이라면 아침에 조금 일찍 일어나서 작업하기를 권해드린다. 아침 한 시간은 저녁 두 시간 이상의 효과가 있다. 강력한 글쓰기의 시간은 아침이라고 이미 수많은 작가가 입을 모아 말하고 있다. 개인마다 사정이 다 다르기 때문에 특정 시간에 글을 쓰라고 말하기는 쉽지 않다. 한 가지 확실한 것은 책 쓰기를 하려면 최소한 책을 쓰겠다는 열정을 가지고 이에 더해 부지런해야 한다는 사실이다.

    하루에 두 번 25분씩 일정 시간에 책을 쓰기가 생각보다 쉽지 않다. 그럼에도 불구하고 어떻게든 매일 시간을 내서 써야 한다. 책 쓰기도 관성의 법칙처럼 일단 처음 시작하는 것이 힘들 뿐이다. 며칠 하다보면 습관이 되어 자신도 모르게 책 쓰기를 매 끼 식사를 하듯이 하게 되어 있다. 그리고 책 쓰기를 하지 않으면 불안해서 아무것도 할 수 없는 상태가 된다.

    영화 〈어비스Abyss, 심연〉의 대사 중 이런 말이 있다.

그대가 오랫동안 심연을 들여다 볼 때,

심연 역시 그대를 들여다본다.

When you look into the abyss,

The abyss also looks into you

-프레드릭 니체Friedrich Nietzsche -

나는 이 말을 무척이나 좋아한다. 영화를 안 보신 분들은 반드시 보시기 바란다뒤로 갈수록 반전이 있는 영화다!. 이 말을 책 쓰기에 견주어 보면 다음과 같다.

그대가 책을 매일 쓸 때,

책 역시 그대와 함께 쓴다.

When you write a book everyday,

The book also writes with you.

얼마나 멋진 말인가?

영국의 저명한 역사학자 에드워드 카E.H.Carr는 그의 불후의 명저 《역사란 무엇인가》에서 역사를 '과거와 현재와의 끊임없는 대화'라고 했다. 책 쓰기는 책과 나와의 끊임없는 대화다. 내가 매일 책을 쓰면 책도 또한 나를 쓰게 된다. 그렇게 작가로서 거듭나게 된다.

매일 한 시간씩 집중해서 본능적으로 책 쓰기를 하자. 힘들어도 매일 하자. 처음엔 어렵다. 그리고 잘 안 써진다. 하지만 며칠 하다보면 탄력이 붙는다. 관성이 생긴다. 그래서 더 잘 쓸 수 있게 된다. 이렇게 습관을 들이다보면 매일 책을 쓰지 않으면 불안해진다. 그래서 다른 일을 제쳐놓고 일단 책 쓰기를 한 후 다른 일을 하게 될 것이다.

그게 바로 책 쓰기의 힘이자 마법이다!

06
책은
인용이 80%다!

　　　　　나는 책 쓰기 초보 시절, 책 한 권을 출간하기 위해 책 분석을 참 많이 했다. 책 분석이란 과연 무엇일까? 말 그대로 책을 형태적, 내용적으로 분석하는 것이다.

　가령 책을 한 권 딱 들고 다음 세 가지를 먼저 본다.

1. 제목과 저자역서라면 번역자까지!

2. 출판사 명

3. 페이지 수

　이렇게 보면 얼추 견적이 나온다. 어떤 책이며 느낌이 어떠할지 감이 잡힌다. 페이지 수는 두께를 보고 대략 추정을 하는데, 틀릴 때가 많다. 왜냐하면 종이 두께가 제각각이기 때문이다. 어떤 책은 300페이지 정도 되는 것 같아도 막상 보면 200페이지 밖에 안 되는 책도 있다. 두꺼운 종이를 쓰기 때문이다. 따라서 책 페이지가 적은 책은 종이를 재생지 형태의 두꺼운 종이를 쓸 것을 추천한다. 그래야 책 제목을 적을 수 있는 공간이 나온다. 반대로 책이 300페이지 이상으로 두껍다면 얇은 종이를 쓸 것을 추천한다. 책이 너무 두꺼우면 책에 선뜻 손이 나가지 않기 때문이다.

그 다음에는 책 앞의 목차를 보고 세부 목차를 어떤 식으로 구성했는지 확인한다. 이렇게 하면 책의 대략적 내용을 파악할 수 있다.

내가 이런 이야기를 장황하게 한 이유가 있다. 바로 '인용' 때문이다. 대부분의 책을 보면 자기 이야기를 쓰는 것은 지극히 일부분이다. 나머지는 다른 이야기를 인용하여 재구성한 것이다. 혼자만의 글로 200페이지가 넘는 책의 내용을 가져오기란 현실적으로 쉽지 않다여기서도 '파레토의 법칙' 이 적용된다. 책의 20%만 본인이 쓴 것이고 80%는 남의 의견일 뿐이다. 그래서 인용이 중요하다. 다른 저자의 글을 인용하면 한두 페이지는 쉽게 나간다. 그렇게 하다보면 인용이 분량을 만들어준다는 것을 깨닫게 된다.

또한 인용을 하면 책의 공신력도 높아지고 책 내용이 재미있어진다. 나는 실제로 이런 경험을 많이 했다. '누가 이런 이야기를 하더라' 하고 이야기를 시작하는 것과 원론적인 이야기를 시작하는 것은 재미나 집중도에서 많은 차이가 난다.

책은 재미있어야 한다. 그러기 위해서 추천하는 것이 바로 '인용' 과 '스토리텔링' 이다. 인용을 적시적소에 하고 스토리텔링 식으로 이야기를 하면 책이 재밌다. 재밌는 책은 술술 읽히기 마련이다.

혹자들은 자기만의 생각이 아닌 인용은 표절이나 짜깁기라고 비아냥하는 경우도 있다. 하지만 이것은 매우 잘못된 생각이다. 다양한 사람들의 이야기를 들어보고 그것을 판단하고 재구성하는 것은 학자들의 논문에서도 흔히 있는 일이다. 따라서 인용을 꺼릴 것이 아니라 오히려 권장되어야 한다.

《나는 이렇게 쓴다》의 기시 유스케는 "소재와 스토리를 그대로 차용하면 표절이 되지만, 구성이나 본질을 참고하는 건 나쁜 일이 아니다. 오히려 두 손 들고 환영할 만한 일" 이라고 이야기한다.

《퀀텀 독서법》의 김병완 작가도 똑같은 말을 하고 있다. 김작가는 '편집과 인용의 신이 되어라' 라고 이야기한다.

당신이 누군가로부터 배웠다는 것을 숨기지 말고 부끄러워하지 마라. 당신이 읽은 모든 책은 당신의 스승이며, 그 작가들은 당신의 사부이다.

_ 김병완, 《퀀텀 독서법》

얼마나 멋진 말인가?

우리는 인용의 신이 되어야 한다.

《리딩으로 리드하라》의 작가 이지성의 책을 봐도 인용을 적시적소에 참 잘했다. 베스트셀러 작가가 되려면 인용의 고수가 되어야 한다. 책을 읽을 때 인용을 어떻게 하는지 유심히 살펴보기 바란다. 책 쓰기의 방법이 눈에 보일 것이다.

07

편집과
창작의 차이

인류 역사상 최고의 베스트셀러는 무엇일까? 바로 성경Bible이다. 성경 전체 66권 중 '전도서Ecclesiastes' 에 다음과 같은 말이 있다.

해 아래 새 것이 없나니.

이 말은 하도 유명해서 비단 성경뿐만 아니라 일반 사회생활에서도 많이 인용하는 문구이기도 하다.

이 말의 의미는 무엇일까? 지금 왜 이 시점에서 이런 말을 하려고 하는 걸까?

인간은 새 것을 만들기가 쉽지 않다. 무에서 유를 창조하는 것은 거의 없다. 설사 있다 하더라도 그건 무에서 유를 창조한 것이 아니라 우리가 그렇다고 생각하는 착각에 불과하다. 이미 있던 것을 우리가 몰랐을 뿐이다.

기술적인 분야이기는 하지만 '특허'를 봐도 그렇다. 발명은 '기술적 사상의 창작'이다. 여기서 창작이라는 말이 가지는 의미가 무엇일까? 없는 것을 만들어내는 것이 창작일까? 창작의 사전적 의미는 다음과 같다.

방안이나 물건 따위를 처음으로 만들어냄.

즉 방법이나 물건을 최초로 만들면 그것이 바로 창작이다. 여기서 우리는 주목해야 한다. 방법이나 물건이 최초로 만드는 것이 창작이라는데, 결국 창작은 무에서 유를 창조하는 행위일까? 아니면 기존에 충분히 생성 가능한 원리를 처음 시도한 사람이 가지는 우선권일까? 나는 후자라고 생각한다. 해 아래 새 것은 없다. 다 기존에 있던 것을 '처음 본 것처럼 보이게 한 것' 뿐이다. 따라서 내가 말하고자 하는 핵심은 '창작과 편집은 서로 다르지 않다'는 사실이다.

편집의 사전적 의미는 무엇일까?

자료나 원고 등을 수집·정리·구성하여 일정한 형태로 마무리하는 과정 및 그 행위와 기술

편집의 정의는 다양하지만 나는 위 정의가 가장 마음에 든다. '기존의 자료를 모아서 재배치하는 것,' 이것이 바로 편집이다. 그러면 결론적으로 창작과 편집은 비슷한 개념이 된다. 그 경계점이 모호하다. 해 아래 새 것이 없듯이 결국 있는 것을 없던 것처럼 보이게 하면 되기 때문이다.

《지의 편집공학》이라는 책을 쓴 일본의 편집공학 전문가 마쓰오카 세이고는 창작과 편집에 대해 다음과 같이 절묘하게 설명하고 있다.

전 제가 쓴 책들이 모두 온전히 제가 창작한 글이라 생각하지 않습니다. 그저 제가 살아오면서 읽고 경험하고 배운 것들을 재구성하여 낯설게 보이게 하고, 독자들에게 새로운 것으로 보이게 하여, 새롭다는 것을 느끼게 할 뿐입니다.

_ 마쓰오카 세이고, 《지의 편집공학》

편집을 얼마나 잘 설명하는 말인가? 나는 이 글을 읽으면서 무릎을 '탁' 쳤다. '바로 이것이다' 라는 감탄사와 함께!

즉 편집을 잘하면 그게 창작이다. 그리고 창작을 아무리 열심히 한들 그건 이미 무의식적으로 기존에 있던 것을 편집한 것에 지나지 않는다! 이게 창작과 편집이 같다는 원리이며 본질이다!

《나는 이렇게 쓴다》의 저자 기시 유스케도 똑같은 말을 한다.

환골탈태換骨奪胎라는 말이 있듯이, 옛사람의 아이디어와 형식을 본뜨고 자신만의 아이디어를 가미해 새로운 작품을 만드는 건 예술기법으로 인정받는다.

선례가 있는 기법이나 트릭도 나름대로 내용을 가미해 새로운 작품으로 승화시킨다면 조금도 문제가 되지 않는다.

_기시 유스케,《나는 이렇게 쓴다》

08
한 권만 출간하면
두 번째부터는 쉽다!

　　일전에 재테크 강의에서 이런 말을 들은 적이 있다. 1억을 모으기가 어렵지 일단 1억을 모으면 2억을 모으는 것은 금방이라고. 또한, 2억을 모으면 3억을 모으기는 더 쉽고, 3억을 모으면 4억을 모으는 것은 순식간이라고. 그러면서 돈이 돈을 모으게 된다고 했다. 그래서 종잣돈을 모으는 것이 무엇보다 중요하다고 했다. 난 이 말을 들으며 '책 쓰기'도 똑같다고 생각했다.

　책 쓰기도 한 권 쓰기가 힘들다. 경험이 없기 때문이다. 수많은 시행착오를 거쳐서 어떻게든 첫 책을 출간했다고 치자. 그 다음부터는 첫 책만큼 어렵지 않다. 글은 쓰면 쓸수록 는다. 책 10권을 출간한 작가가 본인의 첫 책을 보면 '이야! 이 책 정말 잘 썼군!'이라고 생각할까? 전혀 그렇지 않다. 읽는 순간 얼굴이 화끈거릴 것이다. 당연한 현상이다. 그만큼 실력이 성장했다는 방증이다.

첫 책은 출간하기조차 쉽지 않다. 초보 작가의 책을 기획출판의 형태로 순순히 출간해줄 출판사는 많지 않다. 하지만 누구나 처음 시작은 있다. 지극히 평범한 사람에서 아주 유명한 작가가 된 이지성도 첫 책은 쉽지 않았을 것이다. 그도 유명한 사람도 아니었고, 인생이 굴곡이 심한 사람도 아니었으며, 어느 한 분야의 전문가도 아니었다. 하지만 그는 그 모든 역경을 이겨내고 교과서에도 글이 실리는 국민작가가 되었다.

누구나 이런 시련의 시기를 이겨내야 한다. 책 한 권을 출간하는 것은 산모가 10개월간 태아를 잉태했다가 오랜 산고 끝에 출산하는 과정과 유사하다. 그만큼 힘들고 고통스럽다. 하지만 10개월간의 임신기간이 두렵다고, 출산과정이 힘들다고 출산을 하지 않는 사람은 없다. 다들 알면서도 한다. 책 쓰기도 똑같다. 힘들고 괴롭더라도 그 순간만 이겨내면 된다. 그러면 책 한 권이 완성될 것이고 작가의 반열에 오를 수 있다.

책 쓰기를 가로막는 여러 난관을 하나씩 슬기롭게 극복하고 책 쓰기에 성공하면 그 사람은 완전히 다른 사람이 된다. 책 쓰기를 통해 그만큼 생각하고 또 생각하기 때문이다. 그러고 나서 다시는 책을 쓰지 않겠다고 결심한다. 하지만 그들의 결심을 결코 오래가지 않는다. 왜냐? 책 쓰기를 알기 시작하면 작가로서의 욕구가 생긴다. 더 쓰고 싶은 욕구 말이다. 결국 또 책을 쓰게 되고 이런 과정을 반복하면서 진정한 작가가 탄생한다.

일단 한 권만 쓰겠다고 결심하고 목표를 향해 달려가자! 그러면 한 권이 두 권이 되고 두 권이 세 권이 될 것이다. 그러면서 책 쓰기의 마법은 우리 인생에 스며들게 된다.

나의 경우를 보자면, 첫 책을 내 전공 분야로 썼고 금방 출판사와 계약했다. 출판사에서는 내 책을 바로 출간할 수 없다고 했다. 그래서 책을 계약하고 출간하기까지 약 14개월이 걸렸다. 그 동안 나는 초고를 수십 번 수정했고, 다른 책을 여러 권 집필했다. 그 시간이 나에게는 아주 소중한 시간이었다. 당시 나는 '왜 첫 계약인데 책이 바로 안 나오는 거야?' 하면서 첫 단추를 잘못 끼웠다고 생각했다. 하지만 그것은 대단히 어리석은 생각이었다. 그 시간이 나에게 너무나 소중한 시간이었음을 깨달았다. 그리고 '컨베이어식 글쓰기'를 자연스럽게 하게 되었다. 컨베이어식 글쓰기는 여러 책을 동시에 작업하는 방식이다. 한 책에 너무 올인하지 않고 여러 책을 작업하면 입체적 사고 향상에 매우 효율적이다. 이 방법을 반대하는 분도 있지만 나에게는 한 책에 올인하는 것보다 훨씬 괜찮은 방식이었다.

09

질보다는
양이 우선이다!

글이란 쓰면서 늘기 마련이다. 처음부터 완벽한 글쓰기를 하려고 하다가는 큰코다치기 십상이다. 되지도 않을뿐더러 의욕만 앞세우다가 상처만 입는다.《대통령의 글쓰기》로 유명해진 강원국 작가는 본인 블로그에 3년 간 글을 썼다. 그 수천 편의 글이 본인의 글쓰기 실력을 높이는 데 큰 도움이 되었다고 한다. 강원국 작가는 물론 그 전부터 대통령 연설문 비서관으로 유명한 분이었지만, 이런 분도 글쓰기 실력 향상을 위해 꾸준히 연습에 연습을 거듭한다.

우리 직장인도 강원국 작가처럼 직장생활을 하면서 꾸준히 글쓰기 연습을 해야 한다. 그래야 쓸 수 있다. 일단 책 한 권을 내고 그 여세를 몰아 은퇴할 때까지 최대한 많은 책을 쓰는 게 작가로서 성공하는 길이다. 어차피 초반에는 질보다 양이다. 질은 쓰면서 자연스럽게 나오는 거다. 그래서 최대한 많이 써야 한다. 다시 말하지만 글이란 쓰면서 조금씩 는다. 처음부터 잘 쓰는 사람은 어디에도 없다.

《글쓰기가 뭐라고》를 쓴 강준만 교수는 '초기 훈련에선 질보다 양이다. 처음부터 질 따질 겨를이 없다' 고 이야기한다. 또한, '양의 강조는 양의 축적이 질의 변화를 가져오는 양질전화量質轉化의 법칙을 전제로 하는 것이지, 질을 무시하자는 게 아니다' 라고 주장한다. 강준만 교수의 의견에 전적으로 동의한다.

영화평론가인 이동진 작가도 《이동진 독서법》에서 똑같은 이야기를 한다. 그의 이야기를 들어보자.

어떤 일이라는 건 어떤 단계에 가기까지 전혀 효과가 없는 듯 보여요. 하지만 그 단계를 넘어서면 효과가 확 드러나는 순간이 오죠. 양이 마침내 질로 전환되는 순간이라고 할까요.

_ 이동진,《이동진 독서법》

물론 반대 의견도 있다. 이남훈 작가는 《필력, 나의 가치를 드러내는 글쓰기의 힘》에서 '많이 쓰는 것'이 능사가 아니라고 한다. 글쓰기 질 향상을 위해서 '하나의 글을 완전히 마무리해나가야 하고, 완성도 높은 글과 비교해야' 한다고 주장한다. 그리고 많이 쓰라고만 하는 것은 '베테랑 의사가 초보 의사에게 무조건 수술 경험을 많이 쌓으라고 하는 것'과 유사하다고 이야기한다. 무턱대고 많이 쓰기만 하면 '비효율'만 낳고 결국 한계에 부딪히고 만다는 거다.

이에 대해 강준만 교수는 '사람의 목숨이 왔다 갔다 하는 수술과 글쓰기를 비교하는 것은 눈높이가 다르다'고 이야기한다. 나는 '많이 쓰되 너무 막 쓰지(?) 않는 방식을 취하라는 뜻'으로 이해하고 싶다.

일본의 전설적인 작가 나카타니 아키히로中谷彰宏는 약 900권의 책을 출간했다. 그는 죽기 전까지 3,000권의 책을 출간할 계획이라고 한다. 그가 책을 많이 쓰게 된 결정적 이유가 다음과 같다.

질보다는 양이다. 양을 늘리면 그 안에 질 좋은 것이 있기 마련이다. 질을 노리면 양도 안 되지만 결정적으로 질까지 나빠진다. 양 속에서 질이 나오기 때문이다.

《처음부터 잘 쓰는 사람은 없습니다》의 이다혜 작가는 '쓰면서 생각하기'에 대해서 이렇게 이야기한다.

'쓰면서 생각하기'는 일단 무엇이든 타이핑한다는 주의다. 생각부터 완성하기 어려우니 일단 무엇이든 잔뜩 써보고 편집을 통해 글을 완성해가는 방식이다. 쓰고 버리는 편이, 생각에만 매달리는 쪽보다 훨씬 속도가 빠르다.

_ 이다혜, 《처음부터 잘 쓰는 사람은 없습니다》

나는 이 말에 전적으로 동의한다. 글을 좀 써본 사람이라면 알겠지만, 글이란 것이 생각하고 쓰기 시작하면 이미 늦다. 일단 쓰기 시작하면 실타래처럼 이야기가 쏟아져나온다. 책 쓰기도 그런 식으로 해야 한다. 생각하고 쓰려고 하는 순간 이미 글렀다.

처음부터 완벽하려고 하면 안 된다. 그리고 완벽할 수도 없다. 책을 한 권 딱 썼는데 그 책이 불후의 명저가 될 수 있을까? 그럴 수도 있겠지만 대부분 아닐 것이다.

왜 그럴까?

만약 한 권을 써서 불후의 명저가 되었다면 그 사람은 책만 처음 썼을 뿐이지 이미 글쓰기에 도통한 사람이거나 이미 글쓰기에 이런 저런 방식으로 많이 노출된 사람이다. 글 자체를 처음 쓰는 사람의 책은 결론적으로 명저가 될 수가 없다.

글이란 것은 쓰면서 늘게 마련이다. 그래서 책을 처음 낸 사람에게 완벽을 요구해서는 안 된다. 좀 어설프고 부족해 보이더라도 손뼉을 쳐주고 응원해줘야 한다. 한 번에 제대로 된 책을 쓰기는 무척이나 어렵다. 아무리 글재주가 좋더라도 결코 쉽지 않다.

그래서 우리는 다작多作을 해야 한다. 책을 많이 쓰다보면 그 중에 한 권이 불후의 명저가 될 수 있다. '질로서 승부할 수 없다면 양으로 승부하자' 는 말도 있지 않은가?

유명 작가의 책이 모두 다 성공한 것은 아니다. 그중에 한두 권이 성공했을 뿐이다. 마치 트로트가수와 같다고 보면 된다. 유명 트로트가수를 보면 히트곡 1, 2곡으로 평생을 우려먹는다표현이 좀 과했나?아니면 1, 2곡으로 평생 활동한다. 혹은 밥 먹고 산다!.

베토벤도 교향곡을 200곡 이상 썼다고 하지만 그 중 우리가 아는 것은 몇 개 되지 않는다. 모차르트는 안 그랬을까? 차이코프스키는 안 그랬을까? 빈센트 반 고흐는 안 그랬을까? 다 마찬가지다.

얼마 전 충남대 모 교수가 조정래 작가의 《정글만리》를 읽고 매우 실망했다는 글을 써 화제가 되었다. 비록 그 교수가 "원로라고 늘 좋은 작품만 쓰는 게 아니라는 걸 잘 안다"라고 단서를 달기는 했지만 베스트셀러 작가가 겪는 소위 '완벽주의 이데올로기'에 갇혀 있다고 본다. 물론 대학교수는 비평이 직업의 일부이므로 비평할 수는 있다. 하지만 나는 다른 시각으로 본다내 생각도 내 자유다!.

조정래 작가가 《태백산맥》이란 역사에 남을 걸출한 소설을 쓴 것으로 그는 이미 작가로서 이룰 것은 다 이루었다. 그 이후 《정글만리》가 《태백산맥》에 미치지 못한다고 하더라도 어찌 보면 당연한 것이다. 처음 토익에 만점 받은 수험생이 다음 시험에 900점을 맞으면 욕먹는 것은 당연지사다. 그런데 한 500점 맞던 친구가 700점으로 200점 대폭 상향되었다면 엄청나게 칭찬을 받았을 것이다. 조정래 작가도 그런 상황이었던 것이다.

쓰다보면 글쓰기 실력은 늘게 되어 있다. 그렇다고 불후의 명작이 책 쓰는 순서대로 나오는 것은 아니다. 시간이 지날수록 더 우수한 책이 출간된다면 좋겠지만 반드시 그렇지 않다. 그리고 글쓰기도 일정 수준에 오르게 되면 더 이상 크게 늘지도 않는다. 글쓰기란 것이 그런 것이다.

10
글쓰기 모드로 재빠르게 돌입하기 :
0초 책 쓰기!

나는 책 쓰기 모드에 돌입하는 데 시간이 많이 걸린다. 이건 정말 어쩔 수 없는 부분인 것 같다. 책상에 앉아도 바로 책이 써지지 않는 것이 보통 일반인의 특징이다. 우쓰데 마사미의 《0초 공부법》에서 작가는 다음과 같이 이야기한다.

0초 공부법은 문제를 보고 답을 바로 알아내는 것도 의미하지만 자리에 앉자마자 바로 공부에 돌입할 수 있는 방법을 의미한다. 그 시간을 0초로 만들어라!

_ 우쓰데 마사미, 《0초 공부법》

즉 '공부에 본격적으로 돌입하기 전에 걸리는 시간을 최소화하자' 가 핵심이다. 책 쓰기도 마찬가지다. 책 쓰기를 위해 컴퓨터를 켜고 자리에 앉는다. 커피를 한 잔 마시면서 오늘 쓸 내용을 생각한다. 그러다가 인터넷 접속을 한다. 신문 기사를 읽고 있으니 화장실에 가고 싶다. 화장실 다녀와서 다시 컴퓨터에 앉는다. 이런 식으로 보내는 시간이 거의 한 시간이다. 이래서는 제대로 쓸 수 없다.

《쓰기의 감각》에서 앤 라모트는 '일단 책상 앞에 앉아서 바라보라' 고 한다.

나는 말한다. 일단 책상 앞에 앉으라고. 당신은 매일 거의 똑같은 시간에 책상에 앉으려고 노력해야 한다. 그것이 당신의 무의식을 창조적으로 작동하도록 길들이는 방법이다. 그러니까 당신은 매일 아침 아홉 시라든가, 매일 밤 열 시에 책상 앞에 앉으면 된다. 컴퓨터를 켜고 빈 문서를 연 다음, 한 시간가량 그것을 바라보는 것이다.

_ 앤 라모트, 《쓰기의 감각》

내가 주장하는 뽀모도로 책 쓰기는 시간과의 싸움이다. 3페이지씩 25분 하루에 두 번 매일 써야 하기 때문에 이렇게 버리는 시간이 있어서는 곤란하다. 아무 생각 없이 바로 책 쓰기 모드로 진입해야 한다.

그럼 이렇게 진입을 위해서는 어떻게 해야 할까?

방법은 간단하다.
첫 문장을 유치하게 쓰면 된다.
첫 문장을 잘 쓰려고 하면 시작이 어려워진다. 그리고 첫 문장에 너무 힘을 주면 오히려 마이너스로 작용한다. 말도 안 되는 문장이라도 일단 주제와 관련된 첫 문장을 써보자. 유치해도 된다. 말이 안 되어도 된다. 일단 쓰자. 그러고 나면 다음 문장이 실타래처럼 풀어져 나오는 놀라운 경험을 하게 된다. 처음에 생각나지 않았던 문장이나 내용까지 모조리 풀어져 나온다. 책은 이렇게 쓰는 것이다.

'첫 문장은 유치하게!' 는 나 혼자만 하는 이야기가 아니다. 이 말은 책 쓰기 도서라면 빠지지 않고 등장하는, 대부분의 작가들이 주장하는 내용이다. 나는 처음에 유치하게 쓰라는 내용을 보고 참 공감을 많이 했다. 그만큼 첫 문장이 힘들기 때문이다.

일단 시작만 하면 그다음에는 손이 저절로 움직인다. 억지로 움직이려 하지 않아도 말이다! 이렇게 한 꼭지를 다 쓰고 다음 꼭지를 쓸 때도 팁이 있다. 다음 꼭지를 쓸 수 있게 컴퓨터 화면에 원고를 띄워 놓아라. 그리고 딴짓을 해도 해라. 화장실에 다녀와도 파일을 새로 열지 않아도 된다. 언제나 그랬던 것처럼 쓰면 된다 이건 다분히 심리적인 이유가 있다!. 난 이 방식을 자주 이용한다.

첫 문장이 도저히 나가지 않을 때 방법이 있다. 이때는 내가 어제 그제 쓴 문장을 한번 읽어보라. 이게 싫다면 잘 쓴 글을 한번 타이핑 해보아라. 그러면 그것에 내가 동화된다. 이런 흐름으로 바로 글쓰기를 시작할 수 있다.

사실 글쓰기에 바로 돌입하는 방식은 개인마다 성향이 다를 수 있다. 그래서 본인만이 바로 글쓰기에 돌입할 수 있는 노하우를 터득하는 것이 최선이다.

글을 쓸 때 가장 아까운 시간이 온갖 고민 때문에 한 글자도 못 나가며 보내는 시간이다. 시간이 없다. 멀리뛰기의 도움닫기라고 생각하고 바로 쓰자. 그게 책 쓰기의 가장 좋은 습관이다.

11

문장력을 키우는
최적의 길, 베껴쓰기

소위 '글빨' 이라는 것은 어떻게 만드는 걸까? 타고 나는 것일까? 혹은 후천적으로 단련해야 하는 걸까?

나는 이 질문을 놓고 참 많은 고민을 했다. 왜냐하면 천성적으로 타고난 글쟁이가 아니기 때문이다. 이런 사람을 보면 솔직히 좀 질투가 난다. 문장력이라는 것이 트레이닝을 받는다고 갑자기 확 느는 것도 아니기 때문이다.

어쨌든 책 한 권을 출간하기 위해서는 써야 한다. 쓰기 위해서는 쓸 수 있는 능력이 있어야 한다. 이것을 우리는 '문장력' 이라고 말한다. 말 그대로 문장을 밀고나가는 힘이다. 이 힘이 있어야 책 쓰기가 가능하다.

그럼 문장력은 어떻게 키워야 할까?

문장력을 키우는 가장 좋은 방법은 베껴쓰다. 잘 쓴 글을 꾸준히 베껴쓰는 게 최선의 길이다. 명문장을 꾸준히 베껴쓰다보면 어느새 내 문장도 명문장을 흉내 내고 있다. 이런 흉내를 꾸준히 반복하면 그것이 바로 문장력을 키워가는 최고의 방법이다. 자연스럽게 명문장이 내 문장이 된다. 이런 식으로 문장력을 키워가야 한다.

《최고의 글쓰기 연습법, 베껴쓰기》의 저자 송숙희 작가는 '글쓰기는 가르칠 수 없다' 고 말한다. 즉 '가르칠 수 없으니 본인 스스로 터득해야 한다' 고 한다. 문장력에 관한 책을 읽던지 명문장을 베껴 쓰던지 해서 말이다.

나는 송숙희 작가의 이 말이 '가르치는 사람보다 배우는 사람이 보다 적극적인 의욕을 보여줬을 때 한 단계 더 발전할 수 있다' 는 의미로 받아들인다. 왜 글쓰기를 배울 수 없겠는가? 흡수하는 자의 적극적인 의욕이 중요한 것이다. 숭실대학교 문예창작학과 남정욱 교수도 베껴쓰기의 중요성에 대해 이렇게 이야기한다. 비유가 기발하다.

내가 생각하는 글쓰기의 최상은 독창獨創이 아니라 잘 베끼는 것이다. 독창을 추구했더니 독毒과 창槍으로 돌아와 욕창이 생기도록 고생한 끝에 얻은 소중한 결과물이다.

《대통령의 글쓰기》의 강원국 작가도 '당당하게 모방하자!' 라고
말했다. 모방은 표절과 엄연히 다르다. 남의 글에서 중복과 근거
희박을 걷어내고 흐름을 재배치한 후 자신의 말투로 바꾸는 것은
강준만 교수가 《글쓰기가 뭐라고》에서 말한 대로 '고도의 기량과
노력이 필요' 한 일이기 때문이다. 그대로 베끼면 표절이 되지만
재가공을 통해 후처리를 거친 글은 또 다른 창조로 볼 수 있다. 저
작권에서 보호하는 것은 '표현' 이지 '생각' 이 아니기 때문이다.
본래 해 아래 새 것이 없는 법이다. 설사 우리가 새 것을 창조했다
고 하더라도 그건 이미 '기존에 있던 것' 을 '변형' 한 것에 불과하
다. 다른 사람의 생각을 마치 '내 생각' 으로 착각하는 선 의적 무
지보다 대 놓고 베껴 쓰는 것이 훨씬 도덕적이다.

그럼 문장력을 본인 스스로 터득하기 위해서는 어떻게 해야 할
까? 정답은 간단하지만 매우 부지런해야 한다. 문장력을 키우기
위해서는 잘 쓴 글을 꾸준히, 적극적으로 '베껴쓰는' 수밖에 다른
도리가 없다.

흔히 '문장력은 타고 나는 것이다' 라고 말하는 사람도 있지만
실상은 그렇지가 않다. 문장력이란 타고난 재능보다 지속적인 훈

련이 더 중요한 영역이다. 따라서 꾸준히 글쓰기 연습을 한다면 실력은 결국 늘게 되어 있다.

그럼 문장력 향상을 위해 구체적으로 어떤 연습을 해야 할까?

내가 생각하는 글쓰기 연습 방식은 다음과 같다.

먼저 잘 쓴 글이 있다고 전제하자.

1. 제목을 보고 어떤 내용인가를 미리 유추해본다.
2. 글을 분석해가며 읽는다.

   여기서 명문장은 형광펜 등으로 표시를 한다.
3. 해당 글을 덮고 보지 않은 채 똑같이 써본다.

   기억나는 대로 쓰면 된다처음에는 쉽지 않다.
4. 원본과 복사본기억해서 쓴 글을 비교해본다.

   다시 원본을 덮고 내 글을 수정한다.
5. 최종적으로 수정한 글을 원본과 비교해본다.

위의 작업을 속는 셈 치고 6개월만 매일같이 해보라. 글쓰기 실력이 자신도 모르게 엄청나게 성장할 것이다. 사실 베껴 쓰기는 실력이 느는 변화상을 확실히 알 수가 없다. 하지만 꾸준히 하다 보면 자신도 모르게 실력이 늘게 마련이다. 베껴쓰기는 문장력을 강화하는 가장 좋은 방법이다. 열심히 베껴쓰자!

또 하나 좋은 방법은 요약하기다. 글은 그냥 쓰는 것보다 짧게 요약해서 쓰는 것이 훨씬 더 어렵다. 그래서 요약하기와 짧은 글쓰기는 글쓰기의 고수들도 어려워한다.

방법은 다음과 같다. 1,000자짜리 칼럼을 읽고 200자로 요약하면 된다. 쉬워 보이는가? 막상 해보면 절대 쉽지 않다. 쓰는 것보다 쓴 글을 요약하는 것이 훨씬 어려우며, 실력 향상에 아주 도움이 된다. 트위터는 보통 250자 안에 내용을 적어야 한다. 따라서 트위터 글쓰기도 아주 좋다. 핵심을 요약하다 보면 글쓰기 실력이 놀랍도록 좋아진다. 단어 선택도 확실히 달라진다. 따라서 200자 요약하기를 매일 하기를 추천한다.

나는 글쓰기 전에 1,000자 베껴쓰기를 하고 글쓰기를 마친 후 200자 요약하기를 하라고 권하고 싶다. 이 작업은 똑같은 칼럼으로 해도 되고 다른 칼럼으로 해도 무방하다같은 칼럼으로 하는 것이 경제적이다. 베껴쓰기를 하다 보면 내가 베끼는 건지 내 것을 다른 사람이 베낀 건지 구분이 안 가는 물아일체의 경지에 이르게 된다. 이 경지야말로 책 쓰기를 위해 필요한 경지다. 딱 한 번만 이 경지에 올라가면 된다! 일단 한 번 올려놓으면 쉽게 떨어지지 않는 게 문장력이다!

12

하루에
두 꼭지만 써라

글쓰기에도 신 내림을 받는 날이 있다. 이런 날에는 쓰면서 놀랄 정도로 잘된다. 또 어떤 날은 도대체 어찌된 일인지 글쓰기가 전혀 안 되는 날도 있다. 누구나 쓰기를 즐겨 하는 사람이면 이런 경험을 해보았으리라. 그러면 잘 써지는 날은 많이 쓰고 안 되는 날은 쓰지 말아야 할까? 책이 안 써지는 날은 어떻게 해야 할까?

결론부터 이야기하겠다. 하루에 쓸 양만큼만 쓰면 된다. 더 쓰려다가는 과욕을 부른다. 소위 글의 질이 떨어질 수 있다. 그래서 나는 이렇게 주장하고 싶다. 하루 분량만큼만 써라!나에겐 하루에 2꼭지가 정량이다! 나도 과거에는 소위 글빨나는 표준어인 '글발' 보다 '글빨' 이 더 좋다! 여기서도 '글빨' 로 쓰련다! 이 붙는 날엔 하루 종일 썼다.

반면에 글 쓰는 안 되면 아예 며칠이고 쓰지 않았다. 지금에 와서 생각해보면 이 방식은 그다지 바람직하지 않은 것 같다. 소위 글빨이 붙는 날에 쓴 글이 나중에 보면 형편없는 내용이 많았기 때문이다.

　왜 이런 현상이 벌어졌을까?

　너무 잘된다고 무리해서 많이 쓰다보면 질이 떨어지기 마련이다. 그래서 하루에 쓰는 양을 적절히 조절할 필요가 있다. 나는 하루에 두 꼭지만 쓸 것을 권한다. 페이지로 하면 한 꼭지가 3~4페이지이므로 대략 6~8장 정도 쓰면 된다여기서 페이지는 책 판형 기준이다. 나는 책 쓰기를 할 때 책 판형으로 미리 만들어놓고 작업을 한다. 책과 똑같이 해놓고 쓰면 분량도 적절히 조절할 수 있고 내 책이 당장이라도 출간될 것 같은 착각에 휩싸이게 된다. 나는 이런 느낌이 참 좋다!.

　2꼭지는 한 번에 써도 되고 2번 나누어 써도 된다. 시간 여유가 있으면 나누어 쓰는 것이 좋다. 하지만 직장인이 시간 내기가 쉽지 않으므로 한 번에 다 쓸 것을 추천하고 싶다. 사실 초심자가 25분에 한 꼭지 쓰기는 쉽지 않다. 나의 '아무 생각 없이 쓰기'에 의하면 25분이면 정말 충분하다. 오히려 컨디션 좋은 날엔 시간이 남는다.

이 정도 페이스하루에 두 꼭지 쓰는!면 한 달이면 책 한 권이 완성된다. 내가 지금 쓰고 있는 이 책도 하루에 2꼭지 쓰기를 준수하여 한 달 만에 초고를 완성했다. 더 쓰고 싶어도 참는다. 품질이 떨어지는 것을 방지하기 위해서다.

그러면 주말 같은 경우 시간이 너무 남지 않는가? 이 시간을 어떻게 활용할까?

나는 3가지를 권한다.

첫째, 수장선고라는 말을 기억하며 내공을 쌓는 것에 몰두하라고 권하고 싶다. 가령 베껴쓰기, 요약하기 등 글쓰기 연습 시간을 가지거나 독서나 영화나는 구성이 독특한 영화를 보면 '이것을 내 책에 적용하면 어떨까?' 라고 항상 생각한다, 다큐멘터리를 보는 시간을 갖도록 하자. 이런 활동을 통해 다음에 출간할 책의 아이디어를 얻거나 작가로서의 내공을 쌓으면 된다.

둘째, 책 쓰기를 동시 다발적으로 여러 권 시도하는 것도 좋다. 가령 3권의 책 쓰기를 동시에 진행하는 형태다. 그러면 하루에 총 3시간 정도 책 쓰기를 하게 된다. 전업 작가처럼 하루의 시간을 온전히 책 쓰기에 매달릴 수 있다면 이 방법도 좋은 방법이다. 하지만 직장인이나 학생, 자영업자라면 너무 무리할 필요가 없다.

셋째, 이미 쓴 글을 퇴고하는 시간을 갖도록 하자. 나도 이미 써 놓은 초고가 꽤 많다. 이 중에서 출간 예정 순서대로 내 나름대로의 교정, 교열, 윤문을 한다. 이런 작업을 통해 조금 거칠었던 초고가 책처럼 변모하게 된다(물론 전문 편집자가 보면 웃을 일이다!.

결론적으로 '하루에 너무 많은 분량의 글을 쓰면 안 된다' 가 나의 지론이다. 질이 떨어지고 금방 지친다. 먹는 것도 조금 아쉽게 먹는 것이 몸에 좋듯이 책도 조금 아쉽게 쓰는 것이 좋다. 그래야 양질의 좋은 책을 쓸 수 있으며 오랜 기간 책을 쓸 수 있다.

《대통령의 글쓰기》로 유명한 강원국 작가도 '연설비서관을 그만두고 5년에 가까운 시간을 내공을 쌓는데 썼으며, 이 기간 동안 블로그에 쓴 짧은 글들이 모여《대통령의 글쓰기》의 재료가 되었다' 고 말한다. 생쌀이 재촉한다고 밥이 되지 않듯이, 시간을 충분히 가지고 뜸을 들이도록 하자. 과욕은 작가에게는 화가 들어오는 이유요, 몸을 자르는 칼이다.

다시 말하지만 나는 한 달에 한 권 쓰기를 강력히 추천한다. 그러기 위해서는 하루에 2쪽지만 쓰면 된다. 그 이상 쓰는 것은 과욕이다. 옛말 중 과유불급이란 말도 있지 않은가? 지나침은 언제나 모자람만 못하다. '절반은 전체보다 낫다' 라는 헤시오도스의 격언도 여기에 적용될 수 있을 것이다.

13

메모는
책 쓰기의 원천이다!

일상생활을 하는 중에 갑자기 좋은 생각이 떠오를 때가 있다. 그래서 '아, 이 생각은 책 쓰기에 반영 해야지!' 하고 생각을 한다. 그리고 시간이 지난다. 기억이 나지 않는다. 좋은 아이디어가 있었다는 것은 확실히 안다. 그런데 그 내용이 도통 기억이 안 난다.

누구나 이런 경험은 가지고 있다. 우리 기억은 휘발성이 있다. 기록해두지 않으면 금세 잊어버린다. 그래서 필요한 것이 기록이다. 생각날 때 바로 기록하는 습관을 가져야 한다.

메모 습관!

《쓰기의 감각》의 저자 앤 라모트는 기록의 중요성에 대해 다음과 같이 재미있게 이야기한다.

세상에는 기록을 하지 않는 작가 친구들도 꽤 많이 있는데, 그것은 수업 시간에 필기하지 않고 듣기만 하는 것과 같다.

내 생각에, 당신이 중요하고 창조적인 생각을 잊어버리지 않고 잘 저장해놓을 수 있을 정도로 기억력이 뛰어난 사람이라면 그것은 큰 행운이고, 나머지 인간인 우리가 당신을 왕따시키더라도 놀라지 말아야 한다.

_ 앤 라모트, 《쓰기의 감각》

책 쓰기를 풍성하게 하기 위해서는 평소에 기록하는 습관을 가져야 한다. 그러기 위해서는 항시 메모가 가능한 상태를 유지해야 한다. 그래서 나는 조그마한 수첩을 항상 가지고 다닌다. 갑자기 무슨 생각이 날 때마다 수첩에 재빠르게 키워드 위주로 휘갈긴다. 글씨를 잘 쓰지 않아도 된다. 무슨 내용인지 기억을 떠올릴 수 있게 적으면 된다. 그렇다고 너무 간단히 적어놓으면 다음에 무슨 내용을 적은 건지 본인 스스로도 이해할 수 없다. 따라서 적당히 요령껏 기억을 떠올릴 수 있을 정도로 작성해야 한다.

여기서 유의할 것은 '좀 있다가 적어야지' 하는 생각이다. 좀 있으면 절대 기억이 나지 않는다. 물론 잊어버리더라도 나중에 다시 기억이 날 수도 있지만 그러면 다행인 거다. 그래서 생각이 날 때 바로 적어야 한다!

《나는 이렇게 쓴다》의 기시 유스케는 아이디어라는 '씨앗'을 줍는 것에 대해 다음과 같이 절묘하게 표현하고 있다.

지금까지의 경험을 돌이켜보면, 좋은 아이디어를 얻으려고 죽을힘을 다해 노력할 때보다 머리를 비우고 반쯤 기계적으로 몸을 움직일 때 결과가 더 좋았다.

그것은 때로 산책을 하거나 욕실에서 샤워할 때이기도 했다. 물론 욕실 안까지 메모지를 가지고 들어가지는 않는다. 따라서 황급히 몸의 물기를 닦고 메모하러 가는 일이 종종 생겨난다. 아이디어는 한순간의 번뜩임처럼 갑자기 찾아온다. 아이디어가 떠오르면 재빨리 기록해야 한다. 나중에 메모할 요량으로 느긋하게 대처하면 대부분 어디론가 사라져 버린다. 아이디어는 망각과의 싸움이기도 하다.

_ 기시 유스케, 《나는 이렇게 쓴다》

수첩이 없거나 수첩에 적을 상황이 아니라면 스마트폰을 이용하면 된다. 스마트폰의 음성 녹음 기능을 활용하던가주로 나는 운전할 때 이 방법을 쓴다! 아니면 메모 어플을 이용하면 된다. 아주 효과적이다.

하지만 개인적으로는 스마트 폰에 기록하는 것보다 종이로 된

수첩에 적는 게 더 효과적이라고 생각한다. 휘갈겨쓰는 맛이 있고 적는 속도도 훨씬 빠르다. 책 쓰기를 할 때는 노트북을 주로 이용하지만 아이디어를 모을 때는 수첩을 이용한다. 반은 디지털, 반은 아날로그 감성의 여지를 남겨놓는 나만의 루틴이다. 메모 수첩은 사이즈가 너무 크면 휴대하기 불편하므로 얇고 작은 전화번호부 같은 수첩을 활용하는 것이 편하다(이것도 불편하다면 강준만 교수처럼 A4 종이 한 장을 접어서 호주머니에 넣고 다녀도 된다!).

《글쓰기가 뭐라고》의 저자 강준만 교수는 '적자생존' 을 신앙생활로 삼으라고 말한다. 여기서 '적자' 는 선택받은 자, 살아남은 자를 의미하는 것이 아니라 '글 등을 수첩에 적자' 는 의미다. 그는 '적자생존' 에 대해 이렇게 이야기한다.

불쑥 솟아오른 영감일지라도 그 즉시 메모를 해놓지 않으면 사라진다. 나의 적자생존은 전방위적이다. 텔레비전을 시청하다가도 떠오르는 생각이 있으면 1~2줄 적고, 화장실, 심지어 당구를 치다가도 메모를 한다. 어느 순간 스쳐 지나가듯 떠오른 생각은 다시 떠오를 때도 있지만, 나중에 다시 찾아오지 않는 경우가 많다. 적자생존은 아이디어 창출과 더불어 글쓰기의 주요 동력이 된다.

_ 강준만, 《글쓰기가 뭐라고》

사자성어 중 둔필승총鈍筆勝聰이라는 말이 있다. 이 말은 '둔필무딘 붓의 기록이 총명함 보다 더 낫다' 는 의미다. 기록의 중요성을 강조하는 말이다. 기획은 소소한 메모가 모여 완성되며 이렇게 모인 메모의 힘은 실로 막강하다. 아무리 천재라도 모든 것을 머릿속에 실시간으로 기억하고 있다가 한 번에 쏟아낼 수 없다. 메모의 위력을 새삼 느끼는 최근이다.

기록을 해두면 잊어버릴 염려도 없을뿐더러수첩 자체를 잃어버리면 곤란하다! 나중에 더 좋은 아이디어를 떠올릴 수 있는 원천이 된다. 책 쓰기를 기획하기 위해서는 이러한 아이디어 메모를 모아 브레인스토밍을 통해 생각을 재배치해야 한다. 이때 필요한 게 메모다. 메모를 활용하여 목차를 잡는 데도 활용한다. 쓰임이 아주 다양하다.

나는 아주 훌륭한 아이디어를 생각해냈다고 나름 판단하면 수첩에 적고, 적은 내용을 스마트폰 카메라로 찍어둔다. 수첩 가지고는 안심이 안 되나 보다.

수적천석水滴穿石이란 말처럼 작은 물방울이라도 끊임없이 떨어지면 결국엔 돌에 구멍을 뚫을 수 있다. 작은 메모 하나하나가 모여 위대한 책의 밑거름이 될 수 있다.

여기서 책 쓰기를 구멍 뚫는 것에 비유해보면 작은 물방울이 결국 아이디어가 될 수 있을 게다. 이러한 아이디어는 기록의 힘에서 나온다. 따라서 기록하는 습관을 항상 갖도록 하자.

헨리 제임스의 말처럼 '작가는 아무 것도 잃어버리지 않는 사람' 이다.

14

하찮아 보이는 잡무에서도
배울 것이 있나니

　　나카타니 아키히로中谷彰宏는 일본을 대표하는 전설적인 작가다. 문학 쪽이 무라카미 하루키라면 비문학 쪽은 나카타니 아키히로가 최고라고 생각한다. 특히 베스트셀러《면접의 달인》은 일본에서만 500만 부가 넘게 팔린 책이다. 일본 대학생의 3분의 2가 이 책을 읽는다고 한다. 그가 10년 전에 한국을 방문했을 때 강연회 청중 중 한 사람이 그에게 물었다. "어떻게 800권을 책을 썼습니까? 그것도 40대의 나이에." 그러자 나카타니 아카히로는 이렇게 말했다.

　하찮아 보이는 잡무雜務에서도 배울 것이 있습니다.
　작은 일을 잘하는 사람은 큰 일이 주어지지만

작은 일을 피하는 사람은 작은 일만 주어집니다.

나는 이 말을 듣고 크게 감동했다. 이 말에서 작가가 갖추어야 할 덕목을 정확히 이야기하고 있기 때문이다. 작가가 되기 위해서는 '열린 사고'를 가져야 한다. 마음을 열고 모든 정보를 받아들일 자세가 되어 있어야 한다. 고집이 세고 남 이야기를 듣지 않는 사람은 절대로 훌륭한 작가가 될 수 없다. 그런 사람은 작가의 길에서 멀어지고 결국에는 책 한 권 제대로 쓸 수 없게 된다.

내가 작가가 되고자 하는 사람들에게 항상 강조하는 것이 '낮은 자세', 그리고 '겸손'이다. 그래서 책 쓰기의 가장 큰 덕목이 '나는 아직 멀었다', '나는 더 배워야 한다'는 겸손한 자세라고 생각한다. 자기 잘난 맛에 사는 사람이라면 글을 써도 자기 잘난 체 하는 글밖에 쓰지 못한다. 이런 글을 읽어줄 아량 넓은 독자는 거의 없다. 책은 내가 읽기 위해 쓰는 것이 아니라 독자를 위해 쓰는 것이기 때문이다.

설사 책 한 권이 성공했다고 하더라도 자만하지 말고 더욱 겸손해야 한다. 낮은 자세로 더 배운다고 생각하고 스스로를 채근해야 한다. 이런 사람은 더 높이 올라갈 수 있다. 하지만 자기 위치에 만족해서 으시대는 순간 그 사람은 추락할 수밖에 없다.

세상을 보는 시각을 바꾸면 보이지 않는 것들도 보이기 시작한다. 그래서 매사를 긍정적이고 진취적으로 살아야 한다. 그리고 겸손함까지 갖춘다면 금상첨화다. 세상을 부정적으로 바라보면 보이는 것이 모두 부정적이 된다. 한 인간에게 이것처럼 불행한 일은 없다. 인생은 하나이기 때문에라도 우리는 꽃길을 가야 한다. 우리가 생각하는 최선의 길을 가야 한다. 그러기 위해서는 스스로 채찍질하고 더욱 발전할 수 있도록 혼신의 노력을 다해야 한다. 그게 스스로에 대한 예의를 지키는 길이다.때로는 직접 경험하는 것보다 간접적인 경험이 더 핵심을 바라보기 편할 때가 있다. 이것을 가능하게 하는 도구가 책이고 책 쓰기를 통해 우리는 사람 사는 세상을 만들 수 있다. 나의 혼과 힘을 다해 쓴 책 한 권이 사람의 인생을 바꿀 수 있고, 책을 출간한 후 한 내 강연 하나가 수십 명의 사람을 바꿀 수 있노라고 감히 말하고 싶다.

나비효과란 단순한 나비의 날갯짓 하나가 세계의 기후를 바꿀 수 있다는 이론이다. 나의 작은 날갯짓이 크게 확장되어 사람을 바꾸고 세상을 바꿀 수 있다. 그런 힘이 바로 책 쓰기에 있다. 물론 세상을 바꿀 수 있는 도구는 책 쓰기 외에도 많다. 하지만 우리가 당장 그리고 빨리 현실화할 수 있는 가장 효율적인 도구는 결국 책 쓰기밖에 없다!

15

독자는
인내심이 없습니다

　　15분! 나의 인내력을 시험하는 시간! 나는 인간이
최대로 집중할 수 있는 시간을 15분이라고 생각한다. 이 시간이
넘으면 집중력이 떨어지기 마련이다. 그래서 간혹 한 시간이 넘
는 강연을 듣고 있노라면 여간 곤혹스러운 게 아니다. 최근에는
영화 상영시간이 대부분 120분을 넘어, 선뜻 극장에 가기가 두
렵다내 기준으로 아무리 재미있는 영화도 한 시간이 넘으면 집중력이 흩어지
고 딴 생각을 한다!.

　오죽하면 최근에는 15분 동안 짧고 굵게 하는 강연이 인기다.
〈세상을 바꾸는 시간, 15분〉이 대표적이다. 나는 이 강의를 유
튜브를 통해 자주 듣는데, 배울 게 아주 많다. 강연자가 15분간 특
정 주제를 정해서 강연하는 거다아직 모르시는 분은 유튜브를 통해 반

드시 들어보시기를 추천한다!. 이런 종류의 강의가 인기를 끄는 이유도 '집중력의 한계를 극복하기 위한 일종의 대안'이라고 생각한다. 강연도 한 시간을 넘어가면 그건 이미 강연이 아니다그건 그냥 '고문拷問'이자 '범죄'다!.

전 세계적으로 인기를 얻는 강연회인 테드TED 역시 대부분의 강의가 18분 이내에 이루어진다. 테드 역시 짧은 시간에 임펙트 있는 강의를 고집한다. 여러 사람을 출연시켜야 하는 목적도 있지만, 정보를 가장 집중력 있고 효율적으로 전달하는 방법은 '짧은 시간'이라는 공감을 얻고 있다.

지금까지 집중력과 세바시, 테드를 이야기한 이유가 있다. 한 문장으로 말하자면 다음과 같다.

독자는 인내심이 없습니다!

말 그대로다! 독자는 인내심이 없다. 오랜 시간 집중해서 무엇인가를 '진득하게' 하지 못한다. 뭐든지 '짧고 굵게!'를 선호한다나는 스마트 폰의 영향이 크다고 본다!. 따라서 무엇이든지 길게 가면 안 된다. 짧고 임팩트 있는 형태로 가야 한다. 회의도 마찬가지고 강연도 다르지 않다. 책 쓰기는 말해서 무엇하랴? 말을 에둘러 할 필요도 없고 '분량 채우기용'으로 쓸데없는 말을 할 필요도 없다. 할 말만 '딱' 하고 빠져야 한다. 이게 요즘 책 쓰기의 트랜드이자 대세다.

이제 책을 쓰려면 '독자는 인내심이 없는 존재'라는 전제를 깔고 시작해야 한다. 독자에게 즉각적이고 순간적으로 어필할 수 없다면 독자는 금방 싫증내고 책을 덮어버리고 만다. 따라서 독자가 손에서 책을 놓지 않도록 쉴 새 없이 스토리를 전개시키고 내용을 전달해야 한다. 이게 아주 중요하다!

'엘리베이터 대화Elevator Pitch'라는 말이 있다. 이 말은 엘리베이터를 타고 가는 그 짧은 시간에 동승자와 이야기하는 시간을 말한다. 여기서 '동승자가 거래 상대방이라면?' 혹은 '저명한 인사라 나에게 내줄 시간이 그 정도밖에 없다면?' 어떻게 하겠는가? 그 짧은 시간에 임팩트 있게 상대를 설득시켜야 한다. 다시 말해서 짧은 시간에 할 말을 다 해야 한다는 거다. 그만큼 간단명료하게 이야기해야 하며, 준비도 철저히 그렇게 해야 한다.

《글쓰기가 뭐라고》의 강준만 교수는 "어떤 주장이나 아이디어를 내세우는 글이라면 반드시 콘셉트를 제시해야 하고, 그것은

30초 내에 설명할 수 있는 것이어야 한다"고 하며, "이런 질문은 자기 생각이나 주장이 없거나 약한 글을 검증하는 데에 큰 도움을 준다"고 이야기한다.

독자는 결코 인내심 많은 어머니 같은 존재가 아니다. 내 이야기를 중언부언해도 사랑의 마음으로 들어줄 생각이 전혀 없다. 따라서 책 쓰기를 할 때도 항상 '인내심 없는 독자'를 배려하는 자세를 가져야 한다. 나 또한 늘 책을 쓰면서 스스로 하는 주문이다.

6부

쓰기가 어렵다구요?

- 품격 있는 책 쓰기를 위한 비법 -

책 쓰기는 남을 위한 것이 아니다.

나 자신을 위한 것이다.

- 이해사

01

기획하고 목차 잡으면
거의 끝이다!

책 쓰기는 콘셉트를 잡고 목차를 완성하면 책의 80%는 완성되었다고 보면 된다. 내용 작성은 금방 한다. 내용 작성보다 더 어려운 것이 '콘셉트 잡기'와 '목차 작성'이다. 목차도 콘셉트에서 나와야 하므로 책 쓰기는 '콘셉트를 어떻게 잡는가' 하는 것이 가장 본질적이고 중요한 문제다.

콘셉트를 제대로 잡기 위해서는 책이 의도하는 바를 명확히 설정하고 그에 맞는 논조를 전개시켜 나가야 한다. 이것은 책의 정체성 문제이기도 하다. 책 쓰기에서 요구하는 수많은 기법도 결국 책이 나아가야 할 바를 정확이 짚어주는 데서 나오기 때문이다.

나는 기획과 목차 구성을 자투리 시간에 주로 한다. 이 시간에 두뇌 회전력이 가장 좋아서다. 인간의 두뇌란 것이 참 신비로워서 작정하고 하려 하면 잘 안 된다. 그래서 시간이 날 때마다 그때그때 한다. 마치 브레인스토밍을 하듯이 하얀 종이에 주제를 적고 한참을 물끄러미 바라본다. 그러면 하얀 종이 속에서 놀랍게도 키워드들이 하나둘씩 솟아나오기 시작한다. 이런 키워드들을 모아서 책의 뼈대를 짠다. 대목차를 만드는 작업이다.

사실 대목차는 거의 정해져 있다고 봐야 한다. 해당 주제가 정해지면 거기에서 나올 수 있는 이야기가 거의 정해져 있기 때문이다. 따라서 대목차 구성도 누가 해도 큰 차이가 없을 정도로 비슷하게 나온다. 우리 삶은 새로울 것이 딱히 없다. 다만 그것들을 재배치하고 재구성하여 낯설게만 보이게 할 뿐이다이게 편집의 역할이다!.

초보자는 목차를 어떻게 잡아야 하는가에 대해 감을 잡지 못한다. 경험도 없고 아는 것이 없으니 목차 잡기가 힘들다고 생각한다. 이런 이유로 초보 작가는 목차 잡기를 조금 다른 방식으로 접근할 필요가 있다. 가령, 책 쓰기를 위해 준비한 다른 참고 서적의 목차를 적극적으로 벤치마킹 해보자. 요즘에는 굳이 서점에 가지 않아도 인터넷 서점에서 책의 목차를 충분히 검색할 수 있다. 관련 유사도서의 목차를 검색하고 그 중에서 내 책의 콘셉트와 가장 맞아떨어지고, 내가 책으로 쓰기에 적절한 목차 구성을 가진 책 한 권을 선정한다. 그리고 그 책의 목차를 철저하게 재구성하여 '내 것 화' 시킨다. 이러면 대 목차는 거의 완성된 것이나 마찬가지다. 물론 토시 하나까지 같을 수는 없고 같아서도 안 된다.

그 다음에는 무엇을 해야 할까? 대목차가 완성되면 소목차 혹은 우리가 '꼭지' 라고 부르는 책의 최소 단위를 세부적으로 확정해야 한다. 나는 이 작업을 철저하게 '키워드' 위주로 한다. 대목차에 들어갈 내용들을 키워드로 우선 선별해놓고 해당 키워드에 맞는 소제목이나 꼭지 제목을 만든다. 이렇게 만드는 꼭지 제목이 40~50개다. 이것을 하루에 2개씩 쓰면 한 달 만에 책 한 권이 완성된다. 이게 책 쓰기의 마법 공식이다참 말이 쉽다!.

목차는 한 번에 완벽하게 완성할 수 없다. 따라서 너무 자세하게 완성할 필요는 없다. 적당한 수준에서 일단 만들어놓고 세부 내용을 쓰면서 서서히 수정해나가면 된다. 다양한 가능성을 열어두고 열린 사고를 하라는 의미다. 이 정도 작업을 완료하면 책은 거의 완성되었다고 해도 무방하다. 구체적으로 내용을 쓰는 작업은 오히려 부차적이다.

똑같은 주제와 그에 해당하는 자료를 동시에 두 사람에게 주었다고 가정해보자. 이들이 쓴 글이 똑같을까? 절대 그렇지 않다. 두 사람의 글은 완전히 다르다. 그게 두 사람의 실력의 차이다. 여기서 우리는 이렇게 결론지을 수 있다.

책 쓰기는 콘셉트와 목차를 잘 잡아야 하는 전략적 행동이고 글쓰기는 내용을 적는 개인의 능력이다.

우리 몸의 골격이 예뻐야 몸매도 예쁘게 나온다. 책도 골격이 흔들리면 제대로 나올 수 없다. 따라서 목차는 책 쓰기 이전에 70% 이상 해놓고, 책을 쓰면서 나머지 30%는 수정해가면 된다. 나도 이렇게 썼다.

최근 대목차 없이 소목차로만 20개나 30개로 구성되는 책을 출간하는 경우도 많다. 목차 구성의 형식 파괴다. 이런 책도 자꾸 보다보니 괜찮다는 생각이다. 이런 책이 왜 나왔는가? 곰곰이 생각해봤다. 이유는 의외로 간단하다. 일정한 주제를 정하고 그 주제에 대해 생각나는 대로 한 꼭지씩 글을 쓴 것이다. 한마디로 목차를 미리 정해놓지 않고 '주제' 에 포커싱을 맞춰 생각나는 소재별로 글쓰기를 한 것이라고 할 수 있다. 이 방법이 왜 좋은가 하면 '목차를 미리 맞춰놓는 것'은 목차가 설사 영원불변하는 것이 아닐지라도 일정 부분 목차에 구속되기 때문이다. 따라서 사고생각를 가두지 않고 자유롭게 주제에 대해 한 꼭지씩 생각날 때마다 적는 거다. 이게 30~40개 모이면 책 한 권이 된다. 이 시점에서 모인 꼭지들을 그룹핑 해서 대목차를 만들 것인지 말 것인지는 본인이 판단하면 된다.

대한민국 30대 전업 작가로 이름을 떨치고 있는 이상민 작가는 강연에서 이런 말을 했다.

책 쓰기를 4달로 잡는다면 순수하게 책 쓰는 기간은 한 달, 나머지는 기획, 자료 수집, 뼈대 잡기다.

난 이 말에 무척이나 공감한다. 책 쓰기를 기획하고 자료를 수집하고 뼈대를 잡는 등 해당 분야를 공부하다 보면 공부한 내용을 글로 표현하고 싶은 욕구가 생긴다. 이때 쓰면 된다. 결국 책 쓰기란 내 안에 응축된 에너지의 열정적 배출 행위라고 보면 된다.

02
닥치고
쓰자!

　누군가 나에게 '책을 쓰려면 어떻게 해야 할까요?' 하고 묻는다면 내 대답은 이것이다.

　'닥치고 써라' 나는 '무조건 써라' 보다 이 말이 더 좋다!.

　실제 책 쓰기나 글쓰기 책을 보면 '무조건 써라' 라는 말이 모두 있다. 찾아보라. 귀신같이 맞다. 왜 그럴까?

　책 쓰기 초기에는 나도 이 말의 뜻을 이해하지 못했다뭘 알아야 쓰지. 어떻게 닥치고 쓰란 말인가?. 하지만 지금 생각해보면 구구절절 맞는 말이다. 글쓰기란 것이 시작이 어렵지 일단 쓰기 시작하면 그 다음부터는 저절로 해결되기 때문이다. 일단 시작만 하면 도

중에 멈추지 않는다면 어떻게든 답은 나온다. 나도 모르게 글쓰기에 몰입하는 나 자신을 보게 된다. 그리고 조금 지나보면 한 꼭지의 글이 완성되어 있다.

강준만 교수는 《글쓰기가 뭐라고》에서 '닥치고 쓰는 행위'에 대해 이렇게 이야기한다.

'생각이 있어서 쓰는 것이 아니라 써야 생각한다'

그리고 심리학자 윌리엄 제임스의 예를 든다.

가령 '슬퍼서 우는 것이 아니라 우니까 슬픈 것이고, 무섭기 때문에 떠는 것이 아니라 떨기 때문에 무섭다'는 것이다. 그래서 도달한 결론이 '생각이 있어서 쓰는 것이 아니라 써야 생각한다'이다. 나는 이 말에 절대적으로 공감한다. 나도 이 방식을 택하고 그 효과를 톡톡히 보고 있기 때문이다. 오히려 반대로 생각 때문에 글쓰기가 어려워지는 경우가 더 많다!

예전에 한 방송에서 스카이다이빙 강사가 한 말이 기억난다. "일단 창공에 몸을 던져라. 그리고 중력에 몸을 맡겨라. 그러면 저절로 하늘을 날게 될 것이다!". 책 쓰기도 마찬가지다. 제발 일단 시작하라. 그리고 키보드와 모니터에 몸을 맡겨라. 그러면 저절로 글이 써질 것이다. 모니터 한 귀퉁이에서 앞으로 나아가지 못하는 커서를 힘차게 밀고 나가자. 한 글자씩 적기 시작하면 쭉 미끄러지듯이 앞으로 나아갈 수 있다.

사실 책 판형신국판 혹은 46배판으로 2~3페이지 쓰는 것은 그리 어려운 일이 아니다. 몇 마디 적다보면 금방 2~3페이지 분량이 채워진다. 이런 꼭지가 40~50개 되면 책 한권 분량이 된다. 따라서 너무 부담감을 가질 필요가 없다. 그냥 쓰면 된다. 책은 그렇게 쓰고 그렇게 완성해가는 거다.

나는 개인적으로 책 한 권의 최소 분량을 200페이지이 분량을 쓰려면 초고는 160페이지 정도 쓰면 된다. 퇴고 중 분량은 늘어나게 마련이다!, 최대는 300페이지 정도로 본다. 그리고 적정 분량은 240페이지 정도로 생각한다. 따라서 초고는 200페이지 정도는 써야 한다. 책을 내려면 최소한 240페이지 정도 분량은 되어야 독자들에 대한 예의가 아닐까? 책이 240페이지라고 하면 이것저것 빼면 실제 내용은 200페이지 정도 된다. 3페이지를 한 꼭지로 보면 60개 정도의 꼭지가 필요하다. 하지만 쓰다보면 3페이지를 넘어가는 꼭지도 꽤 있으므로 보통 40~50개 꼭지면 충분하다. 이걸 전체로 보면

'언제 다 쓰나?' 하는 생각을 하게 된다. 따라서 한 번에 다 쓰려고 하면 상당히 버겁다. 하지만 하루 분량, 즉 두 꼭지만 쓰겠다는 생각을 가지면 한 달이면 책 한 권이 뚝딱 완성된다. 이 책도 그렇게 썼다!

그냥 써라! 퇴고는 나중에 하면 된다. 머릿속에서 용솟음치는 생각에 브레이크를 걸면 본인만 손해다. 어떤 것이라도 일단 문장을 만들어내고 수정은 퇴고할 때 하면 된다. 막상 퇴고 시 그 문장을 확인해보면 브레이크를 안 걸기 잘했다는 생각이 들 때가 많다.

《처음부터 잘 쓰는 사람은 없습니다》의 이다혜 작가는 '쓰면서 생각하기'에 대해서 이렇게 이야기한다.

'쓰면서 생각하기'는 일단 무엇이든 타이핑한다는 주의다. 생각부터 완성하기 어려우니 일단 무엇이든 잔뜩 써보고 편집을 통해 글을 완성해가는 방식이다. 쓰고 버리는 편이, 생각에만 매달리는 쪽보다 훨씬 속도가 빠르다.

_ 이다혜, 《처음부터 잘 쓰는 사람은 없습니다》

쓸데없는 걱정을 미리 할 필요가 없다. 책을 쓰는 것은 밤에 자동차를 운전하는 것과 같다. 당신은 차의 헤드라이트가 비춰주는 데까지만 볼 수 있다. 그런 식으로 목적지로 간다. 이 말은 미국 소설가들 사이에서 유행하는 말이다. 이 말의 뜻을 곱씹어보면 책 쓰기를 어떻게 해야 하는지 잘 알 수 있다. 그날그날의 목표하루에 두 꼭지 쓰기!만 보면 된다.

《8분 책 쓰기 습관》모니카 레오넬 저이란 책에서 역자저자가 아니다! 가끔 역자가 저자보다 더 멋있다!는 다음과 같이 말한다.

그러고 보면 창작의 세계에서는 시작을 얼마나 빨리 하느냐, 시작할 때 느끼는 부담감을 얼마나 익숙하게 처리하느냐가 능력을 판가름하는 게 아닐까 하는 생각을 하곤 한다.

나는 이 말이 작가로서 갖추어야 할 핵심을 잘 표현하고 있다고 생각한다. 일단 시작하면 된다. 너무 긴 고민을 하지 말자. 그저 매일 글 쓰는 습관을 가지면 된다. 생각하지 말고 하루 분량에만 충실하자.

03

글은 쉽게 써라!

쉽게 쓰는 것이 더 어렵다. 어렵게 쓰는 것은 차라리 더 쉽다. 이를 지식의 저주Curse of Knowledge라고 한다. 아는 것이 너무 많다 보니 쉽게 쓸 수 없는 상태를 뜻한다.

반대로 어렵게 쓴 글을 쉽게 바꾸는 것도 쉽지 않다. 그만큼 쉽게 쓰기가 어렵다. 대학 수업을 들어보면 안다. 대학 수업은 좀 어렵다. 교수님 수업은 왜 어려울까? 이분들은 쉽게 강의하려고 시도조차 하지 않기 때문이다. 그리고 아는 게 너무 많다. 강의가 쉬우려야 쉬울 수가 없다.

하지만 학원 강사는 다르다. 강사의 강의는 쉽다. 그래야 수강생이 모이니까. 그래서 '어떻게 하면 쉽게 가르칠까?' 연구에 연구를 거듭한다. 또한 이분들은 교수만큼 많이 알지도 않는다. 학생들에게 필요한 것만 알기 때문이다. 즉, 시험에 나올 것만 어떻게 하면 쉽게 가르칠까 연구한다. 따라서 학원 강사의 강의가 훨씬 더 이해하기 쉽다. 이래서 우리나라에 사교육이 창궐하는 것이다. 사교육이 활성화된 데에는 여러 이유가 있지만 교수님학교 선생님도 포함!들의 공도 크다고 본다.

전문가들을 보면 자신의 관점에서 사물을 바라본다. 그래서 어떤 일이나 주제에 대해 자기보다 모르는 사람들의 처지를 이해하지 못한다. 대화를 하고 글을 써도 '그들만의 리그'에서 활동한다. 그래서 겪는 소통상의 어려움이 바로 '지식의 저주'다.

이런 문제는 책 쓰기에도 그대로 적용할 수 있다. 글을 쓸 때 어렵게 쓰거나 전문용어를 남발해버리면 사실상 독자와의 소통을 포기한 것과 다름없다. 특정 분야의 전문가가 대중적인 책을 쓰는 데 어려움을 겪는 이유가 바로 이것 때문이다.

나는 이런 현상에 '독자들도 일정 부분 기여했다'고 생각한다. 책을 너무 쉽게 술술 읽히게 쓰면 뭔가 천박해보이고 없어 보인다는 인식을 가진 사람들이 많다. 그래서 약간 어려우면 '역시 이 분은 수준이 높아' 하는 착각을 한다. 저자의 유명도에 기대

'본인의 무지' 라고 오해하고 어려운 글을 떠받드는 일까지 벌어지고야 만다.

조남주 작가의《82년생 김지영》은 100만부가 넘게 팔린 베스트셀러다. 나도 몇 번이나 읽어보았다. 문장이 아주 쉽게 잘 쓰여 있어 읽기에도 아주 좋다. 저자가 방송작가를 오래해서 그런지 대중이 쉽게 읽을 수 있는 책을 썼다. 물론 주제가 소위 '먹히는 주제' 라 성공했겠지만, 쉽게 누구나 술술 읽히는 책을 썼다는 점도한 요소로 작용했으리라 생각한다.

그럼 일반인이 쉽게 읽을 만한 정도의 수준은 어느 정도일까? 나도 사회생활을 하면서 글쓰기를 주문당할 때(?) '중학교 수준' 즉 중학생이 이해할 수준으로 적으라는 이야기를 많이 들었다. 읽는 사람에 따라 난이도는 달라질 수 있겠지만 불특정 다수를 대상으로 할 때는 그 무리 중에 좀 낮은 이해도를 가진 사람을 대상으로 써야 한다. 고학력자의 욕을 감수하면서도 말이다.
모든 사람에게 '친절한 금자씨' 가 될 필요는 없다. 또한 될 수도 없다.

04

짧고 간결한
문장으로 써라!

단순함 속에서 명품이 탄생한다. 우리에게 잘 알려진 불후의 명곡들은 코드가 보통 3개로 구성되어 있다. 단순함 안에서 자연스러움과 편안함이 나온다. 어려워지고 복잡해지면 좋은 작품이 나오기 어렵다. 글쓰기도 마찬가지다. 글쓰기는 짧고 간결해야 한다. 일단 긴 글은 무슨 말 하는지 알 수 없다. 이해하기 힘들다. 이런 글은 좋은 글이 아니다.

《글이 돈이 되는 기적》을 쓴 이성주 작가는 좋은 글에 대해 이렇게 이야기한다.

미사여구가 많다고 좋은 글이 아니라는 사실을 꼭 전하고 싶다. 과도한 조사와 부사의 사용은 MSG의 바다에 헤엄치는 갈비의 맛일 뿐이다.

진짜 좋은 글은 쉽고 단순하다. 콕 찍어 말하자면, 조사와 부사의 사용을 최대한 자제한 글이다.

_ 이성주, 《글이 돈이 되는 기적》

글이란 메시지의 전달이다. 문학작품이 아니라면 메시지 전달을 위해서는 짧게 쓰기가 정답이다. 그래야 전달이 잘 된다. 물론 '김훈' 같이 단문으로 독자적인 영역을 구축한 작가도 있다. 하지만 우리는 김훈이 아니다. 김훈처럼 쓸 수도 없을 뿐더러 김훈 흉내 내다가 초등학생 취급을 받을 수도 있다.

가령 '나는 오늘 밥을 먹었다. 그리고 친구와 놀이터에서 놀았다. 그런데 엄마가 전화가 왔다. 그래서 밥 먹으러 집으로 갔다' 이런 식으로 글을 쓴다면 '초등학생 글쓰기' 처럼 우스꽝스럽게 돼버린다. 따라서 짧은 문장만 쓰는 것은 옳지 않다고 주장하는 사람들도 많다. 하지만 나는 쉽고 짧고 간단하게 쓰는 것이 예비 작가에게는 필요하다고 본다. 초보는 쓰다보면 어차피 길어지고 어려워지게 되어 있다. '짧고 간결하게!' 라는 원칙을 세우지 않는다면 법조인의 글쓰기가 될 확률이 아주 높다.

나는 대학 전공이 법학이다. 법학을 공부하면서 느꼈던 가장 놀랐던 것이 판결문은 문장을 아주 길게 쓴다는 것이다. 그래서 판결문을 보면 정말이지 이해하기가 쉽지 않다. 학창시절 학우들끼리 '판사가 아무도 못 알아보게 일부러 이렇게 쓴다' 는 말까지 돌았다. 그만큼 판결문을 길게 쓴다. 물론 지금은 많이 짧아지기는 했지만 예전에는 정말 긴 판결문이 많았다.

수년 전에 민사소송 대법원 판결문의 한 문장 글자 수가 2,547자가 되어 화제가 된 적이 있다. 이런 판결문은 변호사 외에는 읽어도 결론이 뭔지 알 수가 없다. 이겼다는 건지 졌다는 건지 어쩌자는 건지 너무 문장이 기니 숨넘어가기 일쑤다정작 글을 쓴 본인도 설명하라면 못 할 게다!.

일전에 글쓰기 특강을 갔다가 강사님께 들은 말이 아직도 머리에 남는다.

'한 문장에는 한 가지 주제만 넣어라.'
One Sentence One Topic!!

처음 글을 쓰는 사람들은 대체로 문장을 길게 쓰는 특징이 있다. 하고 싶은 이야기를 쪼갤 생각은 하지 않고 그대로 쓰려고 하기 때문이다. 할 말을 한 번에 하겠다는 강박관념에서 나오는 행동이다. 하지만 이렇게 한다고 해서 메시지가 완벽하게 전달되는 것도 아니다. 오히려 방해가 된다. 독자는 도대체 작가가 무엇을 이야기하는지 알기 어려워진다.

우리가 글을 쓰는 이유를 생각해보라. 내가 전하고자 하는 메시지를 정확히 전달해야 한다. 그래서 짧게 쓰라는 것이다!

조성일 작가의 《나의 인생 이야기 자서전 쓰기》에서 좋은 예를 들고 있다.

내가 밥을 허겁지겁 먹고 집을 나선 것은 늦잠을 자서 시간이 없었기 때문이었다.

이 문장이 어떻게 읽히는가? 좀 어색하다. 일단 내용이 4개다.

1. 밥을 허겁지겁 먹었다.
2. 집을 나섰다.
3. 늦잠을 잤다.
4. 시간이 없었다.

문장이 너무 길고 메시지가 너무 많다. 그럼 이 난관을 어떻게 극복해야 할까? 문장을 쪼개고 한 문장에 한 이야기만 해야 한다.

늦잠을 잤다. 지체할 시간이 없었다. 그래서 밥을 허겁지겁 먹을 수밖에 없었다. 결국 할 수 없이 택시를 탔다.

이렇게 쓰면 읽기도 편하고 전달하고자 하는 메시지를 확실히 전달 할 수 있다.

나는 책 쓰기를 할 때 철칙처럼 지키려고 하는 것이 있다. 바로 2줄 이상 한 문장을 쓰지 말자는 것이다. 그래서 문장을 가급적 쪼개려고 한다. 그래서 가장 지양하는 것이 "~~~~~이었는데, ~~~이다"다. '이었는데'를 아주 싫어해서 다음과 같이 바꾼다. "~~~이었다. 그런데, ~~~~이다." 이렇게 하면 문장도 짧아지고 읽기도 쉬워진다.

《누구를 위하여 종을 울리나》를 쓴 미국의 노벨문학상 수상작가인 어니스트 헤밍웨이는 1917년 가을 〈캔사스시티 스타〉라는 신문사에 입사한다. 그 신문사는 신입 기자를 잘 훈련시키기로 정평이 나 있었다. 신문사는 기사를 쓰는 데 몇 가지 '주의사항'을 만들어 놓고 신입 기자들에게 그것을 지키도록 강요했다. 그것들은 다음과 같다.

1. 짧은 문장을 쓸 것

2. 적극적인 힘 있는 문장을 쓸 것

3. 낡은 속어를 쓰지 말고 신선한 숙어를 쓸 것

4. 형용사를 가급적 쓰지 말 것

   특히, splendid, gorgeous, grand, magnificent

   모두 '훌륭한' 이란 의미임

이런 주의 사항은 모두 훗날 헤밍웨이 문장의 특징을 이룬 것들이다. 이 무렵 헤밍웨이가 이미 자기 문체를 확고히 굳혔다고 할 수 없으나 이 신문사가 그의 문장 수업에 결정적인 영향을 준 것만은 틀림없다.

《대통령의 글쓰기》를 쓴 강원국 작가는 타협안을 제시한다. 강 작가는 '단문만이 정답은 아니다 라고' 하면서, "단문과 장문을 섞어 쓰는 것이 좋다. 7대 3이나 8대 2로 어우러져 리듬감 있는 글이 바람직하다" 라고 한다. 글의 종류나 글쓰기 상황에 따라 다르겠지만 경청할 필요가 있는 말이다.

다만, 초보 작가에게는 기본은 '단문' 이다. 명심하자! 초보는 단문으로 써도 장문이 된다!

05
솔직하게
써라!

제발 솔직하게 써라! 절대로 독자를 속이지 마라! 독자들은 귀신같이 안다. 책 쓰기는 독자와의 대화다. 그래서 책 쓰기는 일반적인 글쓰기와는 완전히 다르다. 가령 매일 일기를 쓴다고 생각해보자. 일기는 누가 읽으라고 쓰지 않는다. 본인을 위해서 쓴다. 따라서 일기 쓰기는 자기중심적 글쓰기라고 할 수 있다. 하지만 책 쓰기는 완전히 다르다. 독자를 염두에 두어야 한다. 독자에게 읽히기 위한 글쓰기가 책 쓰기이기 때문이다.

책 쓰기를 잘하려면 독자를 유혹할 줄 알아야 한다. 그래야 독자가 책을 읽으면서 '그래, 이 책이 내가 원하던 책이야'라고 생각하게 된다. 입소문이 나면서 책이 더 많이 팔린다. 이런 책을 쓰려면 마치 연애할 때처럼 상대방을 매혹시켜야 한다. 그러기 위해서는 상대방에게 나의 좋은 점 및 장점, 매력을 보여주어야 한다. 이게 바로 책 쓰기의 기본 원리다.

그럼 독자를 소위 '꼬시기' 위해서는 어떻게 해야 할까?
독자를 유혹하기 위한 최선은 무엇일까?

나는 꾸미지 말고 솔직하게 쓰라고 권하고 싶다. 이제 독자들의 수준이 아주 높다. 어지간한 이야기로는 믿지 않는다. 믿으려고 노력하지도 않는다. 독자들을 믿게 하려면 독자들이 의심을 품지 않게 해야 한다. 즉 경계심을 없애고 무장해제를 시켜야 한다.

독자들은 작가의 솔직한 말에 관심을 가진다. 사람이 너무 솔직해지면 듣는 상대방은 그 사람을 보호하고 싶은 심리가 생긴다. 이런 심리를 적절히 이용하는 거다.

또한 독자는 자신의 생각을 작가가 대신 이야기해주기를 바란다. 그래서 자기 생각을 그대로 적어놓은 작가의 글을 아주 좋아한다. 감정이입이 될 수 있기 때문이다. 나도 책을 고르다가 내가 원했던 이야기가 있으면 바로 구매한다.

최근의 출판 트랜드를 보면 힐링과 치유, 공감이다.

2018년 베스트셀러인 《멈추면 비로소 보이는 것들》혜민 스님, 《82년생 김지영》조남주 작가, 《아프니까 청춘이다》김난도 교수를 보라. 모두 그러한 주제다. 이런 책을 읽어보면 누구나 겪거나 겪을 수 있는 혹은 생각할 수 있는 이야기를 솔직하게 표현해내고 있다. 이런 책이 독자들의 공감을 얻는다.

유의할 사항도 있다. 너무 솔직하게 쓴다고 우울한 이야기의 나열, 지나친 자랑, 부정적인 이야기가 있으면 안 된다. 차라리 우울한 이야기를 하더라도 잠깐 언급하고 '나는 이것을 이렇게 극복했다'는 비전을 제시해야 한다. 우울한 책에는 선뜻 손이 나가지 않는 것이 우리 인간의 마음이다.

자기 자랑하는 글을 쓰더라도 자랑에만 그치는 것이 아니라 성공담에서 배울 점을 부각하고 독자들도 해낼 수 있다고 독려하는 스토리를 전개해야 한다.

부정적 이야기도 부정적 이야기는 최소화하고 극복 방법을 안내하고 밝은 분위기로 전환이 필요하다. 결국 책에서 독자가 얻어갈 수 있는 무언가를 제시해야 한다. 그래야 책에 손이 가고 지갑을 열게 할 수 있다. 이러기 위해서는 역시 꾸미지 말고 솔직한 책 쓰기를 해야 한다.

06
내 마음을 울리는
스토리텔링

《아제아제 바라아제》의 작가 한승원은 글쓰기에 대한 본인의 책《한승원의 글쓰기 교실》에서 이런 말을 했다.

아무나 쓸 수 있는 글은 죽은 글이다.

한승원이 소설가이므로 소설에 빗대어 이야기했겠지만 소설 외의 글쓰기도 마찬가지라고 생각한다. 즉 아무나 쓸 수 있는 글은 단순한 지식 전달을 위한 글 이상도 이하도 아니다.

예를 들어볼까?

남북 분단에 대한 100자 남짓한 2개의 글을 비교해보자.

남북 분단에 대해 자유롭게 써보라고 학생들에게 시켰다.

(학생 1)

동서냉전의 영향으로 2차 세계대전 이후 남북이 갈리게 되었다. 그 후 교착 상태를 유지하다가 1950년 6월 25일 북한이 일제히 남침을 시도함으로 우리나라는 동족상잔의 비극인 6·25를 겪게 되었다. 1953년 휴전 이후 남북이 갈라져 지금에 이르고 있다.

(학생 2)

우리 할아버지는 6·25 때 여동생을 북에 두고 남으로 탈출하셨다. 그래서 할아버지는 6월 이맘때나 명절 때만 되면 소주를 드시며 우셨다. 여동생을 북에 놓고 내려온 것이 못내 죄스러웠던 모양이다.

이 둘의 글을 비교해보라.

처음 글은 남북 분단에 대한 역사적 사실만 밋밋하게 서술하고 있다. 이런 글은 사실을 전달한다는 측면에서는 의미가 있지만 독자 입장에서는 그다지 반가운 글이 아니다.

두 번째 글을 보면 6·25전쟁을 할아버지의 개인 사연에 근거해 쓰고 있다. 여동생을 북에 두고 온 이산가족 할아버지의 설움과 1년 중 일정 시기가 되면 소주를 마시며 우신다는 이야기. 이런 이야기에 독자들은 같이 눈물을 흘리고 공감한다. 이런 글이야말로 살아있는 글이라 할 수 있다.

그러면 첫 번째 글과 두 번째 글의 차이는 무엇일까?
공감이 가는 글과 밋밋한 글의 차이는 도대체 무엇일까?

정답은 '이야기 형식이냐 아니냐' 이다. 사람들은 특정한 현상보다 남의 이야기를 좋아한다. 또한 이야기 듣기를 좋아한다. 따라서 글쓰기에서 이야기 형식은 대단히 중요한 사항이라 할 수 있다.

첫 번째 내용으로 강의를 하면 대부분 졸거나 딴짓을 한다. 내용 자체가 재미가 없어서 흥미를 끌지 못하기 때문이다. 마치 다큐멘터리타큐멘터리에 열광하는 마니아 분께 죄송하다!와 액션영화의 차이라고나 할까?

스토리텔링식 글은 따분하지 않고 재미가 있다. 그래서 독자의 흥미를 불러일으킨다. 그래서 책 쓰기 관련 책을 보면 죄다 스토리텔링식으로 글을 쓰라고 말한다. 이렇게 하지 않으면 아무도 책을 사보지 않기 때문이다.

일반적으로 스토리텔링을 전개하는 방식은 크게 두 가지다.

첫째는 책 내용 중에 스토리텔링식의 이야기를 집어넣는 형태다. 중간 중간 이야기를 삽입해 재미를 더하는 방식이다.

둘째는 아예 마치 영화나 드라마처럼 스토리텔링식 플롯을 설정하고 이야기를 시작하는 형태다. 가령 경매에 관한 책에서 주인공 두 명을 등장시켜 이야기 형식으로 내용을 풀어나가는 것이다. 최근에 유행했던 《○○천재가 된 홍대리》 시리즈가 이러한 유형의 책이다.

스토리텔링식 책이 아니면 이제 발붙일 곳이 없다. 전문서적이나 전공서적, 기술서적이야 이런 식으로 쓸 수 없겠지만 일반 서적들은 반드시 스토리텔링식 이야기가 필요하다는 점을 명심하도록 하자.

07

한 꼭지에
하나만 전달하라!

잘 쓴 글이란 무엇일까? 문장이 화려하거나 미려한 글이 아니다. 잘 쓴 글은 단순한 글이다. 단순한 글은 술술 잘 읽힌다. 그래서 이해하기도 쉽다. 문장을 읽을 때 어색함이 느껴지지 않고 부드럽게 흐름에 따라가는 글이 좋은 글이다. 글을 읽을 때 뭔가 어색하거나 흐름이 막힌다면 무엇인가 문제가 있다는 거다. 이럴 경우 잘못된 문장이라고 생각하고 과감하게 수정해야 한다.

일단 출판사와 계약을 하게 되면 출판사는 원고를 책으로 탈바꿈하는 상품화 작업을 시작한다. 특히 작가의 고질병을 잡아내는 '어색한 문장을 수정하는 작업'을 한다. 이것을 '윤문 작업'이라고 한다. 윤문 작업을 하는 이유는 작가들이 특히 초보자! 대다수가 다음 중 하나의 오류를 범하기 때문이다.

첫째, 주어와 술어가 어울리지 않는다.
둘째, 문장에 불필요한 단어가 많다.
셋째, 단어 선택이 올바르지 않다.
넷째, 문장이 너무 길다.
다섯째, 불필요한 꾸미는 말이 많다.
여섯째, 부사를 많이 사용한다.
일곱째, 중복 단어나 문장이 많다.

나는 이 외에 위의 일곱 가지 오류보다 더 중요한 것을 이야기하려 한다. 그것이 바로 '한 꼭지에는 하나만 이야기하라'는 것이다. 가령 꼭지 제목이 '스토리텔링 방식으로 글을 써라'라고 해보자. 그러면 내용은 스토리텔링에 관한 내용을 적고 스토리텔링식으로 쓸 것만 주문하고 끝내야 한다. 분량이 적다고 이상한 이야기를 가져오기 시작하면 글이 산으로 간다.

여기서 어색한 스토리 전개가 시작된다. 따라서 한 꼭지에 한가지 메시지만 던지도록 해야 한다. 책 한 권에 보통 30~50개의 꼭지가 있다고 하면 저자가 말하고자 하는 이야기가 결국 30~50

개가 된다. 이것들을 주제별로 그룹을 지으면 목차가 된다. 목차는 이런 식으로 잡아야 효과적이다. 물론 꼭지를 다 쓰고 나서 목차를 잡지는 않는다. 목차에 들어갈 꼭지들을 70~80% 정도 정해 놓은 상태에서 글쓰기를 시작해야 한다. 글쓰기를 시작하면 나머지 20~30%는 글쓰기 도중에 생각나는 것들을 꼭지로 추가하면 된다.

그럼 한 가지 메시지를 전달하기 위해서는 어떻게 해야 할까?

1부	
직장인에게 왜 책 쓰기가 필요할까?	**대목차**
1. 책이 있는 직장인 vs 책이 없는 직장인	1. 소목차꼭지
2. 직장인의 책은 강연을 부른다	2. 소목차꼭지
3. 100권 읽기 vs 한 권 쓰기	3. 소목차꼭지
4. 어떤 직장인이 책을 쓰는가?	4. 소목차꼭지

첫 번째 방식은 소목차가 그대로 꼭지가 되는 방식이다. 즉 4개에서 8개 정도의 대목차를 잡고 대목차 안에 여러 개의 소목차가 들어간다고 보면 된다. 이럴 경우 소목차가 꼭지이므로 소목차에 한 개의 메시지를 담으면 된다. 분량도 보통 3~5페이지 정도 작성

하면 된다. 이 책도 같은 방식을 취하고 있다.

1부	
직장인에게 왜 책 쓰기가 필요할까?	**대목차**
1. 책이 있는 직장인 vs 책이 없는 직장인	1. 소목차
- 책이 있으면 무엇이 좋을까?	꼭지
- 직장인이 책이 필요한 이유	꼭지
2. 직장인의 책은 강연을 부른다	2. 소목차
- 몸값은 책이 결정한다	꼭지
- 책과 강연은 필수불가결 관계	꼭지

두 번째 방식은 소목차 안에 꼭지를 두는 방식이다. 내 두 번째 책이 이런 방식으로 썼다. 즉 대목차 안에 소목차를 10개 이하로 두고 소목차 안에 꼭지를 2~3개 정도 방식이다.

어떤 방식을 사용해도 상관없다. 중요한 것은 한 꼭지에서 한 가지 이야기만 해야 한다. 이렇게 해야 독자들이 읽기도 편하고 글에 일관성이 생긴다. 책 쓰기를 하다보면 당연히 깨닫게 되겠지만 이런 기본조차도 간과하는 경우가 많다.

08
잘 읽히는
글의 특징

　　잘 읽히는 글이란 어떤 글일까? 우리 이런 상상을
해보자. 내가 책을 출간한다. 책이 서점 서가에 꽂힌다. 한 독자가
내 책을 산다. 그러면 그 독자는 그 책을 몇 번 읽을까? 만일 그 책
이 수험서라면 반복이 중요하니 여러 번 읽을 것이다. 성적이 잘
나와야 하니까.

　그럼 소설이라면? 조정래의 《태백산맥》과 같은 아주 훌륭한 소
설이 아니라면 아마 한 번 읽는 것으로 끝날 것이다. 보통 자기계
발서처럼 일반서적은 두 번 읽지 않는다.

　이 말이 의미하는 바는 무엇일까? 우리가 책을 쓸 때 독자는 한
번만 읽는다고 생각해야 한다. 독자는 시간이 많지 않다. 읽을 책
이 너무 많다. 내 책만 읽는 것이 아니다. 따라서 독자를 한 번에

설득시켜야 한다. 그러기 위해서는 글을 매끄럽게 써야 한다.

앞에서 책은 독자들에게 메시지를 전달하는 것이라고 했다. 따라서 이러한 메시지를 어떻게 하면 잘 전달할 수 있을 것인가를 작가는 항상 고민해야 한다. 나는 잘 읽히는 글은 '쉽게 읽히는 글'이라고 생각한다. 어려우면 쉽게 읽히지 않는다. 우리나라 사람들은 너무 술술 읽히는 책은 작가의 역량이 없다고 생각하는 경향이 있다. 하지만 이것은 잘못된 생각이다. 아주 쉽게 써도 전달하는 메시지가 확실하면 어렵게 쓰는 것보다 100배 낫다.

그럼 쉽게 읽히기 위해서는 어떻게 해야 할까? 어색함이 없어야 한다. 읽다가 어색하면 도중에 맥이 끊겨버린다. 따라서 어색함 없이 문장이나 내용의 흐름이 무난해야 한다. 특이한 문장이나 단어를 쓰지 말고 무난한 단어를 선택해 매끄럽게 이야기를 전개해야 한다.

여기에 하나 더하자면 재미있게 써야 한다. 딱딱한 이론만 설명하면 읽는 도중에 딴 생각을 한다. '이 책, 너무 따분하다. 접고 싶은데?' 따라서 재미있게 쓰도록 의식적으로 노력해야 한다.

'밥 먹는 것도, 잠자는 것도 잊고 단숨에 읽었다!'

작가에게 최고의 찬사다.

독자의 긴장감을 시종일관 유지시키고!

보조 장치를 효과적으로 작동하는 동시에!

메인 엔진에 불을 붙여 끝까지 단숨에 읽게 하는 것!

_기시 유스케, 《나는 이렇게 쓴다》

나도 이런 책을 읽은 적이 있다. 신필神筆이라고 부르는 김용의 《영웅문》을 읽었을 때 그랬다. 중학생 때였는데 밥 먹는 시간 외에는 《영웅문》만 읽었다. 1, 2, 3부 총 18권을 며칠 내에 다 읽었다. 너무 재미있으니 완전히 빠져들고 만 것이다.

그럼 재미있게 읽히기 위해서 어떻게 해야 할까?

책에는 타인의 눈을 사로잡을 수 있는 스토리가 있어야 한다. 전에도 스토리텔링의 중요성을 강조한 적이 있다. 독자들은 '이야기' 를 좋아하지 '내용의 전달' 을 중요하게 생각하지 않는다. 이야기에 내용 전달까지 녹여내야 독자를 사로잡을 수 있다.

좋은 글은 무난하게 읽히는 글이다. 문장에서도 주어 동사가 어울려야 하고 어려운 단어를 쓰지 말아야 한다. 가령 '사활적 이익' 이란 단어를 쓰면 '사활적' 이란 말이 자주 쓰이는 말이 아니므로 독자들은 책을 읽다가 멈칫하게 된다. 따라서 '사활적' 이란 말보다는 '아주 중요한' 이라던가 '죽느냐 사느냐 하는 문제' 로 바꿔 쓰는 것이 좋다.

가장 중요한 것은 독자가 처음 책을 집어들었을 때 멈추지 않고 쭉 읽어볼 수 있는 내용으로 부드럽게 써야 한다는 사실이다말이 쉽다!.

09

명문장은
단순미에서 나온다!

책 쓰기를 할 때 가장 작가를 힘들게 하는 게 '명문장을 써야 한다'는 강박관념이다. 나는 이러한 강박관념이 작가를 힘들게하는 결정적인 방해물이라고 본다. 따라서 명문장 강박에서 벗어날 필요가 있다. 명문장 없이도 책은 잘 쓸 수 있다. 하지만 명문장이 있으면 독자 머릿속에서 오랫동안 살아남아 영혼불멸로 기억될 수 있다. 나도 그렇게 기억하는 문장이 아주 많다. 틈틈이 생각나면 마치 에빙하우스Ebbinghaus의 기억 망각 곡선처럼 머리에 박혀버리기 때문이다.

그럼 명문장은 어떻게 만들까? 사실 명문장은 의외로 단순하다. 일전에 〈크레이지 리틀 씽 콜드 러브Crazy Little Thing Called Love〉라는 퀸의 명곡에 대한 기사를 본 적이 있다. 여기서 퀸의 리드보컬인 프레디 머큐리가 이런 말을 했다.

이 노래는 제가 우연히 샤워하다가 떠오른 악상을 기타를 꺼내 들고 5분 만에 작곡한 곡입니다. 몇 개의 코드를 알고 기타를 하나도 못 치는데요, 그렇게 제한적인 게 좋을 때도 있는 것 같아요. 작은 프레임 안에서 곡을 써야 하니까 좋은 훈련이 되기도 했고요. 많은 코드를 알았다면 좋은 곡을 쓰지 못했을 거예요. 그 제한적인 것 때문에 좋은 곡을 썼다고 생각해요.

프레디 머큐리의 말에서 좋은 글 즉, 명문장의 의미를 함축해서 표현하고 있다. 때로는 작은 프레임 안에서 작게 움직이는 것이 명문장을 만들어낸다. 인위적으로 아는 지식을 총동원하려고 해서 만들어지는 것이 아니다. 명문장은 어깨에 힘을 빼고 부담감을 내려놓고 솔직해질 때 자연스럽게 나온다. 그래서 명문장을 써놓고도 그게 명문장인지 잘 모른다. 명문장은 주변에서 알아줘야 명문장이다.

명문장의 예를 들어보자. 내가 생각하기에는 이런 문장들이 진정한 명문장이다.

대나무는 곧아도 기둥으로 쓸 수가 없다고 전하시게.

이 말은 드라마 〈추노〉에서 나오는 대사다. '세상일에 융통성 있게 대응하라' 는 말을 아주 멋지게 표현하고 있다. 이 말을 '둥글둥글하게 현실에 순응하면서 사시게' 로 했다면 어땠을까? 아무래도 느낌이 반감되었을 것이다. 이 문장과 함께 또 내가 좋아하는 문장은 니콜라이 네크라소프의 말이다.

슬픔도 노여움도 없이 살아가는 자는 조국을 사랑하고 있지 않다.

이 말은 1985년 유시민이 쓴 〈옥중항소이유서〉의 마지막에 기재되어 많이 회자된 말이다유시민의 〈옥중항소이유서〉도 매우 명문장이므로 한 번 읽어볼 것을 권한다.

그럼 명문장의 정의는 무엇일까? 명문장은 멋진 문장, 화려한 문장, 아름다운 문장, 기교가 충만한 문장이 아니다. 명문장은 그야말로 불멸의 문장이다. 시간과 공간을 초월하여 모두에게 추앙받는 문장이다. 가령 《햄릿》에서 '죽느냐 사느냐 그것이 문제로다 To Be or Not To Be, That's the question!' 과 같은 문장이다. 여러 영화나 소설에서 패러디하고 있는 문장이다. 잠시 눈을 즐겁게 하거나 아름다운 미사여구로 장식된 문장은 사람들을 즐겁게 한다. 하지만 이러한 문장은 오래가지 못한다. 명문장은 영혼불멸의 생명체와 같다. 따라서 오랜 세월을 이겨내는 힘을 가지고 있다. 그럼 이러한 문장들의 공통점은 무엇일까?《명문장의 조건》을 쓴 김성우 작가는 명문장에 대해 이렇게 설명하고 있다.

명문장은 정확한 문장, 간결한 문장이다.

《책 쓰기 혁명》의 저자 김병완은 명문장의 조건을 다음 세가지로 말하고 있다.

Clear - 명료하게 분명하게
Correct - 정확하게, 올바르게
Concise - 간결하게, 짧게

위 내용을 종합해보면 다들 비슷한 생각을 가지고 있다.
문장을 쉽고 분명하게 쓰라는 것이다. 명료함과 단순함 속에서 진리가 나오는 법이다. 나는 이 말에 절대 공감한다. 이 말은 책 쓰기 전반에 걸쳐 아주 중요한 말이다.

10

글쓰기가
잘 안 될 때!

　　글쓰기가 안 될 때 어떻게 해야 할까? 나도 이럴 때가 있다. 예전에는 글쓰기 안 되는 날에는 그냥 쉬었다. '마른 오징어도 쥐어짜면 물이 나온다' 고 하지만 난 도저히 할 수가 없었다. 흙탕물도 시간이 지나면 맑아지듯이 내 마음도 시간이 지나면 맑아지리라 생각하고 그냥 쉬었다.

　하지만 이런 식으로 쉬다보면 책 쓰기 진도가 잘 안 나간다. 책 쓰기가 하염없이 길어진다. 하루 만에 마음이 맑아지지 않을 가능성이 더 크기 때문이다. 따라서 글쓰기가 안 되는 날도 써야 한다안타까운 소리지만 어쩔 수 없다!

　혹자는 이러한 상황을 '글쓰기 + 슬럼프 = 글럼프' 라고 부른다. 《노인과 바다》를 쓴 노벨문학상 수상작가 어니스트 헤밍웨이도

"모든 문서의 초고는 끔찍하다. 글은 죽치고 앉아서 쓰는 수밖에 없다"라고 말했다. 책 쓰기는 일단 엉덩이로 하는 것이라는 말이다. 노벨문학상을 탄 위대한 작가도 똑같다. 억지로 쓰다보면 잃는 것이 있다. 억지로 쓰다 보면 무리수를 둔다. 그래서 글이 삼천포로 빠질 수 있다. 이럴 바에는 아예 안 쓰는 게 정답이 아닐까?

또한 글쓰기는 즐거워야 한다. 써지지 않는 상황에서 억지로 쓰다 보면 글쓰기 자체가 '노동'이 되어 버린다. 이런 상황에서 무리하게 책 쓰기를 고집하면 노동의 수준을 넘어 '고문'이 되버린다. 이러면 글쓰기의 즐거움이 없어지지 않을까? 그래서 나는 다음의 방법을 추천한다.

우선 글쓰기가 안 되면 조금 쉰다. 그렇다고 하루 종일 쉴 수는 없다. 잠깐 나가서 바람을 쐬고 오면 된다. 시간은 한 시간 이내로 정한다. 바람을 쐬고 오면 들뜬 마음이 정리되어 책 쓰기 모드로 돌입할 수 있다. 그런 다음 예정된 글쓰기를 진행하면 된다.

나와 비슷한 방식을 취하는 분이 강준만 교수다. 강교수는《글쓰기가 뭐라고》에서 다음과 같이 이야기 한다.

나는 글을 쓰다가 막히면 그냥 중단한다. 글을 미완성 상태로 놔두고, 그 대신 그걸 1~2줄 메모로 남겨 몸에 지닌다. 그리고 한가한 시간에 그

메모를 보고 생각해본다. 그 결과는 놀라웠다.

_ 강준만, 《글쓰기가 뭐라고》

만일 이래도 안 될 경우 방법을 바꾸자.

우선 기존에 쓰던 글은 접고 다른 글을 쓰는 방법이다. 나는 동시에 여러 개의 원고 작업을 한다. 물론 퇴고를 제외하고 말이다. 왜 이렇게 할까? 바로 뽀모도로 책 쓰기를 하기 때문이다. 하루에 2꼭지 이상 쓰지 않으므로 한 시간 내에 하루 책 쓰기 분량이 끝나버린다. 따라서 시간이 남으면 여러 개의 작업을 동시에 한다. 이를 '컨베이어벨트식 책 쓰기'라고 한다.

만일 이것도 여의치 않다면 책 쓰기를 멈추고 '읽기'를 택한다. 읽기는 단순히 책을 읽는 것뿐만 아니라 각종 동영상 자료강연이나 다큐멘터리 등도 인터넷을 통해 찾아본다. 이런 식으로 글감을 모은다. 글쓰기 재료는 모을수록 글이 풍성해지므로 최대한 많이 모으는 것이 좋다. 그럼에도 불구하고 원고 마감일 등의 사유로 억지로라도 써야 한다면 어떻게 할까? 내가 추천하는 방식은 바로 이것이다. 이 방식은 다분히 멘탈적이다.

첫째, 일단 잘 쓴 작가의 글같은 분야의 글이면 더욱 좋음을 1, 2페이지 정도 원고 앞에 타이핑을 한다.

둘째, 작가의 글을 느끼며 글쓰기의 감을 잡는다. 잘 쓴 사람 흉내만 내도 좋은 글이 된다.

셋째, 작가의 글을 베끼는 것을 마무리하면서 동시에 내 글에 진입한다. 마치 아무 일 없었던 양 줄줄 흐름을 타면 된다.

이런 식으로 글쓰기를 하다보면 자신도 모르게 글쓰기 모드로 변경된 나 자신을 볼 수 있다. 급할수록 마음을 느긋하게 가져야 한다. 급하다가 서두르면 그날 쓴 글은 아주 형편없는 경우가 많았다. 최악의 상황이 닥칠 경우 완전히 다시 써야 할 수도 있다. 마음을 느긋하게 가지고 '짧은 국면 전환'을 통해 책 쓰기 모드로 '스위치-온' 할 수 있는 노하우를 작가라면 한두 개씩은 가지고 있어야 한다. 그래야 작가로서 롱런할 수 있다.

《대통령의 글쓰기》의 저자 강원국도 이와 유사한 방법을 활용한다.

쓰려는 글이 있으면 단 몇 줄이라고 미리 써놓는 것이다. 그리하면 우리의 뇌는 스스로도 인식하지 못하는 가운데 글을 매듭짓기 위해 노력한다. 다른 일을 하다가도 글과 관련한 생각이 떠오르는 이유도 여기에 있다.

_ 강원국, 《강원국의 글쓰기》

11

쓰는 순간마다
행복해야 한다!

　　책 쓰기는 고행의 시간이 아니다. 인생에서 누릴 수 있는 가장 행복한 시간이며 나를 돌아볼 수 있는 귀중한 시간이다. 나는 하루 중 책 쓰는 시간이 가장 좋다. 그래서 책 쓰는 시간이 몹시도 기다려진다. 이렇듯 책 쓰기는 소중한 시간이며 쓰는 순간마다 행복해야 한다.

　언젠가 노트북을 두고 앉아서 히죽대는 나를 보며 내 친구가 물었다. "도대체 뭘 하는 데 그렇게 웃고 있냐?" 당시 나는 방금 전 쓴 글을 다시 읽으며 웃고 있었다. 글을 쓰면서 과거의 추억이 떠올랐기 때문이다. 책 쓰기는 이렇게 과거를 회상하게 하고 내 과거를 정리하는 역할도 해 준다. 그 와중에 웃음은 보너스다.

하루 중에 시간이 가장 잘 갈 때는 언제인가?

그리고 시간이 가장 안 갈 때는 언제인가?

그 차이는 무엇일까?

이 차이를 잘 알면 글쓰기가 왜 재미있는지 이해할 수 있다. 글쓰기는 노동이 아니다. 따라서 글쓰기는 즐거워야 한다. 이게 내 지론이다. 글쓰기가 고통이라면 안 하는 게 낫다. 고통을 재미있는 글쓰기와 연관시킬 하등의 이유가 없다. 그것은 범죄다 적어도 나에겐!.

1년에 50권을 출간한다는 집필의 신, 나카타니 아키히로. 그의 책을 보면 정말 다양하다. 어떻게 한 분야의 전문가도 아니고 이렇게 다양한 주제에서 많은 책을 쓸 수 있을까? 혹자는 다분야 다작가는 깊이가 없다고 말한다. 하지만 그것을 틀린 말이다. 대중을 대상으로 하는 책은 심각할 필요가 없다. 대중이 알아야 할 정도만 쓰면 된다.

이런 책은 재미가 있어야지 너무 전문 분야로 들어가면 '배가 산으로 가는' 끔찍한 일이 벌어질 수 있다. 그래서 전문가가 일반인을 대상으로 책을 쓰는 것은 참 어렵다. 아는 것이 너무 많아서 쉽게 쓰기가 어렵기 때문이다. 지나친 지식은 과욕을 부른다. 그럼 글을 쉽게 쓰는 것이 어려울까, 어렵게 쓰는 것이 어려울까? 짧게 쓰는 것이 어려울까, 길게 쓰는 것이 어려울까? 이 대답을 생각해보면 왜 그런지 쉽게 이해할 수 있다.

나카타니 아키히로는 글을 쓸 때 침을 질질 흘리면서 글 자체에 몰입한다고 한다. 나는 이분을 만난 적은 없지만 이분 얼굴을 알기에 대충 상상이 간다. 이런 상상을 하면 또 웃음이 나온다. 이렇게 고수들은 글을 쓰는 순간을 즐기며 무아에 빠진다. 나는 이것이 작가에게 매우 중요한 덕목이라고 생각한다. 글을 억지로 지어내고 책 한 권을 내면 수명이 줄어드는 그런 비생산적인 글쓰기는 절대로 해서는 안 된다.

얼마 전《여행의 이유》를 쓴 이영하 작가의 강의를 들었다. 그분 말씀이 평균 수명이 가장 짧은 직업이 작가라고 했다. 늘 글을 써야 한다는 압박감, 마감 시한이 다가오는데 글은 써지지 않을 때의 괴로움 등이 '작가 평균 수명 60세'라는 오명을 만들어 냈으리라. 작가도 스트레스를 최대한 받지 않고 글을 쓰는 습관을 들여야 한다. 건강 관리를 위해 본인만의 노하우를 찾아야 한다.

글쓰기는 즐겁고 또 즐거운 것이다. 글쓰기를 멈출 때 좀 아쉽다는 생각이 드는 것, 또한 내일 글쓰기를 할 수 있다는 행복한 설렘 속에서 잠자리에 드는 것. 이것이야말로 진정한 글쓰기다.

내가 좋아하는 《내 책 쓰는 글쓰기》의 저자이자 연기자이기도 한 명로진 작가는 주 본거지를 홍대로 하는 분이다. 이 분은 인디라이터인디라이터는 '인디펜던트 라이터' 의 준말임!라는 글쓰기 강좌를 오래전부터 운영하고 있다. 나도 대전 구암도서관에서 이 분 특강이 있다는 소식을 듣고 휴가를 내고 가서 들은 적이 있다. 하지만 그때는 글쓰기 특강은 아니었고 주부를 상대로 한 특강이었다 이렇게 작가가 되면 문화센터에서 강의할 수 있는 주제의 책을 반드시 써야 한다. 이분이 예전에 하신 말씀 중 기억에 나는 말이다.

친구들과 저녁 약속을 잡아 놓고 글쓰기를 시작했다. 너무 글쓰기에 몰입하여 시간 가는 줄 몰랐다. 친구들과 만나기로 한 시간이 밤 11시였는데, 글을 쓰다 보니 시간이 어느덧 새벽 2시였다. 전화가 여러 통 왔음에도 글쓰기에 너무 몰입한 나머지 확인도 하지 못했다.

난 이분의 경지가 작가로서 '완전 몰입의 경지' 라고 생각한다.

이렇게 글을 쓸 때는 푹 빠져서 몰입하여 써야 한다. 글쓰기와 내가 혼연일체가 된 상태에서 제대로 된 작품이 탄생할 수 있다. 이러한 몰입 상태에서는 놀라운 집중력이 생긴다. 이때 시간은 한 시간이 1분과 같다.

결국 글을 쓰는 그 순간이 행복해야 한다. 우리가 책을 쓰고 글을 쓰는 이유도 결국 행복해지기 위해서다. 책 쓰기는 무미건조한 삶의 활력소가 될 것이고 내 인생을 바꿔 줄 가장 가치 있는 대안이 될 것이다.

책 쓰기를 통해 나 자신을 변화시켜야 한다.
그리고 세상을 바꾸어야 한다.

- 이해사

책 쓰기는 많은 것을 변화시킨다

책 쓰기는 우리를 놀랍게 변화시킨다. 책을 써서 갖게 되는 결과론적인 자유는 오히려 부차적이다. 책을 쓰는 과정에 얻는 자유가 이보다 100배 더 크다. 우선 책을 쓰기 위해서는 많이 읽어야 한다. 그리고 많이 생각해야 한다. 그래야 쓸 수 있다.

중국 송나라 문인 구양수는 '삼다三多'를 제시했다. 삼다는 다독多讀, 다작多作, 다상량多商量을 말하는 것으로, 많이 읽고 많이 쓰고 많이 생각하라는 뜻이다. 1000년 전 한 문인이 한 말이 지금도 우리에게 시사하는 바가 크다.

다독, 다상량 해야 다작을 할 수 있다. 따라서 책 쓰기는 독서와 사색을 촉진한다. 이게 책 쓰기의 가장 큰 마력이다. 나는 책 쓰기를 통해 인세를 받고, 유명해지고, 강연을 해서 돈을 벌라고 이 책에서 말했다. 하지만 정작 더 중요한 것은 '책 쓰는 과정을 통해 스스로 겪게 되는 자신의 엄청난 변화' 다.

책 한 권을 쓰기 위해 책을 읽는 행위는 책 쓰기를 염두에 두지 않고 읽는 것과 질적으로 완전히 다르다. 책을 읽는 자세가 확연히 달라진다. 또한, 책을 쓰기 위해 하는 생각은 능동적이다. 책 쓰기를 하지 않을 때 가지는 수동적 생각에서 벗어나 적극적이고 능동적인 생각을 하게 된다. 적극적 사고는 나 자신을 변화시키고 내 가족을 변화시키고 내가 몸담고 있는 조직을 변화시킨다. 더 거창하게 말하면 사회를 변화시키고 세상을 변화시킬 힘이 있다. 그래서 책 쓰기가 중요하다.

책 쓰기는 행복이다. 우리 삶을 풍요롭게 하고 우리를 행복하게 한다. 책 쓰기의 바다에 빠져들면 책 쓰기라는 당위적 목표뿐만 아니라 우리 삶에서도 놀랍게 변화된 자신을 보게 될 것이다. 이게 책 쓰기의 궁극의 목표다. 이 정도면 우리가 책을 반드시 써야 하는 이유로 충분할 것이다.

이제 주사위는 던져졌다.
실행하고 말고는 순전히 독자 여러분의 몫이다.
쓰느라 엄청 고생했다.
읽는 기쁨은 여러분의 몫이다. 건투를 빈다.

전문성과 대중성을 겸비한 글쓰기 수업

걷다 느끼다 쓰다

초판 1쇄 인쇄 2020년 05월 22일   **2쇄** 발행 2023년 03월 15일
　　　1쇄 발행 2020년 05월 29일

지은이　　　이해사
발행인　　　이용길
발행처　　　MOABOOKS 모아북스

관리　　　　양성인
디자인　　　이룸

출판등록번호　제 10-1857호
등록일자　　1999. 11. 15
등록된 곳　　경기도 고양시 일산동구 호수로(백석동) 358-25 동문타워 2차 519호
대표 전화　　0505-627-9784
팩스　　　　031-902-5236
홈페이지　　www.moabooks.com
이메일　　　moabooks@hanmail.net
ISBN　　　　979-11-5849-130-7 03800